風よ
僕らに海の歌を

増山 実

角川春樹事務所

Indice

風よ　僕らに海の歌を

装画　木内達朗
装幀　片岡忠彦

JASRAC 許諾番号 1900775-901

プロローグ

一九四三年九月九日に見た夢のことを、ジルベルト・アリオッタは決して忘れなかった。

故郷の海辺の丘に建つ、古びた石造りの塔の中に彼はいた。

五百年もの間、海の向こうから島に侵入してくる外敵を見張り、船を導く灯台として使われた塔は、今は恋人たちがひそかに愛をささやく秘密の場所として地元の人々に知られていた。

風化した外壁や人ひとりがやっと通れるほどの狭い階段、そして夏でもひんやりとしたがらんどうの内壁には無数の落書きがあった。

AMOREの文字に混じって刻まれていたのは、五百年の間、この町に生きたであろう恋人たちの名前だった。

その壁のどこかには祖父と祖母の、父と母の名前も並んでいるはずだった。

妻のヴェロニカとふたりで名前を刻みに来たのは、いつだったか。

南の方角に、大きな四角い見張り窓が開いている。

そこからシチリアの海が見えた。

どこまでも空が続き、どこまでも海は青かった。

世界のすべてが四角に切り取られて、そこにあった。

一瞬、風が吹き抜けた。

アリオッタの頰に、ちくりと刺さるものがあった。

塔の周囲の荒地には、まるでサボテンのような奇怪な形をした植物が無数に生えている。

島の人々が「フィーキ・ディンディア」と呼ぶ、無花果だった。

赤や紫、黄色、薄桃色、さまざまな色の実が緑の葉の輪郭を縁取るように生っている。

実の表面には細いが鋭い棘がびっしりと生えている。

産毛のような無花果の棘が、風に舞ってアリオッタの頰を刺したのだ。

頰に冷たいものが流れるのを感じ、手でぬぐうと真っ赤な血だった。

ぬぐってもぬぐっても止まらなかった。指をすり抜けた血はぼたぼたと足下に滴り落ちて大地を赤く染めた。

ああ、こんなところに来なければよかった。

アリオッタは心の底から悲しくなって、丘の向こうの我が家に向かって駆け出した。

突然けたたましい音が耳に響き、激しい揺れが身体を襲った。

夢から目覚めた時、アリオッタは一瞬、自分がどこにいるかわからなかった。

故郷シチリアの我が家のベッドの上かと思ったが、そこが神戸港の沖に停泊しているイタリア軍の艦船「リンドス号」の固いベッドの上だとすぐに悟った。

非常ベルが鳴り響く中、水兵たちが甲板目指して階段を駆け上がっている。

「ジル、早く逃げろ！　船が沈む！」

誰かの声が聞こえた。

アリオッタは二段ベッドの下から黒革の鞄（かばん）を取り出し、甲板へ続く階段を駆け上がった。

しかし途中で踵（きびす）を返し、甲板に駆け上がろうとする乗組員たちを掻（か）き分けるように駆け下り、二段ベッドに戻った。

枕元（まくらもと）の壁にピンで留めた写真を上着の胸ポケットに入れた。

シチリアの我が家の玄関の前で撮った、妻、ヴェロニカと家族の写真だった。

船底にはすでに海水が激しく流れ込んでいる。

アリオッタは再び階段を駆け上がった。

甲板では乗組員たちが次々にボートに飛び乗っていた。

アリオッタが駆け込もうとした時、すでに最後のボートは満員だった。

その時、ひとりの男がボートから飛び降りた。

「ジル、おまえが乗れ」

「いや、港まで泳ぐ」

「おれの方が泳ぎは得意だ」

アリオッタは男に背中を押されるようにしてボートに飛び乗った。

最後のボートが海面まで降ろされた時、ボートに乗り切れなかった水兵たちが甲板から次々に海に飛び込んだ。

イタリア海軍水兵の真白い帽子が男たちの頭から離れ、宙に舞った。帽子はひらひらと海面に落ち、波間で羽を休めるカモメのように鉛色の海に浮かんだ。波間に、泳ぐ男の顔が見えた。

アリオッタにボートを譲った男だった。

大丈夫、というように、男は泳ぎながらアリオッタにウインクを返した。


日独伊三国同盟により、南方海域を巡航していた「リンドス号」は前年の暮れから日本軍占領地に物資を輸送する任務に就いていた。

主にインドシナ半島とボルネオ近海が活動域だったが、船が神戸に寄港中、イタリア政府は突如、連合国に「無条件降伏」を発表したのだった。

一九四三年九月八日のことだった。日本では九月九日の未明である。

三国同盟締結からわずか三年足らず。

イタリアの突然の無条件降伏は、日本にとってまったく寝耳に水の知らせだった。同盟国の日独にはひとことの断わりもなしの単独講和である。これまでの同盟国から、一転、イタリアは日本の敵となった。

イタリア本国からリンドス号に指令が届いた。

「日本軍と戦うか、さもなくば自沈せよ」

昨日までの味方であった日本軍と戦うか、さもなくば武器を捨てて投降せよ。

現場に混乱をもたらす、あまりに唐突で、矛盾をはらんだ指令だった。

九月九日午前六時。艦長は自沈するために注水弁を開いた。

船は大きく傾いた。

百五十名の乗組員と、イタリアの運命が傾いた瞬間だった。


ボートの上で、アリオッタは胸ポケットに入れた家族の写真を取り出した。

そして茫然(ぼうぜん)と空を見上げた。

真っ白な雲が形を変えながら、青空をゆっくりと流れていった。

家族たちは無事だろうか。

祖国の無条件降伏は、彼らにどんな運命をもたらすのだろうか。

「やっと戦争が終わった」と喜び、今頃はあの青い海が見渡せる村の広場のオレンジの樹(き)の下でワインの栓を抜き、祝杯のグラスを傾けているのだろうか。

それとも、さらに苛酷(かこく)な運命にさらされるのを恐れて、肩を寄せ合い、震えているのだろうか。

いや、その前に……。

悪い予感が頭をよぎった。

二ヶ月前に、故郷シチリアにアメリカ軍が上陸したという知らせが入っていた。大戦が始まって以来、初めての敵軍のイタリア上陸である。

しかし、わかっているのはそれだけだった。

どれほどの戦闘が行われたのか。どれほどの犠牲者が出たのか。戦況はどうなのか。極東を往く艦船には何も知らされなかった。

もちろん家族の消息はわからなかった。

ヴェロニカ、ジュリアーノ、マンマ、パパ……。

とにかく、生き抜いてくれ……。

十字を切って、愛する妻と息子、父と母の無事を祈った。

波上を駆ける風がアリオッタの首筋を撫ぜた。

夏はすでに終わろうとしている。

そろそろふるさとでは、無花果の実が生る頃だ。

そうだ。

だから、今朝、あんな夢を見たのだ。

やはり、あの言い伝えは当たっていた……。

鉛のかたまりを呑み込んだような沈んだ心で、アリオッタはもう一度顔を上げて空を見上げた。

その時だった。

いつのまにか雲の消えた青空から、突然、音楽が聞こえてきた。
ナポリの民謡『サンタ・ルチア』だ。
力がよみがえった。肚から勇気が湧いてきた。
おれは生き抜くのだ。これから先、何があっても。
そして、故郷に帰るのだ。
家族の待つ、あの懐かしいシチリアに。
オレンジの木陰から陽光がきらめく、あの美しいシチリアに。

アリオッタは天上から聞こえてきた歌を高らかに歌った。

輝く海　輝く星空
波は穏やかに　風は軽やかに
私の小舟よ　軽快に進め
サンタルチア　サンタルチア

誰もが聞き惚れるテノールだった。
うつむいていたボートの乗組員たちが顔を上げた。
歌声はやがて、大合唱となった。歌はさらに続いた。

『シチリアの朝の歌』。
乗組員百五十名のほとんどが、アリオッタと同じシチリア出身だった。

ほら　太陽はもう
海の上に顔を出してるよ
かわいいあなた　まだ眠っているのかい
鳥たちはもうすっかり歌うのに疲れてるよ
彼らはバルコニーに座っている
あなたが　この美しい光景を
見る　その瞬間を待っている

神戸港の岸壁が見えた。
日本の兵隊が、銃をつきつけて待ち構えていた。

I

食べる
Mangiare

第一章　鰯雲のパスタ

1

無花果の夢を見たら、気をつけろ。

それが父、ジルベルト・アリオッタの口癖でした。

ただ、私はその言葉を、他のイタリア人の口から聞いたことがありません。

アリオッタ家は、父の曾祖父の代に同じ地中海のマルタ島から移住して、シチリアでささやかな農業を始めたそうです。ですから、あるいはマルタ島に伝わる言葉なのかもしれませんが、たしかなことはわかりません。おそらくはアリオッタ家だけに代々伝わるものだったのではないでしょうか。

無花果の夢を見たら、不吉なことが起こる。

だから気をつけろ。

ええ。私も母も、父からよく言われました。

母は全く信じていませんでしたけどね。

一度、こんなことがありました。

忘れもしません。あれはメキシコのワールドカップでイタリアがブラジルに決勝で敗れた年の夏でしたから、一九七〇年ですね。

シチリアと同じ地中海に浮かぶサルデーニャ島のストライカーが大活躍したんですよ。ルイジ・リーヴァという選手です。みんな愛称でジジと呼んでいます。あの大会ではみんなブラジルのペレのことばかり言いますが、イタリア人に言わせれば、ペレよりジジの方がはるかに上です。イタリアでは今も英雄です。彼の代表での通算ゴール記録は、いまだに破られていないはずですよ。

すみません。話がそれてしまいました。カルチョ（サッカー）の話になると、つい夢中になってしまうもので。あれから、ワールドカップは何回ありましたか。十一回ですか。では、もう四十四年以上も前の話になりますね。

いつもは陽気な父が、その朝は、神妙な顔をして食卓に座ったのです。

イタリアがブラジルに負けたのを新聞か何かで読んだのか、と思いましたが、違いました。

「昨日、無花果の夢を見た。何かがある。気をつけろ」

そう言うのです。

母は、いつもの口癖だと笑って聞き流しました。

その日の午後でした。

二階の階段から足をすべらせて床まで転げ落ちた母は、左の膝の皿を割りました。母は九十三歳で今も元気ですが、その時の怪我がもとで、いまだに足を少し引きずっています。

父は多少短気なところがあるものの、普段はとても陽気な人で、人を喜ばせる天才でした。そんな父が、なぜかその迷信にだけはこだわっていました。父の口癖、と訊かれて、まっさきにその言葉が浮かんだというのも、いつもの父のイメージとその言葉が、あまりうまく結びつかないから、よけいに印象に残っているのかもしれません。


そう、船の話でしたね。

実を言うと、父はイタリア軍の船に乗っていた時のことを、ほとんど私たち家族に語りませんでした。

船の中で、どんな任務についていたのかも知りません。

おそらくは甲板員だったのではないでしょうか。

あるいは厨房で働いていたかもしれません。

若い頃、ローマのレストランで働いたことがある、と言っていましたから。外国から観光客も多く来るレストランで、そこで英語も覚えたようです。

父の乗っていた船の名前は「リンドス号」です。もともとはアフリカで穫れたバナナを欧州に輸送する、民間の会社の船だったそうです。それが戦争で「特務艦」としてイタリア軍に徴用されたんです。輸送船としては、当時はかなり先端を行っていた船だったそうですよ。船に完璧な空冷装置がついていたんです。甲板の下に中甲板があって、そこがまるごと冷蔵室だったといいます。

イタリア軍というのは、武器の開発はあまり得意ではないんですが、「食」に関しての開発や設備投資にはどこよりも熱心だったんですね。あのレトルトパックも、戦争中でもどこにいても美味しいものが食べられるようにと、イタリア軍が開発した、という説があるぐらいですからね。

はい。なんでイタリア軍の艦船が、日本近海を航行していたのか、という疑問ですね。「リンドス号」が紅海あたりを航行していた時、戦況が激しくなり、そのあたりの制海権をイギリス軍が握ったんです。父たちの船はイタリアに帰ることもできず、追ってくるイギリス軍からひたすら逃げ、インド洋を経て、南方までやってきました。そこで同盟を結んでいる日本軍の南方物資輸送船として転用されることになり、父たちイタリアの兵士は、そのまま乗組員として、アジアの海域を航行していたということのようです。

父は船のことをほとんど語りませんでしたから、実は今、お話ししたことも、父から直接聞いたわけではないんです。もうずいぶん前に、どこやらの学生が、イタリアと日本の現代史を卒論のテーマにしたいと、私に話を聞きに来たんです。父が乗っていた船の名前を教えると、その学生は方々を調べて回ったようです。

それでも、リンドス号のことなんて、ほとんどの人は知りません。

ええ、イタリア人も、日本人も。

当時のことを詳しく研究している人でさえ、知らないでしょう。

リンドス号は一応軍の艦船なので、大砲や高射機銃は装備していました。しかし、基本的には輸送船ですから、軍事的な意味合いで注目されるような船ではありません。

それこそ歴史の海の底に、沈んでいる船なんです。

しかし彼はその船を引き揚げました。

国立国会図書館にあるGHQ関連の資料室のほこりをかぶった書類の中に、リンドス号の船籍について記載された資料があったそうです。

その資料によると、リンドス号の乗組員百五十人のうちのほとんどはシチリアから徴用されたそうです。今もそうですが、イタリアには南北問題というものが厳然とありましてね。ミラノやローマなど、豊かな北中部地域の発展のために、発展から立ち遅れている貧しい南部の人間が労働力として雇われたり兵士として徴用されるという構図です。日本でも似たようなことがあったのではないですか？　他のシチリア人と同じく、父もそのひとりとして、戦争に徴用されたのでしょう。

さきほど、リンドス号は輸送船、と言いました。米や肉といった食料品や生活物資などを、日本軍が占領している各地に送り届けるという任務ですね。

でもどうやらそれは表向きで、実際にはもうひとつ裏の任務があったようです。

基本は輸送船なので、上海やらの外国の港に寄港しても、さほど警戒されないんです。ましてや日本軍への協力ということで巡航していたのですから、当時はまだ日本軍の制海権下であるアジア海域では、かなり自由に活動できたはずです。同盟関係を結んでいるといっても、イタリアとしては、日本軍と日本の国情の動向が、やっぱり気になったのではないでしょうか。

そう考えると、父が船の中でのことをほとんど語らなかったというのも、納得できます。さあ、どんな情報を探っていたんでしょうか。

父はすべてを墓の中に持っていきました。今となっては、わかりません。

それにしても、あの一九四三年の九月九日です。

祖国イタリアが突然「無条件降伏」したという知らせを船の中で聞いたであろう父の驚きは、想像するに余りあります。

実はその年の七月の末にローマで政変があって、イタリア国民から支持されていたムッソリーニ統帥が国王から首相を解任された上に逮捕・監禁されるという事件がありました。すでにこの時に祖国は大きく揺れ始めていたんです。

同じその七月には、父を心配させる大きな事件がありました。

アメリカ軍が故郷のシチリア南部海岸に侵攻したんです。

第二次世界大戦後半の口火を切ることになった、「ハスキー」と呼ばれるシチリア上陸作戦です。それからほぼ一年後に行われる、あの有名なフランスのノルマンディ上陸作戦よりも、四倍も大きい規模の兵力が投入されたといいます。

父の故郷、ジェーラという町は、地中海に面したシチリア南部の静かな港町です。

美しい海を抱く故郷の町が、この大規模な上陸作戦の戦場となったのです。

しかしこの情報は、極東の海の上にいる父のもとには詳しくは伝わらなかったようです。

父は心配で心配で仕方なかったでしょう。

そして、あの、九月九日です。

突然の無条件降伏は、ローマの一部の上層部が勝手に決めたことで、同盟国のドイツ軍、日本軍はもちろん、自国のイタリア軍でさえまったく把握していませんでした。ましてや遠い極東にいる艦船の乗組員には、いったい何がどうなっているのか、さっぱりわからなかったでしょう。

イタリア本国でも大混乱をもたらしました。

上層部の決めた終戦後の前線への指令が、兵士たちに徹底されなかったんです。

まったく、イタリアらしいといえば、イタリアらしい話です。

そしてやっかいなことに、イタリア国内にはまだドイツ軍がいたのです。

これまで同様にドイツ軍と協力して、英米軍と戦争しようと主張する兵士たちがいる一方で、反対にいまや敵となったドイツ軍をイタリアから追い出すためにレジスタンスに加わる者もいました。

ドイツ軍は、自分たちを差し置いて敵と講和したイタリアを裏切り者だと激怒し、イタリア兵士の前に立ちふさがりました。

日本軍もまた、この日を境にリンドス号を「敵」とみなすことになりました。

リンドス号には、百五十人のイタリア兵以外に、十人ほどの日本兵も常駐で同乗していたそうです。

昨日まで一緒に同じ船底の食堂でメシを食っていた日本兵が、「敵」となったのです。どうして彼らと戦うことができるでしょう?

父は語らなかったので、詳しいことはわかりませんが、おそらく艦長は、独自の判断で自沈の措置を取って、投降することにしたのでしょう。乗組員と相談する余地はなかったと思います。船には、今では敵である日本兵が乗っているのですから。

とにかく艦長は戦うのでなく、生き延びる道を選んだのです。

いったい、戦争って、何なのでしょうね。

国の都合で戦いに駆り出され、国の都合でこれまで「味方」だった者が一夜にして「敵」となり、銃をつきつけられる。

船の中で右往左往していたに違いない乗組員たちは、そのままイタリア国民の姿、そしてシチリア人の姿ですよ。

地中海の真ん中にあるシチリアは、はるか古代から現代まで、いつも他国の征服欲をそそり、大国の都合に振り回され、翻弄(ほんろう)されてきました。

ある時はギリシャ人の植民地、ある時はカルタゴとローマとの戦いの地、ある時はアラブと戦う十字軍の基地、ある時はノルマン人に征服された土地。さらに、フランス、スペイン。数え上げればキリがありません。いつも異国の勢力に蹂躙されてきました。

シチリアは、今ではごつごつとした岩肌が目立つ、乾いた荒地が広がっています。しかし昔からそうだったわけではありません。十六世紀末までは、豊かな森に覆われていたんです。森の木を伐ったのは、島を支配したスペイン人たちです。支配者たちが、あの「無敵艦隊」を造るために、シチリアじゅうの森林を根こそぎ伐り尽くし、丸裸にしてしまったんです。おかげでシチリアは、今も雨が降ると洪水を引き起こし、降らないと水飢饉に陥ります。

アメリカ軍による初めてのイタリア上陸作戦に選ばれた場所が、シチリア、というのも、皮肉といえば皮肉な運命の巡り合わせです。

アメリカには、シチリアから移民した人々が、ものすごくたくさんいます。十九世紀の終わりから二十世紀のはじめの五十年の間に、四五〇万人がイタリアから海を渡ってアメリカを目指したといいます。その中の多くはシチリア人でした。あの戦争では、自らのルーツである故郷を、アメリカ軍として攻撃したシチリア出身の兵士も大勢いたに違いありません。

彼らは、いったいどんな気持ちで祖父母たちのふるさとの人々に銃を向けたのでしょうか。

そして引き金をひいたのでしょうか。

すっかり話し込んでしまいましたね。

少し休みましょうか。

おや。もうこんな時間ですか。

マサユキさん、エスプレッソでも淹れましょう。

それにしても、あなたの目は、お父さんそっくりですね。

一緒に、無花果のドルチェはいかがですか？

私の父の故郷、シチリアでも、ちょうど今頃が無花果の実の生る季節です。

どうぞ、ゆっくり召し上がってください。

ああ、無花果といえば、もうひとつ、父の口癖を思い出しました。

人生で、予想できることが、ひとつだけある。それは、予想もしないことが起こるということだ。

まさに、父も私も、そんな人生を歩んだのです。そして、あなたのお父さんもね。

2

ようこそ、マサユキさん。

ジルベルト・アリオッタのことは、よく覚えています。

イタリア人の仲間内では、ジル、と呼ばれていましたね。

彼はリンドス号で乗組員の食事全般を担当していました。メインの艦長付きの料理長はマッツォーラという男でしたが、アリオッタはその補佐的な役割でしたね。

毎朝、電信室の下で、パンを焼いていました。

私は電信員でしたから、いつも、その匂いがたまらなくてね。

リンドス号はイタリアの艦船ですが、艦船には私を含めて十人の日本海軍兵が乗っていました。

食事は日本兵とイタリア兵では別でしたが、ときどきアリオッタは、こっそり私に焼きたてのパンをくれました。

おいしかった。

船の中でも、月に一度ぐらいは、一緒に食事しました。われわれ日本兵にイタリア料理をごちそうしてくれるんですよ。

「マンジャーモ！（さあ、食べよう！）」

すっかり、そんなイタリア語を覚えましたよ。

南方を回っていますから、タマネギやトマトや肉なんかの新鮮なのが容易に手に入るんです。牛や豚や、鶏肉。船には冷蔵室がありましたからね。かしわなんか、丸ごとですよ。中身をくりぬいて食べるんです。イタリア料理でよく覚えているのは、日本でいう、おじやの、少し固いようなもの。豆腐みたいなやつ。そう、リゾットですね。特に、忘れられないのは、挽いた牛肉とみじん切りにしたタマネギを炒めて、トマトのソースで味付けしたリゾット。夏場に食べると、これが最高に美味くてね。

イタリア側の料理長のマッツォーラという男は、リンドス号に乗る前は、ムッソリーニの専属料理長候補だったそうです。

美味いはずです。

そんな腕利きの料理人を海軍の輸送船に乗せるんですからね。当時は「イタリア乞食」という言葉があって、われわれはイタリア人というのはてっきり貧乏で食うものにも困っていると思い込んでいたんですが、とんでもない。「料理」に対するこだわりは、日本人とはまったく違いました。

同じ船とはいえ、兵士たちはそれぞれの国の軍紀で行動していましたから、お互いに干渉し合うことはありませんでした。それでも、イタ公……当時は、彼らのことをそう呼んでいました……の気質には、面食らうことが多かったのも事実です。

正直、最初は彼らのことが嫌いでした。

たとえば寄港地に上陸する際、日本兵は四列の横隊を作って、整列して点呼を怠りません。しかしイタリア兵たちは、その横をそれぞれが母国から持ち込んだフィアット製の自転車に乗ってすり抜け、思い思いに颯爽とどこかへ出かけるんです。

寄港地で乗組員の一部交代がある時、むくつけきヒゲ面のイタリア兵たちが男同士抱き合って頬ずりしながら別れを惜しむ姿なんかも、われわれには不思議な光景に見えました。

朝なんかは、正直、こいつら、甲板掃除しよるんかなあ、と思いましたよ。

日本人はラッパの音で気合い入れてパッパカパッパカやるんですけど、あいつらはココアを入れたガラス瓶を手に持って、サンダル履きで上がってくる。パンを両手にふたつ持ってかじりながら、甲板をうろちょろするのが彼らの朝の日課でした。

イタリアの船ですから、朝はイタリアの軍艦旗を揚げるんです。真ん中に王冠のついた旗です。日本ならば、全員マストの下で旗に最敬礼です。しかし彼らは、何人かはドゥーチェ（統帥）！　と胸に手を当てて敬意を表するものの、おおかたの者は揚げたら揚げたで、はい、終わり。解散。

だらしがないのか、というとそうでもなく、身につける服はいつもぱりっと洗濯して、下着なんかもきれいにしていましたね。

なんというか、彼らには、気安さや、人の良さがありました。

そしてイタリア兵たちは、とにかく歌うことが大好きでした。

軍務時間以外に大勢が集まれば、必ず誰かが歌いだし、大合唱になるんです。

特にアリオッタは、歌が抜群にうまかった。

ジャワ島のスラバヤ港の波止場で、こんなことがありました。

郊外の町に向かう電車の車両にリンドス号のイタリア兵たちと日本兵たちが乗り合わせたんです。電車が動き出した時、アリオッタが自慢のテノールで歌いだしました。『ラ・クンパルシータ』です。

例によって電車の中でイタリア兵たちの大合唱が始まりました。

その時、たまたま虫のいどころが悪かったんでしょうな。途中で日本兵のひとりが「ウルサイ」と怒鳴り声を上げたんです。

イタリア兵たちが気色ばみました。

ちょっとした押し問答の末、私が水を向けました。

「力試しで決着をつけたらどうだ」と提案したんです。

電車が停車しました。

アリオッタと「ウルサイ」と怒鳴った日本兵が停車場の土手の下に降りました。

車両の中で見守る両軍の大声援の中、ふたりの取っ組み合いが始まりました。

アリオッタも腕に覚えはあったようですが、柔道の心得がある日本兵も手強(てごわ)かった。

数分間の取っ組み合いの末、アリオッタの身体(からだ)が宙に浮きました。

背負い投げを食らったんです。

軍配は日本側にあがりました。

再び動き出した車両に『ラ・クンパルシータ』がよみがえることはありませんでした。

座席に座ってしょんぼりとうつむいていたアリオッタの目の前に手が伸びました。

アリオッタと格闘した日本兵の手でした。

アリオッタも笑顔で、右手を差し出しました。

その日本兵の名前ですか。

タカハシといいました。

タカハシとアリオッタは、その後、誰よりも仲良くなりましたね。

タカハシがアリオッタに会えば、「ボンジョルノ」「ボナノッテ」と言葉をかける。

アリオッタも「オハヨウ」と片言の日本語であいさつを返す。

タカハシも私と同じ通信を担当する電信員でした。

電信員のことを、船の中ではマルコニスタと呼んでいました。なんといっても、無線電信を発明したのはイタリアのマルコーニですからね。

イタリア側の電信員（マルコニスタ）に、日本のイタリア大使館で働いていた男がおり、日本語ができたんです。多少込み入った会話をアリオッタとタカハシがする時は、いつもその男が助けていました。

セレベス島のマカッサルという港町に入港した時のことです。

その日は一日休日で、アリオッタとタカハシと、日本語ができるイタリアの電信員と、そして私の四人で一緒に町に出たんです。

海岸沿いに目抜き通りがあって、そこから見える海に落ちる夕陽がとても美しかったのを覚えています。死にそうなぐらい暑苦しかったから、多分夏のことです。

屋台が並ぶ道ばたで、現地人がポケットモンキーを売っていました。

体長が十五センチぐらいで、目と口元だけが黒く、黄金色の体毛で覆われていました。

南方の港町ではよく見かける猿でした。

タカハシはズボンの尻ポケットから紙幣がわりの軍票を取り出し、アリオッタに向かって、おまえも出せ、と言うんです。金を出し合って、ふたりでこの猿を買おうと言うんです。

ふたりは金を半分ずつ出し合い、ポケットモンキーをリンドス号に連れて帰りました。

そして船の中の電信室で一緒に飼いだしたんです。

タカハシはその猿に「サチコ」という名前をつけました。

「サチコ」はもちろん日本の女性の名前です。なんでも神戸にいる時に酒場で知り合った女給の名前だそうです。タカハシはその女にぞっこんで店に通い詰め、つきあうことになって所帯を持つ約束までしていたそうですが、タカハシが徴兵に取られ、離れることになったそうです。まあ、酒場女との約束なので、どこまで本気だったかわかりませんが。それでもタカハシは、戦争が終われば必ずまたサチコと一緒になるって言ってました。そう、惚れた女の名前を猿につけたんです。

普段はぶっきらぼうで、いかついヒゲ面のタカハシが、猿の頭を撫でているときは子供たよ。

のようなあどけない顔になりました。アリオッタも、ずいぶんサチコを可愛がっていました。

スラバヤでは、イタリア兵たちと水泳大会をやったこともありました。海ではなく、波止場のプールで泳ぐんです。

そこには大きな喫茶店があって、きれいなウエイトレスがいたんです。オランダとインドネシアのハーフでした。イタリア兵たちは彼女にいいところを見せたいものだから、いきなりわれわれに水泳大会をやろうと持ちかけてきたんです。四百メーターくらいのリレーでしたね。私も出ましたよ。彼女にいいところを見せたかったですからね。しかし、勝ったのはイタリア側でした。アンカーで出た料理長のマッツォーラが、べらぼうに泳ぎがうまいんです。

ゴールした時、マッツォーラは、ちゃっかりそのウエイトレスにウインクしていました。

仲良くやっていた私たちですが、根本的なところで私たち日本兵とアリオッタたちイタリア兵とは、まったく考え方の違うところがありました。

南方の海に敵国のアメリカの潜水艦の姿が目立ち始めた頃、アリオッタに一度訊かれたことがあります。

「魚雷で船がやられたら、どうする」

私は即座に答えました。

「船とともに命を捧げる」

「生きようとしないのか」

「天皇陛下から賜った船を見殺しにすることはできん」

怪訝な顔をするアリオッタに、今度は私たちが訊きました。

「イタリアの兵士はどうするのだ」

「おれたちは泳ぐ」

そしてこう言いました。

「船はまた造ればいいさ」

今でも、彼のその言葉が、忘れられません。


戦争が終わって、すぐに郷里の福岡に戻りました。

しばらく郷里で働いた後、残務整理で鹿児島の鹿屋の航空基地に呼び戻されました。リンドス号を降りてからは、終戦までそこの航空基地に配属されておったのです。

しかし、途中で、夜中に脱走して福岡に帰りました。

さあ、なんででしょうかなあ。

急に、ばかばかしくなったんですよ。

眠れない夜、どうかすると、リンドス号に乗っていた頃を思い出すことがよくありました。

灯ひとつない真っ暗闇の洋上の甲板に、私はひとりで立っているんです。すると、どこからともなく『ラ・クンパルシータ』の音楽が流れてくるんです。

イタリア兵たちが、大音量で、レコードをかけていたんです。

やがて彼らは甲板に上がってきて、男同士で踊り出しました。あのタンゴを。延々と。

そして、あの歌を朗々と歌うのです。

彼らだって、自分の人生は、不本意に決まっています。

ほんとうは、自分のふるさとに帰るはずだった。それがイギリスに邪魔されて、帰れなくなった。そして、ふるさとからあまりに遠く離れた南方の洋上にいる。不本意もいいところです。しかし普段、そういうことは、おくびにも出さなかった。

ただ、「今、この瞬間」を楽しむために、彼らはダンスを踊っていた。

たとえば、そんな彼らのことを思い出すんです。

そして、考えたんです。

彼らのように、自分も生きよう、と。

苦労は山ほどありましたが、私は自分で小さな会社を興し、なんとか生きてきました。

振り返れば、楽しい人生でした。彼らのおかげです。

後悔は、ありません。

アリオッタのその後？　さあ、知りません。

あの日、神戸に上陸してから、一度も会っていません。

タカハシの消息も、わかりません。
どうも、私ひとりだけが生き残っているように思えてなりません。
ああ、今日は、博多祇園山笠の日ですね。
この病室からも、山笠の音が聞こえるでしょう。
私はあと、何回、あの山笠の音を聴けますかね。
生きているうちに、こんな話ができて、ほんとによかったです。
ちょいちょい、酔っぱらうと、イタリア語が出てきます。
「ゴディティ・ラ・ヴィータ」
人生を楽しもう。
彼らが、いつも言っていた言葉です。

3

岸壁で、日本の兵隊が銃をつきつけて待ち構えていた。
タカハシは、今、どこにいるのだろうか。
銃をつきつける日本兵をボートの中で見上げながら、アリオッタは思った。

自沈した船から無事に脱出できただろうか。

猿のサチコはどうしただろうか。

アリオッタは岸壁に立ち並ぶ日本兵たちと、自分と同じようにボートで港にたどり着いた乗組員たちをもう一度見渡した。タカハシの姿はなかった。

兵士の傍らには制服を着た警察官らしき者が何人かいた。

まず艦長がボートから引き揚げられ、続いて乗組員たちも順に岸壁に上がり、海を背にして、一列に並べられた。

海のすぐ近くに、山が迫っていた。

木が一本も生えていない禿げ山だった。

軍が使用する燃料の調達のために伐採したのだろう。

この国も、決して余裕のある戦いをしているわけではない。

イタリアは連合国に無条件降伏した。

この国は、どこまで保つのだろう。

その時、流暢なイタリア語が耳に届いた。

「皆さん、私はイタリア名誉領事のアレッサンドロ・カペッラです。今後の皆さんの処遇について、日本軍から通達があります」

乗組員たち全員が、息を呑んだ。

軍服に勲章をぶらさげた日本兵の上官が居丈高に話し出す。

続いて、イタリア語。

「あなたたちはイタリア政府による連合国に対する無条件降伏宣言によって、本日九月九日をもって、敵国兵士と見なし、我々大日本帝国陸軍の管理下に置かれる。しかるべき通達が発せられるまで、捕虜としてあなたたちの身柄を拘束する。なお、あなたたちのすべての荷物、携行品はこの場で没収する」

投降した以上、捕虜となるのは覚悟の上だった。

しかし、すべての荷物と携行品を没収されることは予想していなかった。

アリオッタの右手には黒革の鞄（かばん）があった。

鞄には衣類、お金、聖書、そして父と母からもらった大切なものが入っていた。

いわば、アリオッタの全財産だった。

日本兵がアリオッタの脇にやってきた。彼の右手から鞄を奪った。

アリオッタは思わずイタリア語で叫んだ。

「この鞄は、私の大切な宝物です（クエスタ・ボルサ・エ・イル・ミオ・テゾーロ）」

日本兵は無言のまま鞄を別の兵士に引き渡した。

そして鋭い声で一声叫んだ。

手を挙げろ、と命令しているようだった。

アリオッタは命令に従った。

日本兵はアリオッタの軍服のポケットのひとつひとつに手を入れだした。

そして妻ヴェロニカと、息子ジュリアーノと一緒に写る写真を胸ポケットから取り出した。

日本兵はその写真を一瞥（いちべつ）した後、破って海へ捨てた。

「なんてことをするんだ（ケ・コーザ・ファイ）！」

横にいたマッツォーラが大声を出して日本兵につかみかかった。即座に数人の日本兵たちが彼を取り押さえ、足を払って地面に押し倒した。マッツォーラを助けようとアリオッタが日本兵に飛びかかった。

しかしアリオッタもたちまち日本兵たちに取り押さえられた。

「くそっ（ストロンツォ）！」

右頭部を地面に押さえつけられたまま、アリオッタは日本兵たちを睨（にら）んだ。

銃口がいくつもこちらに向いていた。

地面に打ちつけた右の眉（まゆ）の上から血が流れてきた。

血は熟れて割れた無花果の実からこぼれ落ちる赤い果汁のようだった。

まるで今朝見た夢と同じじゃないか。

みるみるうちに埠頭（ふとう）の地面を赤く染める血を眺めながら、アリオッタは薄れていく意識の中でぼんやりと思った。

キイ、と猿の鳴く声が聞こえた。

タカハシとその肩に乗ったサチコが、アリオッタを見下ろしていた。

4

マサユキさん、姫路は、初めてですか？

ようやくお城の改修も終わって、この街も、えらい活気が戻ってきましたな。

なんせ、二〇〇九年から、足掛け七年の改修でしたからなあ。

完成から一年経ちましたが、今でも日本中から観光客が集まって、駅前と姫路城周辺だけ見たら、日曜なんか、まるで東京や大阪の街中のにぎわいと、えろう変わりませんな。

今から七十年前、ここが空襲で焼け野原になったやなんて、もうほとんど誰も知りません。知ってるのは、われわれ年寄りと、姫路城だけですよ。

終戦の時、私は十三歳でした。

両親の出身は岩手で、漁師をしていました。私が赤ん坊の時、不幸にもあの三陸沖地震が起き、私は両親を津波で失いました。それからすぐに姫路に住んでいる叔父と叔母に引き取られました。叔父と叔母は、ほんまに優しい人でした。私のことを我が子のように育ててくれたんです。戦争が終わるまで、ずっと姫路の叔父の家におりました。

ええ。ですから姫路の大空襲は、よう、覚えています。忘れようとしたって、忘れられるもんやない。

ちょうど終戦の年の、七月はじめの深夜でした。

B29が空を埋め尽くして、焼夷弾を落としていきました。

二時間は続きました。

姫路には軍需工場がたくさんありましたけど、この空襲は、工場も民家もおかまいなしでした。民家も道路も、われわれのささやかな生活も全部焼き尽くしていきよりました。

最初の火の手は姫路駅前から上がって、やがて街中を火の海にしました。

一万戸以上の家が全焼して、四万五千人近くが焼け出されました。

焼夷弾で焼き尽くされた姫路の街を、叔父と叔母に手を引かれて一緒に逃げまどったことを、今でもはっきりと覚えています。

姫路の人間にとって、あの空襲の記憶というのはね、姫路城の記憶なんですよ。

姫路城にも焼夷弾は当たったんですが、なぜか城は燃えませんでした。

火の海になった姫路の街の中で、姫路城だけが毅然とそこに建っていたんです。

焼けていく街の中で、大人たちは、みんな姫路城を見上げていました。

姫路の街のどこからでも、あの城は見えるんです。あの姫路城だけは、何があっても変わらん。そう思うと、ものすごう勇気づけられました。それは、あの当時を生き抜いた姫路市民、全員の思いやったんやないですかなあ。

　それでも、当時大人やった人は、もうほとんど亡くなって、生きているにしても、もうしっかり話せるような状態やないですね。戦争の記憶を持った人は、どんどん死んで行って、やがて、誰も覚えてないようになるんでしょうね。

そしてほんとうに誰も覚えてないようになった時、この国は、いったいどうなるんでしょうね。恐ろしいことです。


ああ、着きましたよ。ここです。

このコンビニの駐車場、異様に広い感じがしませんか?

最近は大型のコンビニが増えたとはいえ、ここまで広いのは、なかなかないでしょう。四百坪はありますかな。

まさか今、このコンビニの駐車場になっている場所に、戦争当時、外国兵の捕虜収容所があったやなんて、それこそ地元の人かて、もう誰も知りません。

知っているのは、私のような、八十を超えた年寄りだけです。

それも、子供時代の、おぼろげな記憶です。

姫路広畑捕虜収容所です。

なんで、姫路に外国兵の捕虜収容所があったかって?

ほら。このあたりの街並み、よう見てください。

かなり大きな道路が、碁盤の目のように通っているでしょう。

東から東門通り、中門通り、正門通り、西門通り。

全部、製鉄会社の広畑工場から、延びているんです。

姫路港に面したこの広畑地区は、戦前から大和製鉄広畑工場の自治区のような街でしてね。当時は「鉄の都」やとか、「大和製鉄王国」と呼ばれていました。

さすがに今はもうその熱気はありませんが、この道路は、当時の面影をそのまま残していますね。

もともと姫路というところは、明治維新以来、外国との競り合いの中でやみくもに増強される軍部の第十師団が置かれたりして、軍部の影響を色濃く受けて発展してきた軍都なんです。

そこへもってきて、いろんな条件が合うたんでしょうな。時代を先取る鉄産業を、国がリードして、しかも軍需と結びついてやってきたんですから。鬼に金棒です。姫路ばかりやなく、播磨周辺、みな大いに潤い、舞い上がったのは当然のことやったでしょう。

広畑工場の第一高炉に火がともったのは、昭和十四年でしたかな。

そして、西門通りを北に少し歩いた製鉄所のすぐ近くに、捕虜収容所ができたのが、昭和十七年です。

なんでここに捕虜収容所ができたかというと、当時、製鉄所の作業員不足に悩む大和製鉄から軍部に、捕虜を労働力として使いたいという要請が入ったんです。

捕虜を労働力として使うやなんて、もちろんジュネーヴ条約違反です。もっとも、日本はこの条約に署名するも批准しませんでしたが。当時の日本は、そんなことおかまいなしです。

日本人にくらべて体格のいい外国兵たちはくず鉄の運搬だとかの苛酷な重労働の現場に

向いていると考えたんでしょうな。

まあ、はっきり言えば、ただで使える労働力です。ひどい話です。

当時の大和製鉄は国よりも強い。使役の裁量は大和製鉄にほぼ任されていました。ですから収容所の職員も、大和製鉄の社員です。

しかし捕虜を監督、取り締まるのは軍で、看守長は軍人でした。

それが私の叔父でした。

当時はこの駐車場の二倍か三倍の広さがあって、収容所の両側には少しの家があるだけで、一帯は田んぼや畑や野原に囲まれていました。

私は子供の頃、よく仕事の終わった叔父を収容所の門の前まで迎えに来ました。

なんていうんですかな。

やはり子供心に、外国人というのが珍しかったんですな。

夕方四時を過ぎる頃になると、捕虜の人たちが大和製鉄から戻って来て、ワン・ツー・スリー・フォー、ワン・ツー・スリー・フォー、って、号令に従って門前を往復行進してから門に入っていくんですよ。それが、もの珍しくてね。

学校では満州事変とか支那事変とか、大東亜戦争、大東亜共栄圏なんていろいろ習っていましたが、彼らを見て、敵国人だとかという意識は、なかったですね。

ええ。号令をかけるのは、その外国人の捕虜たちの隊長ですね。英語でしたから、アメリカの兵隊ですね。

ところがね、ある日、そんな号令もなく、行進もせず、みんな楽しそうに歌を歌いながら、大和製鉄の工場から戻ってきた外国人たちがいたんですよ。

アメリカ兵たちとは明らかに違います。

もちろん歌のタイトルなんか知りません。陽気な歌でした。

私はびっくりしましてね。食事はあまりよくないんでしょうね。背は高いけれど、みんながりがりにやせてました。それでも、表情だけは明るいんです。

ある日、こんなことがありました。

収容所の板塀の向こうから、奇妙な声が聞こえるんです。

「タルタルーガ！　タルタルーガ！　タルタルーガ！」

その日は声だけで終わったんですが、数日後に行くと、また同じ声が塀の向こうから聞こえるんです。

するとほどなく、収容所の入り口から何人かの外国人の兵隊が飛び出してきて、隣接する田んぼの用水路に飛び込むんです。

ひとりが駆け出して飛び込むと、みんな次々に飛び込んでは、用水路に手を突っ込むんです。彼らが手にしていたのは、亀（かめ）でした。

十四以上の「戦利品」を持って、彼らは意気揚々と門の中に戻っていきました。

近くには収容所の職員も日本の軍人さんもいましたが、何ごとでもないように穏やかに見ていました。そこに、叔父の姿もありました。

あとで叔父に訊きました。

「あの人たちは、どこの国の人？」

「イタリア人の捕虜や」

「なんで、亀、つかまえてるの？」

叔父は答えました。

「収容所の中の食事がひどい。ああして亀でもつかまえて食べんことにはそのうち死んでしまう」

叔父は、亀をつかまえたいから外に出してくれと懇願するイタリアの捕虜たちを、散歩の名目でこっそり外に出してやったんです。もちろん収容所の外部から食糧を得るのは規律違反です。しかし叔父は言いました。

「捕虜いうても、かつての友軍やないか。いや、それ以前に、同じ人間や」

捕虜たちの栄養状態を考え、それを許したのです。

しかしイタリア人は、普段は亀を食べる習慣がないらしく、肉をぐつぐつと煮て食べるんですが、どうも生臭さが消えない。そこで、叔父がこっそり家から味噌を調達して彼らに提供したら、この亀の味噌炊きがえらいおいしゅうて、大喜びされたそうです。

なんだこのパテは、と彼らに聞かれ、ミソだ、と答えると、彼らは、

「オーソーレ、ミソ！」

と陽気に歌いだしたそうです。

叔父はそれを聞いて大笑いしたそうですよ。

「タルタルーガ」がイタリア語で「亀」という意味だと知ったのは、もう戦争も終わって、私が高校に入ってからです。気になって図書館でイタリア語の辞書を調べてみたんです。

私が知っているイタリア語は、いまだに、「ボンジョルノ」と「オーソレミオ」と「タルタルーガ」だけです。

彼らのその後ですか？

知りません。

戦局が悪化するにつれ、叔父は収容所のことを語らなくなり、私が収容所に迎えに来ることも禁じるようになりましたから。

うわさですが、収容所ではやはり何人もの捕虜が、栄養失調で死んだそうです。

近くの村の人たちが集まって、丁寧にお弔いをした後、焼いたって聞いています。

それがアメリカ兵だったのか、イタリア兵だったのかは、わかりません。

叔父のその後ですか？

戦後、ＢＣ級戦犯として裁かれました。

捕虜虐待罪です。

いえ、姫路の収容所での話ではありません。前任の収容所での話です。

東京へ向かう敗戦後の列車の中で、叔父はかつての上官に頭を下げられたそうです。

頼むから、一切、言わんでくれ、と。

その収容所で、上官たちが脱走を図ったオランダ人将校を軍刀や銃剣で殺したそうです。

その虐待が明らかになれば、死刑は免れません。

取り調べで叔父は一切口を割らず、上官は懲役四年の刑で済んだそうです。

一方、叔父は前任地での行為を問われ、計二十七件の捕虜虐待罪で懲役三十年の刑を受けました。

叔父は捕虜を虐待するような人では決してありませんでした。

すべて部下たちが勝手にやった虐待ですが、「自分が殴らせた」として、部下の罪をひとりでかぶったのです。

十年間、巣鴨（すがも）プリズンに入れられました。

日本軍の規定違反を犯してまで、イタリア兵たちを生き延びさせるために手を差し伸べた叔父が、戦犯ですか。

いったい、あの戦争の責任は、誰が、どう取ったんでしょうね。

結局誰も、責任を取ろうとしなかったんじゃないですか。あの叔父のことを思うと、今でも私は心がおさまりません。

巣鴨プリズンを出た後、叔父はもう戦争中のことはほとんど語らなくなりました。

さきほどの、上司の虐待に口をつぐみ、部下の虐待の罪をかぶった話も、戦友のほとんどがすでに亡くなり、もう迷惑がかからないだろうと、五年前、亡くなる直前に私に語った話です。

病院のベッドで、叔父は声を絞り出すように私に漏らしました。

「広畑が……なつかしい……軍隊で、たった一ぺん、あっこでだけ……気ぃ張らんと過ごせた……あれ……うまかった……」

叔父の最期の言葉は、聴き取れませんでした。口元だけが動いていました。

タルタルーガ、と動いているように、私には見えました。

叔父の不遇な生涯を振り返る時、私には、あの最期の言葉がただひとつの慰めになっています。

きっとあの陽気なイタリア人たちが、死に往(ゆ)く叔父のこころを解きほぐしてくれたんやと思います。

5

「人生は、ままならぬものだ」

製鉄工場の高い塀を見上げて、マッツォーラは言った。

「ただ、自分の家に帰る。簡単なことじゃないか。これほど簡単なことが、どうしてこんなにむずかしいんだ」

男は溜(た)め息(いき)をついた。

海から吹く風は鉄の匂(にお)いがした。

風の行方を追うように、アリオッタもまた空を見上げた。

「シチリアじゃ、そろそろオリーブ農家の連中がそわそわしている頃だな」

「ワイン農家は、ようやく一息ついている頃だ」

「それにしても、まだ十月だというのに、日本は冬みたいに寒いじゃないか」

「シチリアじゃまだ泳いでいる。おれは十一月まで、泳いでいた」

「あんたは泳ぎが得意だものな」

「おれの生家は代々続くマグロ漁の網元だ。漁は危険で、海に落ちることもある。泳ぎが上手なのはマッツォーラ家の伝統なのさ」

マッツォーラはウインクした。

あの日、神戸の海で泳ぎながら見せたウインクと同じだった。

いかにも寒いと言いたげに、マッツォーラは支給された作業着の袖を引っぱりながら言った。

粗末な木綿製の捕虜服の襟口や袖口から、冷たい風が容赦なく吹き込んだ。

高炉から出た鉄くずを大八車で運ぶ労役のわずかな休憩時間にも、捕虜たちは屋内に入ることを許されなかった。

姫路広畑捕虜収容所には四百三十数名の捕虜が収容されていた。

士官をのぞく大半のリンドス号の乗組員たちがその門をくぐったのは、一九四三年の九月二十六日のことである。

アリオッタはその日のことを鮮明に覚えている。

収容所の門をくぐる時、いままで故郷のシチリアでは嗅いだことのない、不思議な甘い花の匂いが鼻をかすめたからだ。アリオッタのその日の記憶は、名も知らなかったこの花の香りとともにある。それはキンモクセイという名の花の香りなのだと、日本人の看守長が教えてくれた。

アリオッタたちが収容されてから、すでに一ヶ月が過ぎていた。

空腹はもう限界に近づいていた。

収容所での食事といえば、茶碗一杯分の米飯、みそ汁、漬け物だけという日本式の粗末なものだ。誰もが栄養失調の危機にさらされていた。

看守長にこっそり許可をもらい、田んぼで亀を捕まえて食べるのが唯一の楽しみだった。なによりも、良質のタンパク質を摂らないと製鉄所での重労働は堪え難かった。それも十月に入るとめっきり数が減り、もうほとんど獲れなくなった。

アリオッタは空きっ腹を抱えて再び空を眺める。

十月の青空は秋の気配をうかべていた。

「日本じゃ、空に浮かぶ雲にいちいち、名前をつけるそうだ」

マッツォーラは怪訝な顔をする。

「雲に名前を？　雲は雲じゃないか」

「そのとおりだ。雲は雲で、空は空だ。ところが日本人はそうは考えない。去年ボルネオ沖の甲板の上で、タカハシに雲の名前をいろいろ教えてもらった」

「ああ、タカハシか。ジャワ島でのおまえとの力試しは見ものだったな」

「投げられて地面に打ちつけた腰が、まだ痛い」

アリオッタは手を腰に当てて笑った。

「あのポケットモンキー、ああ、サチコという名前か。どうなったかな」

「タカハシが一緒にボートに乗せて助けたはずだ。埠頭で、おれは一瞬、タカハシとサチコを見たんだ。ただ、それが、ほんとうにタカハシとサチコの姿だったのか、頭がもうろうとしていたので、はっきりしないんだが」

「船と一緒に運命を共にする、と言ってなかったか」

「あの船はイタリア船籍だからな。天皇（インペラトーレ）の船じゃない。船より、サチコの方が大事だ」

「きっと今頃は、またサチコと一緒に、別の南方戦線の船に乗っている」

マッツォーラはしばらく目をつぶり、ふたたび目を開けて言った。

「タカハシの言う雲の名前って、どんな名前だ」

アリオッタが空を見ながら答える。

「たとえば、今、浮かんでいる、ああいう雲のことを、日本じゃ、鰯雲（いわしぐも）と言うそうだ」

「イワシか」

「海を泳ぐイワシの群れに見えるというんだ」

「あの雲を見て、そう思うのか。日本人は食い意地が張ってるな」

「おれたちといい勝負だ」

「食いたいな」

「たしかに美味そうな雲だ」

「どう食うのが美味い？」

マッツォーラの問いに、アリオッタは少し考えてから答えた。

「おれなら、ウイキョウの葉とパスタを合わせる」

「パスタの種類はどうする？」

「ブカティーニ、リガトーニ、カサレッチ……なんでもいけるが、イワシとウイキョウの葉を使うなら、ソースの水気を多少残して仕上げた方が美味い。なら、パスタに穴や溝がある方がソースが絡みやすい」

「そのとおりだ。ブカティーニがいいだろう。なんでウイキョウの葉なんだ？」

アリオッタが今度は即座に答える。

「下ゆでしてから、イワシと炒めあわせる。ウイキョウは、不思議なことにゆでると海藻のような香りが立つんだ。その点でイワシと相性がいい」

「なるほど。シチリアの海の香りのパスタか」

「美味いに決まってる」

「ムッソリーニにも食わせたいね」

マッツォーラの言葉にアリオッタは首をすくめた。そして眼(め)を細めてつぶやいた。

「いまごろムッソリーニは、どうしてるかね」

今度はマッツォーラが首をすくめた。

収容所に、イタリアの情報が入ってくることはなかった。

アリオッタやマッツォーラの家族の消息は、まったくわからなかった。

「マッツォーラ。もしムッソリーニに誘われるまま、統帥のお抱えシェフになっていたら、今ごろ、あんたの人生はどうなっていたかな」

「もちろん、こんなところにはいないだろう。しかし、それで幸せだったかどうかはわからない。もっとひどいことになっていたかもしれん。リンドス号の艦長付き料理長だって、悪くなかったさ。それにおれは、海が好きだから。毎日、海を眺められた」

「ムッソリーニの王立料理学校を首席で卒業したんだろう？」

「昔の話さ」

「なんでそんな学校に入ったんだ」

「徴兵で、最初はエチオピア戦線へ行った。二年後の退役を前に、上官からムッソリーニが直々にジェノヴァ近くの軍港に料理学校を作ったから、そこへ行ったらどうかと誘われた。料理にさほど興味があったわけじゃない。おれはとにかくただイタリアに帰りたかったから、入校を決めたのさ」

「なんで、ムッソリーニがそんな料理学校を作ったんだろう？」

「食事の席で、人は気が緩む。ある時、ムッソリーニが食卓でしゃべった機密事項が外部に漏れた。チクったのはベテランの料理長だったが、そいつはスパイだったんだ。以来、ムッソリーニは専属のシェフを、信頼できる軍人から雇うことにした。どうせなら腕利きのシェフがいいと、軍人を一流の料理人に養成する専門の料理学校を作ったのさ。いかにもイタリアらしい話だ」

「どんな連中が集まっていた？」

「イタリア全土から腕に覚えのある奴らが集まったよ。厳しい授業にも音をあげそうになった。おれはすっかり意気消沈した。しかし辞めればまたアフリカ戦線に逆戻りだ。どうしようもないと思ったその時、訪ねてきた叔父がおれにこう言ったんだ。『ダンスホールに行ったら、ダンスを踊れ』」

「どういう意味だ？」

「つまり、その時、その場所で、最良のことをしろ、という意味だ。この言葉が、おれを生き返らせた。もう一度がんばろうという気になった。そこからみるみるうちに、料理というものが面白くなった」

　今度はマッツォーラがアリオッタの顔を覗き込んだ。

「ジルも、その気になればいい料理人になれる」

「いや。ローマのレストランで働いていたことがあるだけだ。笑顔で客を喜ばせる自信はあるが、マッツォーラのキャリアに比べれば、月とスッポンだ」

「いや。ジル。おまえには才能がある」

「ないさ」

「いや。ある。おまえは飲み込みが早いし、勘がいい。アイディアもある。それに、笑顔で客を喜ばせる自信はあるって言っただろう？　料理の神髄は、まさに、そこだ。すべての料理は、食べてもらう人を喜ばせるためにあるんだ」

アリオッタは曖昧に笑った。マッツォーラが続ける。

「自分が作った料理で、食べた人を喜ばせたい。そう思わないか」

「もちろん、そうなれば、嬉しい」

「おれは、食べた人が喜んだ顔を見て、自分も喜びたい。そのために、料理人をやっている。多くの人を喜ばせて、おれも喜びを感じたい。そんな人生を送りたい」

「あんたなら、どこへ行っても、それができる」

「ジル、もしこの捕虜収容所から出られることがあったら、一緒にイタリアに帰って、ジェノヴァかナポリあたりの海の見える町でリストランテをやらないか。おれは昔気質なところがあって、海を泳ぐのは上手だが、世の中をうまく泳いでいくのは得意じゃないんだ。しかし、おまえとなら、きっとうまくいく」

「いや。おれはシチリアに帰る。何があっても、絶対に生き延びて、シチリアに帰る。妻と子供が待っているんだ。そこで、ワインとオリーブを作る。もちろんウイキョウだって。祖父や父がやっていたようにね」

「よし。その時はおれのリストランテでおまえの農園で穫れたオリーブオイルとワインを使おう」

「ありがたいね」

「しかし、とにかく、腹が減った」

ふたりは空を見上げる。

鰯雲が収容所の青空に浮かんでいた。

「やっぱり美味そうだ」

アリオッタは空を泳ぐイワシにウイキョウで取った汁をたっぷりとふりかけ、空想の中で食べた。

それはかすかに、故郷シチリアの海の香りがした。

6

「イタリア人が、栄養失調で次々に死んでいくんだ」

七十年前のあの日、ふたりで訪れた須磨の海岸で、父はまだ海を見つめながら娘の私につぶやきました。

「同じイタリア人として、それを黙って見過ごすわけにいかないんだよ」

会う人を惹き付けずにはおかない父のグレーの瞳の奥には、いつも以上に強い力が感じられました。

そう、マサユキさん、あなたの瞳の色も、魅力的ですね。

まるで、森の中の、夜明けを迎える湖面のような色。そんな目の色をしていますね。

それにしても、不思議なものです。

人が死んでいく、という悲惨な話をしている父の横顔を、あの日の私はどこかずっと年上の恋人に抱くような、憧れにも似た甘い気持ちで仰ぎ見ていたのです。

真っ白な麻の上着、アイロンのかかったハイカラーのシャツ、ベストからのぞく金時計、整髪料の匂いが香る艶のある黒髪、日に焼けたたくましい腕。

神戸の街を歩けば、だれもが父の容貌に振り返りました。

外国人の多い神戸でも、父ほど背の高い外国人は珍しかったのです。

なにより父は、美しい顔をしていました。

父はイタリア人で、神戸の在日イタリア名誉領事でした。

祖父は、地中海のサルデーニャ島で、四隻の船を使ってサンゴを採って貿易していたといいます。

商才のある祖父は、日本で採れるサンゴがきわめて美しいと知ると、当時十七歳の息子、つまり私の父を連れて日本に移り住むことを決意しました。事業は成功し、父が跡を継ぎました。

父は祖父と同様にサンゴの輸出に携わっていました。先見の明があったのでしょう、外交的手腕にも長けていた父は、世界で初めて美しい真珠の養殖に成功したミキモトという男が三重県の伊勢にいる、という情報をいち早く聞きつけ、その養殖真珠をヨーロッパに輸出する仕事を始めました。これが大成功したのです。

財力は相当あり、あの神戸の北野異人館の坂の上に、大きな屋敷がありました。屋敷を囲む広い庭の植え込みは、いつもスペードやハート形にきれいに刈り込まれていました。日本間からは小さな池に橋が架かった日本庭園が望め、幼い私はその縁側で遊ぶのが好きでした。

家の中にはあちこちにサンゴが転がっておりました。父の事務所から家にサンゴの袋が届くと、袋から小さなサンゴの粒がこぼれ落ちるのです。イタリア語で「クポリーニ」という、規格外の小さなサンゴの粒が、幼い私の遊び道具でした。

私のポケットやおもちゃ箱の中も、いつもサンゴでいっぱいでした。

いろんな形をしたサンゴを思い思いに縁側に並べ、私は空想の中でお魚になって、縁側の海の中を泳ぐのです。

当時、日本に住むイタリア人はとても少なくて、事業で成功し、イタリアの政財界にも太いパイプを持った父が、名誉領事の職に就くのは、いわば、当然のことでした。

家にはコックをはじめ、給仕をする人、部屋の掃除をする人、小間使いをする人など、たくさんの日本人の使用人がいました。

食事のテーブルには美しい刺繍（ししゅう）のテーブル・クロス。高価なお皿と、美しい銀のナイフやフォークが輝いていました。

父が、日本人の母を愛していたかどうか、私には今もわかりません。

私が食事をする同じテーブルで母は食事を摂らず、ただ座って私が食べているのをじっと見つめているだけでした。テーブルの上には母の食事も並んでいません。母は別の部屋で食事を摂っていたのです。

この屋敷の中では父の妻、というよりも、使用人にずっと近い存在に見えました。

母は、広島県の貧しい田舎から出て来て、神戸で働いておりました。

日本人の母が神戸でどんな仕事をしていたのか、母がイタリア人の父とどのように出会ったのか、両親は私には一度も語りませんでした。

わかっているのは、父と母の間に私が出来た時、両親は、おそらくそれは父の意思だと思いますが、正式に籍を入れない形で私の誕生を望んだということです。なぜ父が母と正式に結婚しなかったのか、それもほんとうのところはわかりませんが、とにかく父は、自分の事業を継いでくれる跡取りが欲しかっただけなのかもしれません。

母はいつも寡黙で、みすぼらしい着物の上から白い割烹着をつけ、着飾ることもありませんでした。編み物をすることだけが唯一の楽しみのようでした。

ただ、日本髪に結った髪には、鼈甲のかんざしを挿し、そこには赤いサンゴの玉がついていました。父からもらった贈り物だったのかもしれません。

私が学校へ行く年になった頃、母は私を連れて屋敷を出て、山本通の北野坂の一角に小さな家をあてがわれました。

父は、月に一度か二度顔を出す程度で、ほとんど来ませんでした。

事情がわからない幼い私は、そのことに何の疑問も持ちませんでした。時折、父が訪ねてくるのを、いつも心待ちにしていました。

心待ちにしていたのですが、どこか父の存在が怖い、という気持ちもあって、父が玄関から入ってきた瞬間、私はよく家の隅の物陰に隠れました。

父はそんな私をすぐに見つけ出し、抱き上げ、何度も頬ずりをしながらこう言うのです。

「櫻子（さくらこ）、パパのプリンセス！　パパの大事な宝物！　ほっぺは、まるでサンゴのようにきれいなピンク。天使の肌だ」

私はきゅっと身を固くしながらも、父の腕の中で、嬉しさに打ち震えていたのです。

父はいつも家に来るたびに高価な衣服や、靴や、チョコレートをくれました。

今までより会う回数が少なくなった分、父は私のことを溺愛（できあい）しました。

しかし父は家に泊まることなく、またどこかへと帰っていきます。

私はそれが寂しくて、一度父にこう訴えたことがあります。

「パパ、ずっとお家（うち）にいて」

父はただ笑っているだけでした。

ある日、どうしても父に帰ってほしくなかった私は、父のネクタイをハサミでずたずたに切り裂いたことがあります。

切り裂かれたネクタイをみつけた瞬間、父の表情が一瞬曇りました。

「パパ、ネクタイないよ。だから、帰らないで」

父は私を怒るどころか、抱き上げて、いつもよりずっと強い頬ずりをして言いました。

「櫻子、また来るからね。それまで、いい子でいるんだよ」

父の濃いひげがちくちくと私の顔に当たりました。とても痛いのですが、私はその痛さが嫌いではありませんでした。掌の中の小さなサンゴの玉をぐっと握りしめて、父の腕の中で身を震わせました。

それはそれで幸せな日々だったのです。

しかし、私は、あの日のことを、生涯、忘れることができません。

夏の昼下がりでした。

私と母は、手をつないで、北野坂を登っていました。

すると、坂の上から、何人かの子供たちが降りてきました。

子供たちは、私の顔を見て、はやし立てるのです。

「わーい、あいのこ、あいのこ」

子供たちは私に石を投げてきました。

母は何ごともなかったかのようにまったく表情を変えず、足早に歩き去るわけでもなく、びっくりしている私の手を引っぱって家の中に連れていきました。

そして父と母のことを、初めて教えてくれました。

お父さんは、白い肌の人。お母さんは、黄色い肌の人。おまえは、その間に、生まれた子なんだよ、と。

その時、私は、自分が普通じゃないということがわかりました。

それからというもの、私は鏡を持ち出して、自分の顔の違いを確かめるようになりました。よく見ると私の肌の色は白でも黄色でもない色でした。そして両方の頰だけが、父がいつも言うように、サンゴと同じピンク色をしていました。

自分は、違う。このことが、かたときも心から離れませんでした。

自分が、美人でない母に似ていることも知りました。

父はとてもハンサムで、私は父に憧れていました。

私は、寝る前に、必ず鏡に向かって、こう祈るようになりました。

「マリア様、どうか私の顔を変えてください。朝、目が覚めたら自分の顔が、パパのように白い肌の美しい顔に変わっていますように。もしそれが叶わないなら、せめてママのように、黄色い肌の顔に変わっていますように。どちらでもいいから、変わっていますように……」

一度、自分がなりたいと思う顔を、画用紙に描いたことがあります。バラ色の頰、青い目、ブロンドの髪……。それを枕の下に敷いて眠ったりもしました。

朝、何度目が覚めても、私の顔が変わっていることは、ありませんでしたが……。

そんな私を見て、母はいつも言いました。

肌の色なんか、関係ない。櫻子は、人から、好かれる人間に、なりなさい。

その言葉は、幼い私の心には響きませんでした。

近所の子供たちから、「あいのこ、あいのこ」といじめられ、そのたびに私は家に帰って泣きました。

父は、あいかわらず母には冷たくしていました。

一度、こんなことがありました。

父が、酔っぱらって母のいる部屋にやってきて、よろける足取りで何かぶつぶつつぶやきながら母に近づくや、突然母の頬を平手打ちしたのです。母は何も言わず、顔も上げず、ただ黙って、乱れた帯を直すだけでした。

私は寝たふりをしていましたが、薄眼を開けて見ていました。

私が十三歳のとき、母は私を置いて、東京に出ました。

表向きは、母に和裁の仕事をさせる、ということでしたが、その時、父には新しい日本人の愛人がいたのです。

私はカトリックの女学校の寄宿舎に入り、週末には父と会い、父の家に寝泊まりするようになりました。

私は、醜い母より、美しい父が好きでした。

パパは賢い。きれい。裕福。ママは……。

母と離れて暮らすことになり、母のことは忘れていきました。

なんて私は残酷な子供だったんでしょうね。

父にはもうひとつの顔がありました。

筋金入りの熱烈なイタリア・ファシスト党員だったのです。

ムッソリーニの信奉者で、ファシスト党の日本での指導者でした。

ファシストたちの集会があると、いつも黒の軍服、革の長靴、リボンのついたベレー帽というファシスト党員の制服を着て出かけて行きました。

その集会で、演壇に立って演説する父を、一度だけ見たことがあります。

その日の父は威厳に満ちて、とても格好良く見え、誇らしく思ったものです。

ある時学校で、その数年前に開かれたベルリン・オリンピックの記録映画を観に行ったことがあります。友達はもちろん、みんな日本の選手を応援していました。しかし私だけは八十メートルハードルで優勝したイタリアの女子選手をひそかに心の中で応援していました。

私も父の影響で、イタリアという国に対して、強い愛国心を抱くようになっていたのです。

一九四三年七月二十五日、ムッソリーニが逮捕された日、私はたまたま父と一緒にいました。父はラジオでそのニュースを聞き、号泣していました。

イタリアが連合国に全面降伏したのは、それから一ヶ月半後でした。

イタリア人は日本の敵となり、裏切り者になったのです。

父は逮捕されました。スパイ容疑をかけられたのです。

本来ならば投獄されてもおかしくなかったのですが、警察はかろうじて自宅拘禁という措置を取ってくれました。父が日本の警察にも少しは影響力を持っていたためでしょう。それでもほどなく父の所在は神戸の自宅から、須磨の小高い丘の上に建つ屋敷に移されました。ジョーンズというイギリス人が建てた屋敷でした。

父は気落ちする様子もありませんでした。屋敷からは海が見えました。父は海が好きだったんでしょうね。サルデーニャ島の生まれですから。

そして時間のある日は必ず私を須磨の海岸に連れて行きました。

父は日傘を差し、白い長袖のきれいなシャツを着て浜辺に座り、須磨の海でひとりで泳いでいる私をじっと見ていましたね。

ほどなくして、父の身辺がにわかに慌ただしくなりました。

というのも、イタリアが全面降伏したその日にたまたま神戸港にいたイタリア海軍の船、そう、たしか、「リンドス号」といいました。その乗組員たちが、捕虜となって姫路の収容所に送られたのです。

彼らの収容所での生活を憂慮した父は、なんとか彼らを収容所から解放する手だてはないものかと奔走しました。

しかし、今や敵国側の人間として、すでに監視も付いて電話も盗聴されている父ができることは、限られていました。収容所の夜は寒かろうと、彼らに毛布を送ることさえ、ままならないのです。

監視や盗聴のストレスから逃れるためでしょう。父は夏が終わっても、私を須磨の海岸に連れて行きました。

そして、誰にも話の聞こえない須磨の浜辺に座って、姫路に収容されている、捕虜たちの話を私にするのです。

父のルーツであるサルデーニャ島と、大半の捕虜の出身地であるシチリア島は、地中海の中で隣同士の島です。そんな親近感もあったのでしょう。

父が憂慮したのは、収容所における食糧事情でした。

夏が過ぎ、秋が深まるにつれ、捕虜の中に、栄養失調で亡くなる人が出てきました。収容所内ですでに三人が亡くなった、と、父は語っていました。

冬を迎える前に、なんとかしないと……。

そんな折、失脚したムッソリーニが、ヒトラーの支援でファシスト政権である『イタリア社会共和国』を北部のサロという街を拠点にして樹立し、これを日本政府が承認した、というニュースが飛び込んできました。

日本にしてみれば、ムッソリーニの新政府は再び友軍となるかもしれない、という思惑があったのでしょう。

父は、これだ、と考えたのです。

つまり、捕虜たちが、「私は志願兵として、新政府の社会共和国に所属します」という宣誓書にサインすれば、それはすなわち敵国となったバドリオ政権の兵士ではなく、日本と共に戦う国の兵士なのだから、解放せよ、と、日本政府にかけあったのです。

日本政府が、この条件を飲みました。

捕虜たちは、この宣誓書にサインしました。

もちろん彼らの中には、心情的には、ムッソリーニではなく、ファシスト政権をひきずり下ろしたバドリオ政権を支持したい者もいたでしょう。しかし、彼らは、きっと考えたに違いありません。

何よりも大切なのは、生き延びることだと。

思想信条を大事にして、栄養失調で死んでしまっては、なんにもならない、と。

いえ、もっと単純な、人間ならごくあたりまえの理由でしょう。

「家族の待つ、家に帰りたい」

ただ、それだけだったと思います。


父によって解放された「リンドス号」の乗組員たちは、終戦後、ほとんどが故郷のイタリアに帰ったはずです。

父もまた、私を連れてイタリアに帰ることになりました。

一九四六年、九月。アメリカの船が日本在住のヨーロッパ各国の外交官関係者を乗せ、横浜港からアメリカ経由でヨーロッパに向かうことになったのです。

ようやく「故郷」に、帰れる日が来たのです。

父と私はその一員に選ばれました。しかし帰国者リストの中に母の名前はありませんでした。リストの中に入れようと思えば入れられたはずなのに、父は母を連れて帰ろうとはしなかったのです。

母には出港する日さえ教えていませんでした。

横浜港を発（た）つ日。私と父はすでにアメリカに向かう船の甲板の上にいました。

船が岸壁を離れる直前、桟橋の端に、着物を着た日本人の女性の姿を見つけました。

母でした。

きっとあちこちかけずり回って、今日の出港の日と場所を、誰かから聞いたのでしょう。

母は船に向かってやってきます。

灰色の桟橋を、覚束（おぼつか）ない足取りで歩いてくるんです。

「ママ！」

私が手を振ると、母も思い切り手を振り返しました。

いつも私に遠慮がちだった母が、自分の気持ちを素直に表している姿を、私はその時、生まれて初めて見ました。

母は手に風呂敷（ふろしき）の包みを持っていました。それを私に掲げるのです。

きっと私に何かを渡したかったのでしょう。

私は思わず甲板の手すりを離れ、階段を降り、母のもとへ走って行こうとしました。

しかし、乗船口にはふたりの銃を持った兵士がおり、下船することを阻まれてしまいました。

「私のママが来ているんです。お願いですから、下ろしてください！」

しかし望みは受け入れられませんでした。一度乗船した者は、規則で二度と下船できないのです。

「ママ！」

兵士が銃をつきつけ、甲板に戻るように促します。

甲板で私を待っていた父が言いました。

「悲しむな、櫻子。これが人生というものだ」

父はどうしてここまで母に冷酷なのでしょう。

涙がとめどなく溢れ出しました。

母の姿が、みるみるうちに、小さな点になっていきました。

母のいる岸壁が涙で曇って見えなくなりました。

母が完全に見えなくなるまで、私は思い切り手を振り続けました。

それが、私が見た母の最後の姿でした。

泣いている私の肩を、誰かが叩きました。

イタリア人の少年でした。

少年の手には、風呂敷包みがありました。

少年が船に乗る間際、私の母から手渡されたというのです。

私は風呂敷包みを広げました。

編み物が趣味だった母が編んだ、私のセーターでした。

セーターの上に手紙がありました。

見知らぬ異国に渡る私のことを心配し、何があってもパパを信頼して辛抱するように、口応え(くちごた)しないように、おとなしくしておくように、そうすれば何も心配ない。そんな母の言葉が何枚にもわたって連ねられていました。

そして最後には、こう書かれていました。


「人に好かれる人間になりなさい」


もちろん、ずいぶん後悔しました。

なんで、一緒にいた時、もっと母に優しくしてやれなかったのか。

私は、父ばかりを見て、母に反発し、母の愛情に振り向くことがありませんでした。

母は、私からは、何も受けませんでした。

私がもっと素直に振り向いていれば、母はどれほど救われたことでしょう。

母がいつも、私に言っていたこと。

「人に好かれる人間になりなさい」

母が私にそう言った意味が、今になって、ようやくわかる気がします。

母自身が、誰よりもそうなりたいと願っていたんです。

きっと、母は、寂しかったのです。

私はイタリアで、祖父と父が営む真珠とサンゴの仕事を引き継ぎました。祖父が持っていたサンゴの採集船は、今もサルデーニャ島に何隻かあります。私が新たに始めた事業としては、ナポリの海が見渡せる、この小さな町でのホテル経営です。ええ、今、あなたが泊まってらっしゃるこのホテルです。

そういえばこのホテルに、ある日、「リンドス号」の乗組員で日本の姫路の収容所にいた、というイタリア人が訪ねてきたことがありました。

「私がこうして無事にイタリアの家族のもとに帰れたのは、あなたのお父さんのおかげです」

そう言って何度も丁寧に礼を言うのです。

同胞のイタリア人を故郷の家に帰すために、あれだけ尽力した父。

命の恩人として、感謝されている父。

その父が、母のことは顧みませんでした。

人間とは、不思議なものですね。

このホテルの名前ですか？

HOTEL HANAKO

花子（はなこ）は、母の名前です。

母がこの世に生きた証（あかし）を、せめて私はここに、残したかったのです。

ああ、これは、今、編んでいる膝掛けです。編み物は大好きです。

生まれ故郷の神戸から離れ、こうしてイタリアに暮らしていても、私はたしかに、日本人の母の血を引いているのですね。

ずいぶんと、あれこれ話してしまいました。

マサユキさん、と、おっしゃいましたね？

私と同じように、外国人の血を引いているあなたなら、少しは私の話をわかっていただけたのではないかしら。

どうかお元気で。

第二章　渓谷の恋

1

アリオッタの話を聞きたい、と？　もうずいぶん昔の話ですさかいなあ。

私があの人と初めて会うたのは、昭和二十年の三月でした。

戦争が終わった年の八月の暑さは、皆さんよう口にしはりますけど、私が今でも忘れられませんのは、戦争がまだ続いていた、あの春の格別の寒さです。

もうすぐ四月やというのにまだずいぶんと肌寒うて、客間に火鉢を入れておりましたのを覚えています。火鉢というても、時局柄、炭の配給も滞りがちになって、もうわずかばかりの炭しか入れることができんような状況でした。長年この山里に住んでいる私らでさえ、あの年の寒さは身に応えたぐらいです。まして、海の向こうの南の国から来た、あの人にしてみたら、この武田尾の春は、どんなにか寒かったやろうと思います。

私が生まれた武田尾温泉いうところは、宝塚から武庫川をずっと上流にさかのぼった、六甲山の東の麓（ふもと）、ちょうど宝塚市と西宮市の境にある、人里離れた辺鄙（へんぴ）なとこです。まあ、関西の秘境と言うても、それほど大げさやありません。いまは福知山線が線路を付け替えて、長尾山のトンネルを抜けてきますが、私が住んでいた頃は、山腹を武庫川の渓流に沿ってうねるように線路が延びていました。

それでも大阪駅から武田尾の駅まで、汽車に乗ってしまえば一時間と少しぐらいでしたやろか。

今もそうですが、冬場はボタン鍋（なべ）が有名で、有馬や宝塚ほどのにぎわいはないものの、かえってそれがええと神戸や大阪から足を延ばして来てくれはるお客さんでけっこう繁盛したもんです。宝塚の奥座敷、そういう呼び方が、一番しっくりきますかねえ。

断崖（だんがい）みたいな急斜面の渓谷にへばりついた山里ですから、普段でもまちなかに比べたら気温は三度か四度は低いんです。あの年の春は、もっと寒かったかもしれません。

それでも山というのは正直なもんで、季節の移ろいを人肌よりもずっと敏感に感じ取るようです。

葉をつけたばかりのクリやケヤキやクヌギの山には、ぽつぽつと梅の花が咲きはじめておりましたし、ウグイスの声も聞こえておりました。

春先のウグイスは、まだ鳴くのが下手で、きれいな声ではよう鳴かんのです。それが、春が近づくごとに日、一日と、上手になっていきます。毎日聞いていると、ようわかります。

渓谷をわたるウグイスの鳴き声がだんだんに上手になるのを聞きながら、武田尾の人間は、ああ、ほんまもんの春が近づいてきたな、と思うんです。

ウグイスの雄は、ほんまもんの春が来るまでのあいだ、ああして毎日、雌の気を惹くために一生懸命、鳴く練習をしているんです。

恋に勝つのは、ええ声のウグイスですからね。

ええ。

私も、そういうたら、あの人の、ええ声に惚れたんでした。

あの人の話をする前に、もうちょっとだけ、武田尾の話をしましょうか。

はあ、武田尾の名前の由来ですね。

関ヶ原の戦いで、豊臣方の落ち武者がこのへんまで逃げ延びて、木樵になって身を潜めていたそうです。

ある日、木樵が薪拾いをしていると、一匹の猿が男を導くように渓に降りていった。するとそこに傷ついた猿や鹿が気持ち良さそうに渓流に浸かっておった、いうのが、この温泉の始まりやといわれています。「武田尾」というのは、「武田尾直蔵」という、この温泉を発見した落ち武者の姓からきているのやそうです。

ですから温泉の歴史は、四百年近う、あることになります。

それでもここらは落ち武者が身を隠すような場所ですさかい、明治も半ばを過ぎて鉄道が敷かれて駅ができるまでは、こんな辺鄙なところまで湯治に訪れる人なんか滅多におりませんでしたでしょうし、宿もありませんでした。

うちの旅館は、武田尾では一番古うて、創業は明治三十年です。ちょうど、鉄道が敷かれた年ですね。

先祖の姓は、木野(きの)、いうんですけど、木野も、もとは豊臣方の武将の姓で、関ヶ原の戦いから、西宮の名塩(なじお)の里へ逃げ延びたそうです。あのあたりには今も木野姓がぎょうさん住んでおります。

先祖は、代々、名塩で紙漉(かみす)きを生業(なりわい)としていたんですけど、明治の代に、跡目争いがあって、追い出された形で武田尾にやってきた祖父が、この渓谷に天然の温泉が湧(わ)くのを知って旅館を始めたんです。

最初に温泉を見つけたのも豊臣方の落ち武者。そこで初めて温泉旅館を始めたのも豊臣方の落ち武者の子孫。なんや奇妙な巡り合わせですやろ。

落ち武者を温泉に導いたのが、猿やというのも、どこか因縁めいてますやないか。もしかしたらその猿は、家臣思いの、太閤(たいこう)さんの遣いやったかもしれませんね。

戦争中は、武庫川の渓谷をはさんで、五軒の温泉宿が向かい合って軒を並べておりました。

けどその頃は時局柄、ふつうの湯治客は、もういてはりませんでした。

旅館は、軍からの指令で、外国人の療養所として使われていたんです。ええ、主に、ドイツの人たちです。五十人ぐらいは、おりましたかな。

当時のうちの宿の客の定員は六十五人でしたから、武田尾では大きい方です。

その宿が、外国人でいっぱいでした。

怪我をしたり、病気で具合の悪うなった外国人が、空気のええこの渓谷に、療養に来はるんです。

とはいえ当時は、たとえ日本の味方さんであれ、外国人というだけで警戒されましたから、体のええ、隔離施設みたいなもんでもあったんやと思います。

信州の軽井沢も、戦前はそういうとこやったと聞いたことがあります。

イタリア人？

ええ、実はあの人が武田尾に来る前にも、イタリア人がひとり、ここにおりましたよ。マッツォーラという人です。マッツォーラやなんて舌、噛みそうなんで、私らは「マッツオ」さんと呼んでいました。

マツオさんがやってきたのは、あの人が現れたのよりも五ヶ月ほど早い、十月のはじめごろでした。

このへんの十月いうたら、もう防寒着がいるぐらい、かなり肌寒いですのに、マツオさんは、開襟シャツに、青のチョッキ、白の半ズボン姿で温泉にやってきました。そら、もう、びっくりしました。

なんでもイタリアの軍艦に乗って日本に来て、うちへ来る前は、姫路の捕虜の収容所におったそうです。栄養失調で、もう死ぬか、いう一歩手前の時、神戸のイタリア名誉領事に助けられて収容所を出ることができた、言うてはりました。

解放された後は、その領事の計らいで、しばらく神戸にいてはったそうですが、扁桃炎をこじらせて、うちに湯治にやってきはったんです。

マツオさんは、陽気な人でした。

時折山から猿が降りて来るんですが、マツオさんは、よう、その猿のモノマネをしてはりました。それがほんまにそっくりで、私と私の母、そして姉と妹の四人で、腹を抱えて笑うたもんです。

私らは、マツオさんのことが大好きでした。

なにより、マツオさんは、料理が上手やったんです。

ある日、マツオさんが調理場に立たせてくれと、宿の板長に申し出たんやそうです。

半信半疑でやらせてみると、これが滅法美味しゅうて、たちまちドイツ人客の間で評判になりました。

なんでこんなに料理、上手やの、と訊いたら、

「イタリア人、戦争、ヘタ。デモ、料理、ドコノ国ヨリモ、ジョウズ」

そう言うて笑うてはりました。

後から人づてに聞いてわかったんですが、イタリアにおる時、ムッソリーニ統帥の作った料理学校を首席で出た、いうやないですか。

そら、おいしいはずですわ。

けど、マツオさん、そんなこと、自分からは一言も言わはらへんのです。

これだけの腕があったら、料理人としてどこへ行ってもやっていけるはずですけど、扁桃炎が治ってもこのまま料理人として武田尾に残ってくれとドイツ人客からねんごろに頼まれて、マツオさんは旅館に長逗留することになったんです。

普段は陽気で楽しい人ですが、料理に関しては、ほんまに生真面目な人でした。厨房で真剣な顔をしている時は、なんや近寄りがたい雰囲気がありました。ほんまもんの職人さんですね。

この辺は山の中ですさかい、街中と違うて、灯火管制もそれほど厳しくありません。

マツオさんが来てから、旅館の厨房には、真夜中でも、いつもランプの明かりが灯っていました。マツオさんが、ひとりで料理の下準備や、ドイツ人の舌に合う味の研究をしてるんです。母や私らは、その厨房を見て、また今晩も遅うまでマツオさんのランプが灯ってるで、と噂してました。

陽気で実直なマツオさんは、仲居さんたちにも、人気がありました。

マツオさんが来る前にも、旅館にはドイツ人がたくさんおりましたから、仲居らも外国人は見慣れていたはずですが、これまでのドイツ人とマツオさんは、全然違いました。たまに片言の日本語で言う冗談がなんともいえん面白うて、日本人やドイツ人の男性にはない、人の心をとらえる魅力があったんです。

長女の、みお、は、そんなマツオさんを見て騒ぐ仲居さんたちを、はしたない、見るのがいややと、よう、妹の私に、こぼしておりました。

でも、私には、わかっていました。なんで、みおが、仲居さんたちが騒ぐのがいややなんか。

みおも、マツオさんのことが、密(ひそ)かに好きやったんです。

私の勘ですが、姉は、マツオさんの明るさではなく、実直な面に惹かれたんやと思います。

戦争で死んだ、生真面目なふたりの兄を、ずっと慕っていましたから。

そんな折に、あの人が、私の前に現れたんです。


マツオさんと同じ船に乗っていた仲間のイタリア人がもうひとり、うちの旅館に療養に来る、いうので、母と、マツオさんと、私の三人で、武田尾駅まで迎えに行きました。

私はその時、たまたま大阪へ出る用事があったんで、駅まで一緒に行ったんです。

うちの旅館から武田尾駅までは、歩いて七、八分ほどかかります。

武庫川の右岸沿いを歩いて、木の吊(つ)り橋を渡ると、そこが駅です。

今はトンネルとトンネルの間の谷に架かった鉄橋の上に駅がありますが、当時は武庫川の渓流にへばりつくようにして駅がありました。川の音だけが聞こえる停車場で私たちはあの人が来るのを待ちました。

お昼過ぎでしたやろか。川の音に汽車の長い警笛が混じり、汽車が曲がりくねった線路の先から姿を見せました。

大阪から来た汽車から降りてきたのは、ふたりの外人さんでした。

紺の背広をぱりっと着こなした、恰幅(かっぷく)のええ、背の高い男の人がまず降りてきました。

戦時中ではめずらしいほど、血色のええ顔をしてはりました。あとで分かったんですが、
その人は神戸で名誉領事をしてはる、イタリアの人でした。そしてその男の人に続いて降
りてきたのが、あの人でした。

幽霊が降りてきた。

私は大げさやなしに思いました。

それぐらい、あの人は、瘦(や)せこけて、青白い顔に生気がありませんでした。

マツオさんが現れた時と同じ、開襟シャツに半ズボン姿の服装も、薄汚れて、ぼろぼろ
に見えました。

マツオさんが、「ジル！」と叫び、あの人に駆け寄りました。

身体(からだ)を強く抱きしめ、あの人の頰(ほお)にキスしました。

でもあの人は、マツオさんの顔を見ても、ほとんど表情を変えませんでした。

懐かしい友達に、ひさしぶりに会えたのに、なんでこの人はこんなに寂しげなんやろう。

その時の私には、その理由を知る由もありませんでした。

私は、大阪行きの汽車が到着するのを待つために、そのまま停車場に残りました。

マツオさんと、背広姿の男の人に抱きかかえられながら、ふらふらと歩いて宿に向かう、

あの人……ジルベルト・アリオッタ……の背を丸めた後ろ姿を見送りながら、私は、この人の未来は、いったいどないなるんやろう、この人は、この武田尾に来てもきっと恢復することなく、そのまま死んでしまうんやないやろか。

轟々と流れる渓流の音を耳にしながら、漠然と考えたんでした。

2

「九死に、一生を得ました」

ジルベルト・アリオッタが、ようやく、口を開いた。

静かに海を見ていたアレッサンドロ・カペッラがその声で振り向いた。

冬の須磨の海は夏とはうってかわって鉛色に沈んでいた。

カペッラがアリオッタと会ったのは、これが三度目だった。

一度目は、イタリアが無条件降伏し、リンドス号が自沈したあの日の神戸埠頭。

カペッラは、イタリア名誉領事として、捕虜となるリンドス号の乗組員に、今後の処遇について、イタリア語で説明したのだった。日本兵に殴られて倒れたアリオッタのことを、カペッラはよく覚えている。

二度目は、姫路の捕虜収容所に直接出向き、彼らに収容所を出る、唯一の方法があることを密かに教えに行った日だった。

アリオッタたちはカペッラの提案に同意し、ムッソリーニ新政権を支持する旨の宣誓書にサインした。

そこからはみんなばらばらだった。

リンドス号で軍医を務めていたピエトロは、神戸の北野にあるイタリア総領事館の一階で、診療所を開業した。「腕のいいイタリア人の医師がいる」と評判になった。

マッツォーラはそのすぐ近くで料理店を始めた。しかし空襲のひどくなった神戸では灯火管制で営業もままならず、当局からの休業命令もあってわずか二ヶ月で店を閉じた。その後扁桃炎をこじらせて、武田尾温泉に療養に入った。

いずれも、カペッラの口利きだった。

ピエトロやマッツォーラのような手に職のある者以外の多くの乗組員は、再び船に乗る道を選んだ。遠い異国の地に取り残され、母国に帰る術(すべ)もない彼らに選べる道はそれしかなかった。

イタリアの無条件降伏後もムッソリーニ政権を支持する旨を表明した、ということは、すなわち日本軍に協力する旨を表明した、ということを意味していた。

彼らは、日本軍の一員として日本船に乗り込んだ。

アリオッタもその一人だった。

彼は台湾へ向かう日本軍の船の乗組員となった。

しかし当時の東シナ海は、アメリカ軍の爆撃がもっとも激しい海域だった。

アリオッタの船も爆撃にさらされた。

彼の頭上を機銃掃射の弾丸がいくつも掠めた。しかし怖いのは頭上を掠める弾丸ではなく、甲板に撃ち込まれる弾丸の跳ね返りだった。

その跳ね返りがアリオッタの腕と脇腹を直撃した。

重傷だった。

意識を失ったアリオッタはなんとか仲間の援助で救命ボートに乗り込み、撃沈された船から脱出し、日本へ戻った。

アリオッタはその時の様子を、「海を見ながら話そう」と須磨の海岸に誘われたカペッラに話したのだった。

「九死に一生を得たのは、これで二度目だな」カペッラが答えた。

「ええ。リンドス号が自沈した時。そして、今回。両方とも、船は沈みました。しかし、私は生き残りました。船は、また造ればいい。大切なのは、生き延びることです」

「その通りだ」カペッラがうなずいた。

「君は、運がいい。君と同じように何人ものリンドス号の乗組員が日本軍の船に乗り込んだが、多くの者が、アメリカ軍の爆撃で死んでいる。祖国が無条件降伏したというのに、遠く離れたアジアの海で、命を落とす。なんという悲劇だ」

カペッラは、天を仰いだ。そしてもう一度言った。

「君は、運がいい」

「ジャンニはどうしてます？　仲の良かった電信員(マルコニスタ)です」

「死んだよ。沖縄へ向かう船の上でやられた」

「ヴィエラは？」

「同じだ」

アリオッタも天を仰いだ。

「ジャンニ……ヴィエラ……」

カペッラが、アリオッタに向き合った。

「アリオッタ、どうか、心を落ちつけて、聞いてくれ。君が、シチリアに残した、家族のことだ」

「妻が、息子が、両親が、どうかしたのですか？」

「一年半前の七月十日、アメリカ軍が、君の故郷のジェーラに上陸した」

「知っています。リンドス号の中で聞きました。その後、どうしているのか、ずっと気になっています。収容所を出た後、すぐにでも帰りたかったのですが、帰れなかった。妻は、息子は、両親は、ジェーラで、どうしているのですか？」

「誠に残念ながら」

カペッラは、言葉を切り、そして静かに言った。

「全員、亡くなった」

アリオッタの目が凍った。

「ジェーラはアメリカ軍の艦砲射撃と上陸で破壊されたそうだ。君の家族の消息はずっとわからなかったが、ようやく、当局から連絡が来た」

「ヴェロニカ……ジュリアーノ……マンマ……パパ……」

鉛色の海を映したアリオッタの瞳からいくつも涙がこぼれた。

言葉が続かず、両手で顔を覆って嗚咽した。

「祈ろう。君の愛する家族が、天国に召されて幸せであることを」

アリオッタは顔を上げなかった。

背中を丸め、うずくまって、いつまでも泣いていた。

「アリオッタ、さきほど自分で言った言葉を思い出すんだ。君は生き延びろ。家族のためにも。この戦争もいつか終わる。それまで、絶対に生き延びろ。そのために大事なのは、君が受けたその傷を、まずはゆっくりと治すことだ。身体の傷も、心の傷もな。いい場所がある。そこには、マッツォーラもいる。そしてアリオッタ、元気になって、いつかみんなで、イタリアに帰ろう。故郷に、帰るんだ」

アリオッタが嗚咽の中で、ただひと言、つぶやいた。

「私には……もう、故郷は……ありません」

3

あの人、ジルベルト・アリオッタ……私らは、アリさん、と呼んでおりましたが……武田尾に来ても、一週間ほどは、誰とも口をききませんでした。

私は、駅で初めてあの人を見た時の、あのなんともいえん寂しげな表情の理由を、あとで母から聞きました。母は、アリさんが武田尾に降り立った時に付き添っていた、神戸のイタリア名誉領事から聞いたそうです。

母が聞いた話は、とても悲しい話でした。

アリさんが故郷のイタリアに残した家族……奥さんと息子さんと両親は、アメリカ軍がアリさんの故郷のシチリアに上陸した時、戦闘に巻き込まれ、みんな亡くなったんやそうです。

それまで、ずっと生きていると信じていたアリさんは、その場に泣き崩れたそうです。

そんなアリさんを、母はとても気にかけていました。

母が特にアリさんを気にかけたのには、理由がありました。

この旅館の女主人である私の母、木野いく、には、私も含めて、三男四女の子供がいました。

長男と次男はすでに南方戦線に送り込まれて戦死していました。

私も幼心にはっきりと覚えています。大事なふたりの息子を亡くした母の悲しみようは、見ていられないほど痛ましいものでした。

何ヶ月も、魂が抜けたような状態でした。

そんなある日の朝でした。母が私たち家族に言うんです。昨日、死んだ長男が、夢に現れた。

夢の中で長男は、母にこう言うたそうです。

「お母様。気苦労をかけてごめんなさい。しかし、もうすぐふたりの男が、この旅館にやってきます。そのふたりの男を、僕と弟が帰ってきたと思って、かわいがってあげてください」

母は、夢枕（ゆめまくら）で長男が言ったその言葉を、本気で信じていました。

そして、ほどなくして、まず、マツオさんがやってきたんです。

そして、アリさん。

年格好も、亡くなった長男と次男と、まったく同じです。

こんな偶然が、ありますやろか。

夢の中に現れた長男が言うたとおりや。

母は、ふたりを、自分の息子のように、たいそうかわいがったんです。

みおが、マツオさんに惹かれていたのは、さきほどお話ししたとおりです。

姉は二十も半ばに近づいておりましたし、器量も良かったので、見合い話が山のように舞い込みました。しかし、断り続けました。

見合い話を断り続けるみおに、母が尋ねました。

「だれか思う人がいるの」

姉は答えました。

「叶わない相手だから言えません」

そのひと言で、母は、すべてを察したようです。

4

旅館には客が通ることのできない川岸に通じる抜け道がありました。仲居さんが川岸で客の浴衣などを洗濯したり野菜を洗ったりするために使っていました。

あの人は毎日、夕方になると、そこから川岸に出て浅瀬を渡り、中州から川に向かって石を投げていました。

あれは、旅館の裏手の西の空が赤紫色に染まった、ためいきが出るぐらいに夕焼けのきれいな夕方でした。

大阪へ買い物にでかけた帰り、武田尾の駅を降りて橋を渡ると、アリさんはやっぱりその日も中州に立ち、川に向かって石を投げていました。

私は、なんとなくその日は彼のことが気になって、抜け道から河原に下りました。あのきれいな夕焼けのせいやったかもしれません。

「なにしてるの」と声をかけると、アリさんは、

「レンシュウ」

と答えました。

「何の練習?」

「ヒフヲ、ノバシマス」

アリさんは片言の日本語で答えました。

怪訝な顔をしている私に向かって、アリさんは、シャツをめくり、長袖をまくって、自分の腹と腕を見せました。

そこには赤く焼けただれた、恐ろしいやけどの傷がありました。

傷で突っ張っている皮膚を伸ばすために、石を投げている、というのです。

「シュウヨウジョ、デテカラ、ワタシ、ニホンノフネ、ノリマシタ。台湾ニ、ムカイマシタ。ニホンノセンソウヲ、タスケルタメデス」

その話は、母からも聞いていました。

アリさんたちは、姫路の捕虜収容所に入れられていた。栄養失調で死にかけたが、日本軍に協力するならば出してやる、と言われ、イタリアに帰りたい一心で、同意して、出してもらったんだと。アリさんは日本の船に乗って台湾に向かい、そこでなんらかの任務について日本軍に協力することになったのでしょう。

考えてみれば、おかしな話ですよね。日本軍に協力しろって。言うてみたら、イタリアから来た人に、日本兵になれ、て言うてるんですよ。

「ソノトキ、アメリカノヒコウキカラ、バクゲキヲウケマシタ」

日本の船に乗り込んで、台湾沖で米軍機の爆撃を受けて、腕と腹に大やけどをした。そう言うんです。

「ニホンジン、タクサンタクサン、シニマシタ。イタリアジンモ、タクサン、シニマシタ。ワタシノ、トモダチ……」

私は、遠くイタリアから来て、日本の戦争に巻き込まれ、これほどの大けがをしたアリさんが、そして、せっかく収容所を出たのに、爆撃で死んだイタリアの人たちが、かわいそうでなりませんでした。九死に一生を得たアリさんは、まだ幸せだったのかもしれません。

「アメリカが、憎くないですか?」

アリさんは、首を横に振りました。

「ソレガ、センソウ」

そう言って、河原の石を拾い上げ、川の流れに向かって投げました。

石は、水面を何度か跳ねたあと、大きな岩に当たって、川に沈みました。

川面に佇(たたず)んでいたアオサギが驚いて飛び立ちました。

そして、もうひとつ、投げました。

当時の私は、イタリアっていうても、どんなとこか、皆目わかりません。どこか遠い海の向こうの外国、という印象があるだけでした。そんな遠い国から来た人が、こんな山奥の武田尾の渓谷で石を投げているのが、不思議で仕方ありませんでした。

石を投げるたびに鞭のようにしなるアリさんの右腕を、私はずっと見ていました。

「アナタモ、ナゲテミマスカ？」

アリさんは、私に河原の小石を差し出しました。

私もアリさんの真似をして、小石を川に投げました。

小石は跳ねることなく、ぽちゃんと音を立てて川底に沈みました。

アリさんは目尻に皺を寄せて笑いました。

その時初めて、私は彼の笑った顔を見ました。

そういえば、こんなこともありました。

ちょうど、ヤマザクラが満開の時期でしたから、四月の中頃のことです。

マツオさんとアリさんを誘って、母とみおと私と、五人で花見に出かけたんです。

武田尾のヤマザクラの美しさは、当時も今も、関西では知らん人がおらんぐらい有名です。

今、そのあたりは『桜の園』と呼ばれていますが、当時は『亦楽山荘』という名前の山林がありました。

大正から昭和にかけて、笹部新太郎という有名な桜守がおりました。東京帝大の法科を出て、犬養毅の秘書をしていたほどの人物でしたが、ある時、政界からすっぱり足を洗うて、桜守になりはったという、ちょっと変わったお人です。『亦楽山荘』は彼が生涯をかけて、絶滅が心配されるヤマザクラやサトザクラを自分の足で全国から集めて作りはった山林です。五千本ほども植わってましたやろか。桜にそんな詳しゅうはないんですが、ほかの山では見たこともない美しい桜が花を咲かせていたのを覚えています。

旅館から武庫川沿いの線路の上を歩いて、トンネルをふたつ抜けた先が『亦楽山荘』の入り口でした。それが一番の近道でした。

当時はまだ山沿いの線路に汽車が走っていましたから、トンネルの中を歩くのは、ひやひやしたもんでした。トンネルも渓谷に沿って曲がっていますから、中は光が入らず、真っ暗でした。

ぴちゃぴちゃぴちゃとトンネルの天井から滴る水の音が、私には何か暗闇に身を潜める不気味な生き物が舌を鳴らしている音に聞こえ、一刻も早くここから駆け出したい気持ちになりました。私の手をさっと握る手がありました。

「ダイジョウブ」

アリさんの声でした。

ふたつめのトンネルをようやく抜けると、暗闇から、突然、一面の桜がわっと目の前に広がりました。あの瞬間のあでやかな風景は、今でも忘れられません。

何本もの立派なヤマザクラが満開を迎えて、渓谷をはさんだ向かい側の濃い緑に一段と色が映えて、それはそれは美しい桜でした。

アリさんはそんな桜を見て、心から感動しているようでした。

どこからかウグイスの鳴き声が聞こえてきました。春先より、ずっと上手な鳴き声でした。

線路から山を登って、桜の道から下流の武庫川の流れを眺め、それから谷に降りました。谷には桜守の番小屋がありました。そこには石組みの水飲み場があって、みんなで山の水を飲みました。冷たい水が喉に沁みました。水飲み場の脇から不意に蛇が顔を出して、私はおもわず、きゃっとのけぞり、転びそうになりました。アリさんが両腕で私の身体を支えてくれました。

すぐ先に小さな滝がありました。その滝に覆い被さるように、見事なヤマザクラが流れに張り出して、枝を伸ばしていました。

私たちはずっと飽きることなく、その桜を見つめていました。

ヤマザクラの横には、樹齢が何百年も経っていそうな、大きなイチョウの樹がありました。マツオさんが、「パードレ（父よ）！」と叫んで、その樹に近づいて、太い幹に耳を近づけました。

そして、目をつぶりながら、安らいだ表情をしているのです。

何事かと、私たちもみんなでイチョウの樹の幹に耳を当てました。

樹の中から、ザーッと水の流れるような音がしました。

それは、とても心が落ち着く音でした。

アリさんが言いました。

「シチリア、ニモ、コンナ、オオキナ、キ、アリマス。オリーブ、ノ、キ、デス」

私はアリさんに訊いてみました。

「オリーブの花は、いつ咲くの？」

「ナツ、ノ、ハジメ、デス」

「春にはどんな花が咲いてるの？」

「ワタシノ、フルサトノ、ハルノハナ、ハ、アーモンド、デス。サクラ、ノ、ハナト、ソックリノイロノ、ハナ、デス」

アリさんの言ったアーモンドというのがどんな花なのか、その時私にはわからず、きっと桜に似た花だろうと想像するしかありませんでした。アーモンドに似た桜の花を見て、アリさんは、故郷のイタリアのことを懐かしく思い出しているようでした。

「ハルガ、オワルト、ハナガ、チッテイキマス。スコシカナシイデス。デモ、ワタシハ、チッタアトノ、キヲミルノモ、スキデス。ライネン、マタ、ハナガサクト、オモエルカラデス」

散った花に思いを馳せるなんて、イタリア人のアリさんが、まるで日本人みたいな感性を持っていることに、少し驚きました。

私はアリさんのふるさとに興味が湧きました。

「アリさんのふるさとって、どんなところ？」

「ジェーラ、トイウ、マチ。トテモ、ウツクシイ、トコロ。チイサナ、オカ、ガ、タクサン、アリマス。オリーブ、オレンジ、イチジク……。オカニノボレバ、ウミ、ガ、ミエマス。イエノチカクニ、カワガ、ナガレテイマス。コドモノ、コロ、カワ、デ、ヨク、イシ、ヲ、ナゲテ、アソビマシタ」

あの美しい夕暮れの中で、石投げをしていた日のアリさんを思い出しました。そして、行ったことのない、ジェーラという異国の町の見知らぬ川に思いを馳せました。私の空想の中で、子供のアリさんが、故郷の川で石投げをして遊んでいました。

ジェーラという町でも、あんな美しい夕焼けが見えるんやろうか。もし見えるなら、いつか彼の故郷を訪ねてみたい。満開の桜の下で、私は叶うはずもないそんな夢想にふけっていました。

マツオさんは、旅館の厨房に入って、ドイツ人たちのために料理を作っていましたが、アリさんもこちらに来てから、調理を手伝うようになりました。

アリさんは、マツオさんのように、正式に料理の勉強をしたわけではないらしいのですが、マツオさんは、アリさんの料理のセンスを、とても買っていたようです。

まあ、料理、言いましても、戦時中のことですから、材料は限られています。

それでも、武田尾は、すぐ近くに西谷村という野菜のわりあい穫れる地域があって、ふたりはそこで穫れたカボチャやインゲンマメやサツマイモなんかを、うまいこと工夫して調理していました。

そうそう、珍しいものでいうと、ダリアの球根が手に入りました。戦時中は花の栽培は贅沢品やと禁止されていたんですけど、西谷村では、特別にダリアの栽培だけは許可されていたんです。なんでかというと、ダリアの球根は、滋養強壮に効く、いうことで、軍部が航空兵の栄養剤として栽培を奨励していたんです。今でも西谷はダリアの名産地として有名ですが、これがきっかけです。当時はもう使えるものはなんでも使おうと、軍部も切羽詰まっていたんですね。私らは、農家の人からこっそりダリアの球根を分けてもらっていました。

ダリアの球根はそのままやと苦味があるんで、マツオさんは千切りにしたものを三回ほど水を換えながらさらしたあとに、何回も茹でこぼして、水気を切ってから、一日、酢漬けにして出してくれました。軍部が航空兵の栄養剤に使うてたぐらいです。食べると、そりゃあ、精が出て、いっぺんに元気になりました。

それから、ダリアの葉っぱも、茹でて胡麻和えにしてくれました。花も、食用菊と同じような味で美味しかったです。

そのほか畑で採れる野菜以外でも、ふたりの手にかかったら、美味しい料理になりました。道ばたに生えているシロツメクサや母子草も、細かく刻んで雑炊の実になりました。

シチリアにも、似たようなハーブがあるらしいのです。

そうして野草の葉っぱと配給肉の脂身を使った雑炊を、ふたりは、今でいう、ピザのようにして焼いてくれるのです。

この「雑炊ピザ」は、ドイツ人たちも喜びました。

うどんを使った料理も得意でしたね。

戦争中のことですから、なかなか米が手に入りませんでした。そこで代用されたのが、小麦粉を使った「すいとん」や「だんご」に並んで、うどんでした。

水分を抜いた乾麺（かんめん）のうどんは、長いこと保存もききますから、いつも旅館の台所にありました。

イタリア料理といえばスパゲッティ、と、今では誰もが頭に浮かべますが、当時戦争中の日本でスパゲッティの麺なんか、あるわけありません。

ところが、このうどんを、スパゲッティ風に仕上げるんです。

今も忘れられないのは、スパゲッティのトマトソース和（あ）えならぬ、うどんのトマト和えでした。

トマトは西谷の農家が作っておりました。

茹でて水にさらした乾麺うどんを油で炒（いた）めたところに、トマトを鍋でとことん煮詰めて作ったソースを加えて煮立て、最後に炒めておいたシイタケとタマネギを加えるんです。

これが、ほんま、美味しいんです。

美味しい、美味しい、と私たちが口々に言うと、アリさんは笑いました。

「マンマ（母）ノ味、モットオイシイデス。デモ、コレモ、ワルクナイデス」

アリさんは、パンを作るのも上手でした。イタリアの船に乗っていた時も、アリさんが作るパンが美味しいと評判やったそうです。

戦時中、一般の家庭でパンを作るとこなんか、あらしませんでした。

それでもうちに泊まってるのはみんな外人さんなんで、パンを食べたがるんです。

戦争の終わり頃には米の配給も遅れがちになり、しまいには配給さえなくなりました。代わりに小麦粉が配給されました。当時はどこでもみんなこの小麦粉を水で薄めて、すいとんを作って食べたもんです。アリさんは、この小麦粉とサツマイモをうまいこと使って、私たちに蒸しパンを作ってくれるんです。砂糖のほとんど手に入らない時代に、その蒸しパンは、ほんまに甘くて美味しかった。どうしてこんなに甘いの、と訊くと、麦芽から水飴（みずあめ）を作って、砂糖の代わりに使う、と教えてくれました。

「オヤツ、ツクリマシタヨ」

アリさんが作ってくれる蒸しパンは、美味しいもんに飢えていた私たちにとって、ほんとうに貴重なおやつでした。

マツオさんとアリさんは、そうやって手に入るもんを工夫して料理しはりました。

「あるもんで、うまいこと料理しはりますなあ」

そう母が言うと、アリさんは、その「あるもんで」という言葉の響きが、イタリア語に似ているとかで、えらい気に入りはって、よう口ぐせのように言うてました。

「ソウ、アルモンデ、オイシク、ツクル。ソレガ、ホントウノ、オイシイリョウリ」

マツオさんに再会できたことと、この武田尾渓谷の空気が、アリさんの身体に合うたんでしょうね。アリさんは、日を追うごとに生気を取り戻していきました。

ドイツ人向けに調理をしながら、アリさんは、よう歌を、歌うてました。

『サンタ・ルチア』とか『オー・ソレ・ミオ』とか、『ラ・クンパルシータ』とか。

私、いっぺん、訊いたことあるんです。『ラ・クンパルシータ』は、アルゼンチンのタンゴですやろって。

そしたら、アリさん、

「タンゴ、ハ、ムカシ、アルゼンチンニ、ワタッタ、イタリアジンタチガ、ツクリマシタ。ダカラ、イタリアジン、ミンナ、コノウタ、ト、ダンス、ダイスキデス」

そうして、朗々と歌うんです。

その歌声が、調理場から食堂まで聞こえるんです。

私が今までレコードで聞いたことのある『ラ・クンパルシータ』は、どちらか言うと、哀愁を帯びた暗い曲調なんですけど、これをアリさんが歌いはると、なんや元気が湧いてくるような気ぃがしてくるから不思議です。

彼の声は、ほんとうにすばらしいテノールでした。

あまりにすばらしいので、ドイツ人たちが、調理場から食堂に出て歌ってくれ、とリクエストしました。

アリさんはうやうやしく一礼して歌いました。

彼が歌うと、食堂の窓ガラスが震えました。それほどすごい声量なんです。

のびやかで、透き通るような、美しい声なんです。

そう。私は、あの人の、声に惚れたんでした。

声のええウグイスに惚れたんです。

武田尾の里に遅い夏がやってきたある日のことでした。アリさんが私に言いました。

「ウタ、オシエテ、アゲマショウカ？」

もちろん私は断りました。いままで人前で歌なんか歌うたことないのに、そんな声量もないのに、あんな大声で、私が歌えるわけありません。

「ダイジョウブ。スコシズツ、レンシュウスレバ、ウタエルヨウニ、ナリマス。イシヲ、ナゲテ、ワタシノ、ヤケドノ、ヒフヲ、ノバスノト、オナジ。レンシュウスレバ、アナタノ、コエモ、ノビヤカニ、ナリマス」

困って母に相談すると、ぜひ教えてもらいなさい、と、大乗り気です。

旅館の客や仲居さんの目につかない、離れの部屋がありました。

離れの名前は『冷風亭』といって、夏になると、氷ヶ谷という山腹の大きな岩と岩の間から吹き降りてきたひんやりとした風が部屋の中を通り過ぎるんです。

そこならどんなに大声を出しても気遣いは要りません。

そこで、アリさんにこっそり歌を教えてもらう日が続きました。

教えてくれたのは『サンタ・ルチア』でした。

アリさんは、この歌の意味も教えてくれました。

「サンタ・ルチア、ハ、ナポリ、トイウ、マチノ、ミナト、ノ、ナマエデス。ソシテ、コレハ、ウミ、ノ、ウタデス。チイサナ、フネデ、ホシガデテイル、ヨルノ、ウミヲ、ワタル、ウタデス」

小さな舟が、星の出ている夜の海に、漕ぎ出す。

この歌の意味なんか何もわからんと聴いてた時、そんな情景は思いもよりませんでしたのに、そう言われてみると、たしかにこの歌は、行き先も見えない真っ暗な夜の海を、それでも勇気を持って未来に向かって漕ぎ出す、希望が湧き出る歌に聞こえてきます。

「サア、ハジメマショウ」

まずアリさんが一節を歌います。

そしてその後に続いて、私がおうむ返しに歌うのです。

最初の一節はこうです。

する、まーれ、るちか

まーれ、の「れ」が、いきなり巻き舌です。

「まーれ、ハ、ウミ、トイウ、イミデス。ココガ、サイショノ、ダイジナ、トコロ」

イタリア語の巻き舌はどうしたらかっこうよく聞こえるか、アリさんは丁寧にコツを教えてくれました。

私がやってみると、

「ユイサン、ジョウズ。イタリアジン、ニ、ナレマスヨ」

アリさんは、褒めるのも上手でした。

そしてサビの部分は、

「さん、たーるー、ちーあ、ジャ、アリマセン。コウデス」

さー、あんたあーるー、ちーあ！

たしかにそう歌うと、とてもサマになるんです。

アリさんのようなのびやかで美しい声は出ませんが、なんとかかっこうがつくようになるまで、一ヶ月ぐらいかかったでしょうか。

「ユイサン、ジョウズニ、ナリマシタ。モウ、ヒトマエデ、ウタッテモ、ハズカシクナイデスヨ」

練習の合間、私はアリさんに訊いてみたことがあります。

「この歌は、夜の海に小さな舟で漕ぎ出す歌でしょ。いったい、小舟に乗っているのは、誰なんかしら」

　アリさんは、微笑みながら、こう答えました。

「キット、コイビト、ドウシ、デショウネ」

　私は、彼に見つめられているような気がして、胸がどきりとしました。

　気がつくと私はアリさんのことがすっかり好きになっていました。

　でも、とてもそんなことを口に出して言えません。

　そんな時代やなかったんです。

　そして何よりも、アリさんが故郷のイタリアで亡くした奥さんと息子さんに気兼ねしました。

　アリさんは、よく私にも、奥さんと息子さんの話をしました。

　写真があったのに、神戸の港で日本兵に破って捨てられた、と、よく怒っていました。

　今でも亡くなった奥さんのことを愛しているのが、よくわかりました。

　しかも、彼は、イタリア人です。

　私も、姉と同じでした。

　叶わぬ恋だと、あきらめていたのです。

5

敗戦の日の朝のことは、はっきりと覚えております。

ことのほか暑い日で、頭の上には雲ひとつない青空が広がっていました。

山の緑やら渓流の白い水しぶきやら、その間を縫って飛ぶカワセミの翡翠色（ひすいいろ）の羽やら、何もかもがいつもよりくっきりと見えて、なんや、時間が止まってしもたような朝でした。

朝、役場の方から、今日の正午にラジオで大切な放送があるから必ず聴くようにという通達がありました。

みんなが大広間に集まり、玉音放送を聴きました。

玉音放送は、私には、何を言っているのか、まったくわかりませんでした。

大人たちは、泣いていました。それで、日本は戦争に負けたんだ、と悟りました。

その放送を、ドイツ人、そしてイタリア人のマツオさんとアリさんも聴いていました。

日本人の私にわからんのですから、彼らに意味がわかるわけがありません。

日本が戦争に負けた。それでみんな泣いている、と母が説明すると、ふたりは怪訝な顔をしました。

アリさんが言いました。

「センソウガ、オワッタノデス。ドウシテ、ヨロコバナイノデスカ」

忌まわしい戦争が終わったのです。

もしかしたら、アリさんの感覚の方が、ずっと正しいのかもしれません。

事情を知ったドイツ人たちも大喜びで抱き合っていました。

もうドイツもイタリアもすでに無条件降伏しておりましたし、彼らにしてみれば、日本の降伏によって祖国に帰れるチャンスが広がったわけで、それは何よりも朗報やったに違いありません。

一方、日本人は誰もが悲しみにくれ、不安を抱いていました。

私も、胸の内で、別の不安を抱いていました。

アリさんは、これで、故郷のイタリアに帰ってしまう……。


数日して、あの名誉領事が旅館にやってきました。

彼の手には大きな黒革の鞄(かばん)がありました。

アリさんが、神戸港で没収された鞄です。

どうして二年も前に没収された鞄が、その時になって帰ってきたのか、今でも不思議なんですが、とにかく、鞄はアリさんのもとに戻りました。

中身は、空でした。

「ワタシノ、タカラモノガ、ハイッテイマシタ。ゼンブ、ナクナリマシタ。ナニモアリマセン」

アリさんの宝物だったはずのものは、全部没収され、空っぽの鞄だけが帰ってきたのです。

それがよほどショックだったんでしょう。その日、アリさんは部屋に籠(こも)ったきり、夕食の準備の時間になっても出てきませんでした。翌朝も、昼も。

「アリさん、アリさん」

私が部屋の外から呼びかけても、返事がありません。

私は庭に回り、彼の部屋の窓辺に立って歌いました。

『サンタ・ルチア』です。

アリさんに教えてもらった、あの歌です。

歌い終わると、アリさんは、そっと窓から顔を出しました。

「ユイサン、イママデデ、イチバン、ジョウズ、デス」

アリさんは二日ぶりに部屋から出てきました。

「オナカ、スキマシタ」

夜、アリさんは私たちのために、夕食を作ってくれました。

それは「あるもんで」作った、とびきり美味しい料理でした。

6

姉と私、ふたりの結婚話に、陸軍中尉だった三男の秀俊（ひでとし）はなかなか首を縦に振ろうとはしませんでした。

姉の相手は、マツオさん。そう、ほんとうはヴィットリオ・マッツォーラという名の、イタリア人です。

そして、私の相手は、アリさん。ジルベルト・アリオッタという名の、イタリア人です。

弟は、なによりも国際結婚、ということに反対でした。今でこそ国際結婚はあたりまえですが、当時は、外国の人と結婚する、というのは、大変なことでした。それだけで、勘当されても仕方のないことでした。

ましてや、相手は、イタリア人でした。

イタリアだけが先に無条件降伏し、日本を裏切った。そんな国の男やないか、という思いが弟にはありました。敵国の男と結婚するのか。

取り成したのは、母でした。

「マツオさんとアリさん、いや、マッツォーラさんとアリオッタさんは、日本を助けるためにやってきた人なんよ。生まれた国がなんやっていうの。肌の色や目の色が違うっていうのがなんやっていうの。そんなこととあの人たちの人柄とは、なんの関係もありません。

私はふたりがここに来てからずっと、見てきました。ふたりは、私が今まで見てきた、どの日本の男の人より誠実です。私の目に狂いはない。秀俊。どうか、ふたりの結婚を、許してやって。私を、そして、マッツォーラさんとアリオッタさんを信じて、許してやって」

そう言うと、母は、畳に額をこすりつけるようにして弟に頭を下げました。

畳に母の涙が落ちました。

日本を助けるためにやってきた……。

母のこの言葉の底には、ふたりは母自身を助けるためにやってきた、という気持ちも、きっと含まれてたんやないでしょうか。

長男と次男を亡くし、その長男が、ある日、夢枕に立って言った、あの言葉です。

「もうすぐ、僕らのかわりに、ふたりの男がやってくる。お母様。僕らのかわりに、かわいがってあげて」

そう、マッツォーラさんと、私の夫、アリオッタは、母が信じるとおり、きっと戦争で亡くなった長男が、母のために遣わした人なんです。

終戦の翌年、五月のことでした。

マッツォーラと姉の、みお、そして、四日後には、アリオッタと私が、旅館で結婚式を挙げました。

出ないと頑(かたく)なに言うてた秀俊も出席しました。

翌年には、それぞれの息子も誕生しました。

母は昭和三十五年に七十八歳で亡くなりました。

あの母なしには、無かった結婚でした。

母はふたりの息子を戦争で失い、残った子供たちには、好きなように生きてほしいと願ったのでしょう。

ほんとうに、私は今でも不思議に思います。

人が、人を好きになるって、どういうことなのでしょうね。

そこには、本人同士の気持ち以外に、何か、目に見えない力が働いているように、私には思えてなりません。


ジルベルト・アリオッタが生きていたら、もっといろんな話が聞けたのにって？

それはないでしょうね。

友人のマッツォーラさんが、いつも言うてました。

古いイタリアの男は、恋の話など、しないんです。

第三章　川のほとりのリストランテ

1

「ノジー、ワタシ、ゆいさんと、夫婦になりました」

武田尾からのボンネットバスから降りてきたアリさんは、畑のあぜ道を歩く私を見つけるや、大声でそう叫んで駆け寄りました。

花柄の日傘を差したゆいさんがその少し後ろから、とことこあぜ道を追いかけてきます。

アリさんがかぶっていた麦わら帽子が飛びました。

畑に転がった麦わら帽子をゆいさんが拾って、小走りでアリさんに駆け寄り手渡しました。帽子をかぶり直すアリさんの顔を、まぶしそうに見上げるゆいさんの顔が日傘の陰から見えました。

今でも目に浮かびますよ。この辺の風景は、昔のまんまですしなあ。

アリさんと、ゆいさんは、戦争が終わる少し前から旅館で使う野菜を調達しに、ふたり揃うてこの西谷の畑へ来てはったんです。

そのふたりが、戦争が終わった翌年の春に夫婦になったと報告に来たんですから、そら、びっくりしました。まさか、ふたりが結婚するやなんて、思てもいませんでした。なにせ、イタリア人の旦那さんと、日本人の奥さんでしょう。

当時はまだ、日本人と外国人が結婚することがかなり珍しかったですし、正直、偏見もだいぶありました。けど、私は、アリさんのことも、ゆいさんのことも、よう知っていました。ええ、アリさんのことは大好きでした。アリさんには、どこか人のふところにふっと自然に入るのが得意なところがありました。イタリア人の気質でしょうかね。

私の苗字は野島というんですが、アリさんは私のことをノジーと呼んで、慕ってくれました。故郷のシチリアの家が農園をやっていたそうで、ここに来るたびに、うちの畑仕事を手伝うてくれました。土を相手に生きてきた者同士、どこか心が通じるところもありました。

片言の日本語でしたが、いろんな話をしましたよ。なんで日本に来たのか、なんで武田尾の温泉におるのかも、教えてくれました。

大変やなあ。そう言うと、アリさんは答えました。

「ダイジョウブ。日本の土、ワタシに、合っていると思います。ヤサイと同じね」

そう言うアリさんに、私は、いっぺん、訊いたことがあります。

「アリさん、野菜と果物の中で、何が一番好きですか？」

アリさんは答えました。

「何でも好き。何でも食べます。イチジク以外はね」

イチジクが苦手？

なんで、と訊いても、アリさんは笑って答えてくれませんでしたが。

ゆいさんはゆいさんで、典型的な大正生まれの日本人女性でした。控えめで、余計なことは何も言いません。いつも男の人を立てる女性でした。

それでいて、アリさんも、ゆいさんも、自分の信念は曲げない芯の強いところがありました。

そやから、ふたりが結婚したと聞いた時、私は思いました。

絶対、大丈夫。このふたりは、やっていける。

結婚した経緯を私に話すアリさんの日本語は、ずいぶん上達していました。

「アリさん、日本語、上手になったなあ」

「はい。ゆいさんに、みっちり鍛えられました」

そう言ってアリさんはいつもの人なつこい笑顔でウインクしました。

その年の夏から、ふたりは毎週のように西谷に顔を出すようになりました。

宝塚で、イタリア料理を出す食堂を開くことにした、と言うんです。

「イタリア料理？」

私はぽかんと口を開けました。

「はい。でも、そんなに、たくさんのメニューはできません。最初は、スパゲッティから始めるつもりです」

「……ス、スパゲテ？」

今でこそ、日本のどこの街を歩いても、石を投げたら当たるほど、緑、白、赤の三色旗を立てたイタリア料理の店がありますよね。しかし、あんなものは、ごく最近になってからのことです。

戦争が終わったばかりのあの頃は、西洋料理の店自体が、えらい珍しい時代です。「イタリア料理」という言葉も聞いたことありませんでした。私が知っていたのはマカロニぐらいで、まったくぴんと来ませんでした。スパゲッティですら、まだどんな料理かもわかりません。当時のほとんどの日本人がそうでした。

私が知っている限り、あの頃、日本でイタリア料理の店なんて、まだなかったはずです。それに今と違うて、海外からの食材が手に入る時代やありません。戦後の食糧の乏しいこの日本で、イタリア料理の材料なんか、揃うんかいな。アリさんにそう言うと、彼は、笑って答えました。

「あるもんで、作ります」

そして急に真面目な顔になって、こう続けました。

「でも、イタリアの料理に、どうしても、いるもんがあります。それが、この畑にあります」

　アリさんが指差したのは、トマトでした。

「トマトがあれば、ダイジョウブ」

　戦前から、ここ西谷地区でも米と麦のほかに何か特産物を、ということで、農業試験場の指導を受けて野菜の生産が始まりました。

　最初に手がけたのが、トマトやったんです。当時は、「赤茄子（あかなす）」とも呼んでました。

　今でこそトマトは甘味があって、いろんな種類も出ています。日本では人気のある野菜ですけど、当時のトマトいうたら、独特の青臭さが強うて、日本人には決して、人気のある野菜やなかったんです。あのどぎつい真っ赤な色も、日本人の好みとは合わんかったんやと思います。

　それに、当時のトマトは病気にかかりやすうて、すぐにヒビが入りました。雨や泥ハネに弱いんで、屋根をかけて守らなあきません。トマトは手がかかるんです。

　だんだんと手がける農家も少のうなって、さほど手をかけんでもある程度できる、キュウリや桃や栗（くり）の栽培に移っていきました。

　それでもトマトにこだわって細々と作っていた農家が、数軒ありました。うちもその一軒です。

　なんでしょうなあ。生来がへそ曲がりな性格でしてね。みんながいやがって手を出さんもんを、なんとかしたろ、と思うとったんですな。いろいろ工夫して、少量ながらなんとか出荷できるようにはなっていました。

「うちのトマトは酸っぱいでっせぇ」

そう言うと、

「酸っぱくても大丈夫。ワタシの故郷のシチリアのトマトも、酸っぱいですよ。七月と八月に、熟れたトマトが穫れますね。それ、ボイルにして、瓶詰めにします。そうしたら、一年中、使えます。そうして自家製のトマトソースを作ります。イタリアでは、みんなそうします。トマトソースのスパゲッティ、おいしいですよ。特に、穫れたてのトマトを使った夏はね。ワタシの故郷のシチリアには、こんなことわざがあります。『トマトの季節に、食卓にまずい料理は並ばない』」

トマトは、イタリア料理の命です。ここに、その命がたくさんあります。私の畑に来るたびに、アリさんはそう言ってくれました。

ある日、畑を訪れたアリさんは、私に言いました。

「ノジーさん、ワタシ、お店の名前を、決めました」

「なんて名前?」

「リストランテ・アルモンデ」

アルモンデ? イタリア語? と聞き返す私に、

「日本語の、あるもんで」

私はその意味を理解して吹き出しました。

あるもんで、とは、ええ言葉や。

ここ西谷でも、昔から味噌(みそ)や醤油(しょうゆ)も自家製で、着るものから草履の鼻緒、布団の打ち直しにいたるまで自給自足、まさに、あるもんで、生きてきた村なんです。

「アリさん、気に入った。その店、応援するで」

気に入ったのは名前だけやありません。

実はこの西谷という村は、京都からは十里ほど離れた山間(やまあい)の隠れ里のようなところですが、もう何百年も前から、いろんな人間がいろんな事情でふるさとを離れて移り住んできた集落です。戦(いく)さや、貧しさ、迫害、ふるさとを離れた事情は様々やったでしょう。

みんなこの土地を、新しいふるさとにして、生きてきたんです。

私は、遠い海の向こうの外国から日本にやってきて、宝塚に根を張って生きようとしているアリさんが、ほんまになんや他人(ひと)ごとには思えませんでした。

宝塚の山間の武田尾でたまたま出会った日本人の女性とイタリア人の男性が、恋に落ちて、宝塚でお店を開く。

それも、日本にはまだほとんどないはずのイタリア料理の店です。

ようやく戦争が終わって新しい世の中になって、「ふるさとの料理」で新たな人生を歩もうとしている。私は、アリさんのその心意気が、気に入ったんです。

アリさんの料理店、絶対に、成功してほしい。そのために、自分のできることやったらなんでもやる。そう思いました。

ゆいさんが、はにかみながら言いました。

「私、最初は言うたんです。料理が得意なんやから、ホテルの厨房とか、どこかの料理店で働いたら？　って。そしたら、いや、ワタシは、自分の店でやる。人に使われるのはもうイヤ。苦労も何もかも、全部自分で引き受ける。って」

「旦那さん、頼もしいなあ。ゆいさん、ええ旦那さん、もらいましたなあ」

「ありがとうございます。でも、私ら夫婦だけの力では、とてもここまでできませんでした。宝塚に出すお店の場所を見つけてくれたのは、私らの結婚に一番反対していた、私の弟の秀俊なんです。秀俊が、方々かけあって、見つけてきてくれたんです」

「お店の場所は、どのへんですか」

「阪急の宝塚駅から南へ歩いてすぐ。宝来橋の北詰から一本入った路地の中です」

「ああ。武庫川のほとりですな」

アリオッタが答えた。

「ハイ。ワタシ、あの場所、とても気に入りました。ヒデトシさん、いい場所、見つけてくれました。ワタシの店、あの場所のほかは、考えられません」

「えらい惚れ込みようやな。たしかにすごいええ場所やないですか。できたらすぐに行きますよ」

私はありったけのトマトを籠に入れて、アリさんと、ゆいさんに渡しました。

「はよ、アリさんが作った、トマトの、ス、スパゲテ？」

「スパゲッティ」

「そう、トマトのスパゲッティ、食べたいわ」

「スパゲッティのメニューは、もうひとつ考えていますよ」

「なんですか？」

「イワシのスパゲッティです」

「イワシ？」

「ええ、故郷のシチリアの海の香りがするスパゲッティです。姫路の捕虜収容所にいる時、空を眺めながら、仲間と考えたメニューです。ホントは、ブカティーニというパスタを使いたいですが、あるもんで、作ります」

「イワシのスパゲッティか。それもええなあ」

籠の中のトマトをひとつ手に取って、アリさんは言いました。

「かじっても、いいですか」

「もちろん」

「一緒にかじりましょう」

アリさんと、ゆいさんと、私たち夫婦の四人で、もぎたてのトマトをかじりました。

それはそれは、酸っぱいトマトでした。

トマトの汁がアリさんの口からぽたぽたと滴り落ちました。

アリさんはその口もぬぐわず、かじり続けました。

そして、言いました。

「シチリアの、味がします」

ほんまかいな。私は思いました。

「ここは宝塚やで」

「今日から、宝塚が、ワタシのシチリアです」

そして、アリさんは奥さんに向かって言うのです。

「今日食べた、このトマトの味を、ずっと覚えておきましょうね」

私は今でもあの終戦の翌年の夏の日、アリさんとゆいさんと一緒にトマトをかじったことを思い出すたび、幸せな気分になります。

母親のおなかの中の赤ちゃんが、生まれる前に、お母さんのおなかを蹴るように、もうすぐこの国に生まれようとする「イタリア料理店」が、さあ、生まれるぞ！　と、あの瞬間、私たちに教えてくれたような気がするんです。

2

宝塚ホテルの取り壊しが決まったそうですな。

マサユキさんが、今、お泊まりの、あのホテルです。

取り壊しは二〇二〇年ですか。

宝塚南口の玄関に開業したのが、大正十五年でしたかな。

もう今年で九十年経(た)って、老朽化したため？

それは単なる建前でしょう。

建物の老朽化なら、外側はそのまま残して、内部の設備を新しく入れ替えればいい。欧米ではみんなそうしています。古い歴史のある建物は、街の顔であり財産やと誰もがわかっているからです。

ましてや、宝塚ホテルのような、「モダン」で美しい建物を取り壊すやなんて……。

取り壊した跡地には、何が建つんですか？

タワーマンション？

いったい、この宝塚に、いくつタワーマンションを造ったら、気が済むんですかね？

宝塚ホテルは阪急の小林一三(こばやしいちぞう)が造ったものです。

彼が造った阪急ブレーブスをつぶし、宝塚ファミリーランドをつぶし、今度は宝塚ホテルをつぶすんですね。小林一三は、きっとあの世で泣いています。

おれが造った夢の街を、どうするつもりや、とね。

実はあのホテルは、私の大切な青春の一部でした。それがもうすぐこの世から消えるんですね。

もっとも、宝塚ホテルが消えるよりも先に、私の命の方が先に、この世から消えてしまいますが。

今日は、わざわざこんなところまで訪ねてきてくださって、ありがとうございます。私みたいな年寄りの話が、なにかのお役に立ちますのかな。

このホスピスは、なかなかいいところでしてね。

週に一度、夕食に、なんでも食べたいメニューをリクエストできるんですよ。

たまにテレビで、目にしますでしょう。

「人生の最後に、何を食べたいか」と訊く番組を。

あんなものはまるで他人ごとのように思てましたが、まさか余命二週間となった自分が、それを考える時が来るとはねえ。

それに、不思議なものですな。

これまで入っていた病院では、食事制限があったり、薬の副作用があったりで、ほとんど食欲がなかったんです。それが、もう延命治療もやめて、あと数週間、静かに余生を過ごそうと決めて、ここへ来た途端に、また食欲が戻ってきました。

恥ずかしいことですが、好きなものを食べるということが、こんなに愛しいことなんやと、この年になって初めて気づきましたよ。

今日は、ちょうどリクエストした料理が食べられる日です。

イワシのスパゲッティを頼みました。

そう決めたのは、今日、あなたが訪ねてきてくださるというのが、わかっていたということもありました。

『リストランテ・アルモンデ』のお話を聞きたいということでしたね。

ええ。もちろん。よく覚えてますよ。

なつかしいですなあ。

あの日、あの店で食べたスパゲッティの味、七十年近く経った今も忘れていません。

あの店を最初に見つけたきっかけですか？

ほんのちょっとした偶然やったんです。

あのレストランの話をする前に、宝塚という街と、私とのかかわりからお話しした方がよかろうと思いますが、よろしいですか。

身体(からだ)が弱っても、口だけは、達者なままでしてな。

いささか長い話になるかもしれませんが、夕食が届くまでは、まだじゅうぶん時間があります。

もうすぐ死に往(ゆ)く年寄りの、この世への置き土産と思うて、聞いてくださいますか。


宝塚に進駐軍がやってきたのは、昭和二十年の九月二十六日でした。

あの日、宝塚大劇場の正門に星条旗がひるがえるのを見た時、私は初めて、ああ、日本人は戦争に負けたんやなと、心の底から実感しました。

終戦の日に玉音放送を聞いた時も、そんなふうには思わんかったのに。あの大劇場は、私にとって、それほど特別な存在やったんです。

大劇場の前に日本人はだれひとり、おりませんでした。いっときはあれほど華やかなにぎわいを見せた街が、朝から物音ひとつせず、死んだみたいに黙りこくっていました。

当時十八歳の私は、「花のみち」のかげに身を潜め、昏い心を抱えながら、大劇場の正門に風を受けてはためく星条旗を、ただじっと見つめていたのです。

あの年の夏は九月に入っても、うだるような暑さでした。それがあの日はぐっと冷え込みました。

どこからか、金木犀の匂いが漂っていました。

季節の替わり目を感じさせる風の冷たさと、金木犀の、あの、どこか別の世界から漂ってくるような甘い香りが、敗戦による虚脱状態の中で空腹と将来への不安におびえていた私の心を、一層心細いものにしました。

進駐軍が宝塚にやってくるという情報は、二日前から入っていました。

戦時中は鬼畜のように語られていたアメリカ兵たちです。みんな、どんな恐ろしい形相の男たちがやってくるのかと身構えていました。

「ヤンキーが来たら殴り殺されるぞ」

「なにもかも強奪されるぞ」

阪急宝塚駅から大劇場につながる商店街のお嬢さんたちや奥さん方の中には、進駐軍に襲われるのを恐れて、あわてて疎開する人もいました。

ところが実際にやってきたのは、ジープに乗りながらチューイングガムを嚙み、まだ顔にあどけなさの残る若いアメリカ兵たちと、軍服をスマートに着こなす、人の良さそうな笑顔の将校たちでした。

ついひと月ほど前まで、御国(おくに)のために命を捨てて彼らをぶち殺すことが使命と教えられていた私は、ひどく拍子抜けしました。

その日から大劇場は進駐軍に接収され、日本人は一切立ち入り禁止となりました。

戦争の間、宝塚は、仁川(にがわ)にあった軍需工場をのぞいては、ほとんど米軍の爆撃を受けていませんでした。それは宝塚にある遊興施設を、終戦後に自分たちが使うためだという噂(うわさ)がありました。噂は間違っていなかったようです。

彼らが文化を理解しないような野卑で野蛮な、鬼のような形相の男たちであれば、まだ憎しみの炎をたぎらせて私のプライドはぎりぎり保たれたかもしれません。

しかし彼らはそうではありませんでした。

私たちより、ずっとスマートで、背が高く、格好いい。かつて西洋を舞台にしたレビューで、タカラジェンヌの男役たちが演じた、本物の外国人たちでした。

私は大切な恋人を、自分よりも美しくてたくましく優しい男の腕に奪われたような劣等感と嫉妬(しっと)を彼らに覚え、打ちのめされました。

今日から、彼らがあの大劇場の主になる。

私の大切な「宝塚」が、彼らに奪われる……。

かつて私が胸躍らせたあのレビューを、歌を、踊りを、芝居を、この劇場で再び観(み)ることができる日は来るんやろうか。そんな日は永遠に来ない。そう思いました。

私は、昭和二年の生まれです。

少年時代、宝塚という街は、私にとって「夢の街」でした。

実家のあった豊中から電車に乗り、阪急宝塚線の宝塚駅に降り立つだけで、胸の奥が締め付けられ、足の指先がきゅっと吊り上がるような恍惚（こうこつ）感に包まれたものです。

まるで夢幻の世界に足を踏み入れたような気分になったものです。

当時の残り香を漂わせるものが宝塚大劇場だけとなってしまった今では想像しにくいと思いますが、おそらく当時、世界の中でも宝塚ほど、あらゆる人間のあらゆる享楽を集めて、あらゆる階層の人間を惹（ひ）きつけようとした街は、なかったでしょう。

明治の終わりから昭和のあの戦争が始まる前まで、宝塚は、街そのものが東洋一の娯楽施設を誇る遊興地やったんです。

明治の中頃までは、まだ武庫川の右岸に温泉旅館が何軒かぽつぽつと並んでいただけで、単なる田舎のひなびた温泉地にすぎませんでした。

夢の街が生まれるきっかけになったのは、鉄道です。

後の阪急電鉄の創始者、小林一三が、明治の終わりに、大阪の中心地梅田と宝塚を結ぶ鉄道を通したんです。

一三さんは鉄道の開通とともに、山が迫って後背地が限られている右岸ではなく、温泉街の川向かいの左岸の広い河原を埋め立てて、新しい温泉施設を作りました。この地を一大温泉地にして、宝塚まで敷いた鉄道の利用客を増加させようとしたんです。

目論(もくろ)みは見事にあたって、毎日何千人もの浴客が押し寄せました。さらに「パラダイス」と称する、日本で初めての巨大な室内プールを備えた豪華な洋風建築の娯楽施設を作りました。

しかしこの室内プールは時代の先を行き過ぎていました。

当時は男女が一緒に泳ぐという習慣がまだなく、客はほとんど集まらず、すぐに閉鎖してしまったんです。

しかしこの失敗を失敗として終わらせないところが一三さんのすごいところです。

ちょうどプールの水槽は場所によって深さを変えており、傾斜がありました。

その傾斜を見て、一三さんはひらめいたんです。

この傾斜に板を張って、床にしたら、ちょうど舞台の客席になるやないか。

そうして、閉鎖したプールを、温泉客向けの催し物や余興を行う大広間に転用することを思いついたんです。

舞台は脱衣場の壁をぶちぬいて作りました。

こうしてプールを改造した舞台と広間で温泉客向けの余興のひとつとして行われたのが、「宝塚少女歌劇」です。

あのタカラヅカが、産声をあげた瞬間です。

しかしあくまで浴客相手の温泉場の余興です。最初の頃は湯から上がった客が板の間に寝そべりながら観たり、子供たちがそのへんを走り回ったりする中で行われたそうです。

それでも少女たちは熱心に歌い、健気に演じました。そんな彼女たちの熱演が評判を呼び、新温泉には少女歌劇目当ての客が引きも切らず押し寄せるようになりました。一三さんの狙いどおり、いや、それ以上の客が集まったのです。

こうなると、もう余興ではすまされません。

いよいよ専用の劇場を作ろう、ということで、あの宝塚大橋のたもとに「少女歌劇団」専用「宝塚大劇場」を建設したのが、一九二四年、大正十三年のことです。

そこから、当時のあらゆる娯楽施設がこの宝塚の川べりに集まりました。

温泉、トルコ風呂、美粧院、写真場、遊技場、支那料理、活動写真館、動物園、安全飛行塔、メリーゴーランド、大滑り台。後の阪急ブレーブス、プロ野球団の本拠となる宝塚運動場、大温室と熱帯植物園、トーキー映画スタジオ、そして、武庫川と逆瀬川の合流する人工の中州に造られた、一度に千人が踊れる四千坪の、日本で初めてのダンスホール。

あの頃……昭和のはじめの宝塚は、日本のどこよりも華やかな街でした。

街全体が、ダンスを踊っているようでした。

そう、ひと言で言うと、「モダン」です。

「モダン」という言葉が、この街にはぴったりでした。

私の宝塚通いは、小学生の時から始まりました。

大阪の豊中で生まれましたが、ハイカラ好きの祖母と母が大変なタカラヅカのファンだったんです。

小学生の時に父親が亡くなり、祖母と母、姉と私の四人家族で、父が死んだ寂しさを紛らわしたいという思いもあって、よく宝塚大劇場に通いました。私が通っていた小学校の同級生が後にタカラジェンヌになったことも、私のタカラヅカ好きに拍車をかけました。

中学に入った昭和十四年頃には、すっかりタカラヅカファンになっていました。

私が少年の頃タカラヅカにはまっていた、と言うと、今の人は驚くのですが、その頃は歌舞伎や日本舞踊を観ることが特別なことでもないし、他にあまり娯楽もない時代でしたから、むしろ今よりも、男性はよくタカラヅカに通っていたんです。

春日野八千代、天津乙女、小夜福子ら当時のスターが絶大な人気を集めていました。

私はといえば、そんな主役とは無縁の、ある脇役のタカラジェンヌにすっかり心を奪われていました。

園井恵子。

それが彼女の名前です。

ずいぶん昔の話です。今ではもうタカラヅカファンでさえ、彼女の名前を知っている人はほとんどいないでしょうね。

園井恵子は東北の岩手出身でした。当時のタカラジェンヌの出身といえば、関東以西、それもほとんどが関西出身でした。関西の上流階級の花嫁修業を兼ねて学ぶところという印象がありましたから、東北の片田舎からタカラヅカの門を叩いて入った彼女の存在は、きわめて珍しいものでした。中学生の時に少女雑誌のグラビアで宝塚歌劇のことを知り、矢も楯もたまらず両親の反対を押し切って宝塚を目指したそうです。

彼女は脇役でしたが、明るくて、動きがのびやかで、喜劇的な役どころが多く、コミックソングなんかを歌うと絶品でした。

どこか人を包み込む悠暢さがあり、それでいてすっきりとした上品な顔立ちで、二枚目半といった感じでした。

身長が百五十五センチと低かったんですが、子役、少年役、お嬢様役や奥方役から老婆役まで、できない役はない、といわれるほど芸の幅の広い人でした。

個性的な美しさがにじむマスクで、白い柔らかな頬に、唇の端がきゅっと上がって、いつもにこにこしている。そんな園井恵子が、私は大好きでした。

『歌劇』という雑誌がありまして、当時、私はそれこそ穴が開くほど目を通したものです。公演の紹介や稽古風景のグラビアなんかに混じってタカラジェンヌへのアンケートがよく載っていました。

たとえば、「お正月をどう過ごしましたか」といった、他愛のないものです。

そこに園井恵子は、

「お正月はよく食べてよく寝ていましたから、それからはとても元気で、今年になって口ぐせのシンドイがまだ一度も出ませんのよ。偉いでしょう」

などと書いてあって、私はそれをうなずきながら読み、実際に彼女と直接話をしたような気になって、うっとりしたものです。

せめて、夢の中に現れてくれないかな。そして話をしてくれないかな。そんなことを思いながら、毎日寝床につきました。

あれは私が中学に入った翌年の五月でした。

学校が休みの日に、豊中からひとりで阪急電車に乗って宝塚にやってきました。

どこかで偶然、園井恵子に会えないかと淡い期待を抱いて「花のみち」を歩いたのです。

阪急宝塚駅を降りると線路沿いに土産物屋が立ち並び、それが途切れると、宝塚大劇場と宝塚音楽学校まで、川沿いに桜並木の小径が四百メートルほど続きます。

これが「花のみち」です。

武庫川の古い堤防跡だったので、小径は周囲より一メートルほど高くなっていました。

春ならば、並木道はまるで桜のトンネルです。

途中、動物園と植物園に続く陸橋があり、私はその陸橋の上から、「花のみち」をのぞきこみ、たまたまそこに園井恵子が通りかからないかと待ちました。

並木道の桜は、もう葉桜に姿を変え、桜のトンネルは緑のトンネルになっていました。

藤の花が花房を垂れて樹影を作り、クマバチがその花の周囲を飛んでいました。

近くの動物園からは、オウ、オウ、オウとアシカの鳴く声が聞こえていました。

「花のみち」は当時、「ささやきの小路」とも呼ばれていましたが、ロマンチックなその名に似合わず、桜の樹には毛虫がたくさんいました。ある時、着物姿の音楽学校の生徒の襟首に、毛虫が落ちたのを見ました。

私はその毛虫をどれほどうらやましく思ったことでしょう。できれば毛虫になって、桜の樹の上で園井恵子が通りかかるのをじっと待ち、彼女の襟首に落ちたい。そうして、一瞬でも彼女に触れたい。そんなことを真剣に考えました。

公演中は多くの女性ファンに混じって、楽屋口でこっそり出待ちをしたこともあります。やはり男で出待ちをするファンは警戒されるらしく、いかめしい門衛が私を睨んでいました。「公演中、面会謝絶」の貼り紙が憎らしく見えました。

もう帰ったのかな。いや、きっとまだだ。ひと目だけでも、彼女に会いたい。

でも、もう随分経っている……。

あきらめかけたその時、彼女が楽屋口から出て来ました。その姿を見た時は、天にも昇る心地でした。

一瞬、園井恵子と目が合いました。

彼女はひどい近眼で有名でした。しかしその時、彼女はたしかに私の顔を見て、微笑んだんです。もちろん恥ずかしくて声などかけられません。ただ園井恵子のまぶしい姿をじっと見ているだけでした。

楽屋口で彼女と会った日、私は音楽学校の校舎を覆う蔦の葉を一枚持って帰り、その葉の裏に「今日は園井恵子さんと会った」と書いてアルバムに貼りました。

その夜はアルバムを抱いて眠りました。

朝、郵便受けをのぞくと、分厚い手紙が入っていました。差出人を見ると、なんと園井恵子とあるじゃないですか。うれしくてうれしくて、封を切ると、

「昨日はごめんなさいね。今この手紙、譜面の上で書いているのよ……」

そこまで読んで、目が覚めました。

園井恵子は夢には現れてくれませんでしたが、夢の中で分厚い手紙をくれたのです。いったい、あの手紙の書き出しの続きには、なんと書いてあったのでしょう。私は、その続きが読みたくて仕方ありませんでした。

その日から、いつか彼女がほんとうに手紙をくれるんじゃないかと、いつも朝起きると、郵便受けをのぞく癖がつきました。もちろん彼女が私の住所を知っているわけがありません。入っているはずはないんです。

そう、私は園井恵子に、完全に恋をしていたんです。

私がタカラヅカに夢中になった頃、すでに日中戦争は勃発して泥沼化し、新たな戦争の影がしのびよっていました。

『宝塚グラフ』という写真雑誌が家にありました。私がその雑誌を初めて観たのは、十歳の頃ですから、たしか昭和十二年です。

その時、すでに雑誌には、『皇軍万歳』というタイトルで、当時もっとも売れていた小

夜福子や葦原邦子などのトップスターに、陸軍の軍服や海軍の軍服を着せて万歳をさせているような写真が毎号のように載っていました。

『皇軍慰問特集号』では「肉親を戦地へ送った生徒の座談会」なるものが組まれ、その年には海軍省軍事普及部提供の時局レビュー、『南京爆撃隊』なんて演目もありました。

軍は、大衆に影響力の大きいタカラヅカを徹底的に利用していたんですね。

昭和十六年に太平洋戦争が始まり、戦局が激しくなるにつれ、それまで西洋劇を中心に公演してきたレビューが消え、国威発揚を訴える作品ばかりが盛んに上演されるようになりました。

園井恵子も『軍国女学生』『花と兵隊』『銃後の合唱』『大空の母』など、題名からおわかりのように、あきらかに国威発揚を狙ったものとわかる作品に出演しました。舞台から、園井恵子の持ち前の明るさ、笑いは次第に消えていきました。

しかし、当時まだ中学生の私はそれを理不尽なことだとも思わず、たとえば『大空の母』で、長男を少年飛行兵として戦死させてしまい、ただひとり残った次男だけは少年航空兵にすることを頑なに拒んでいた母親役の園井恵子が、周囲に説得され、ついに息子を御国のために捧げると決意し、最後、「日本の女性は皆、大空の母だ」と叫ぶ演技を、私は客席から憧れの目で見つめていました。

いつか私もあの母親が言うように、御国のために命を捧げよう。そう誓いました。

周りのみんなが全員そうであったように、私も、当時、立派な軍国少年だったのです。

園井恵子は、昭和十七年にタカラヅカを引退し、翌年、映画女優として『無法松の一生』に抜擢されました。

もちろん私は初日に映画館に足を運びました。

主役の阪東妻三郎演じる無法松にひそかに慕われながら、子供の成長のために生涯をかける軍人の未亡人という大役です。どことなく漂うほのぼのとした色気の中に、軍人の妻としての風格や、慈しみのある母親を見事に演じていました。

タカラヅカを出てすぐの、しかも舞台で主役を張っていたわけでもない彼女が、こんな大俳優の相手役ができるなんて思ってもみませんでした。彼女の才能は、タカラヅカの舞台よりも、映画の方が生きるのだと私は彼女の新たな人生を喜びました。

しかし、ほんとうのことを言えば、どんなに遠くとも、舞台なら、本物の園井恵子に会える。スクリーンでは……。

私は複雑な思いでしたが、いや、引退した園井恵子が、また戻ってきたんだ。これからは舞台ではなく、スクリーンで彼女に会えるのだ……。そう自分を納得させるしかありませんでした。

しかし、その後、スクリーンに彼女の姿が映ることはありませんでした。

そして私の足も、徐々に宝塚から遠のきました。

昭和十八年の秋、学徒勤労動員で軍需工場に働きに出ることになったのです。

私たち豊中中学の生徒の動員先は、大阪市東淀川区三国の電気鋳鋼工場でした。

宝塚歌劇も、ちょうどその時期を境に、曲がり角を迎えていました。温泉、遊園地、ダンスホールをはじめとする、宝塚一帯の娯楽施設が、「ぜいたく」という理由で次々に閉鎖されていったのです。

きらびやかな宝塚の街から色彩が消え、街は軍服色の重苦しい空気に包まれました。宝塚大劇場が閉鎖されたのは、昭和十九年の三月五日のことです。

閉鎖される宝塚大劇場の最後の演目は、『翼の決戦』でした。海軍報道班員としてソロモン海戦に従軍した作家の丹羽文雄（にわふみお）がタカラヅカのために、いえ、正確に言うと、軍のために書き下ろした作品です。トップスターの春日野八千代が主役の特攻隊員を演じていました。

宝塚から足が遠のいていた私も、この公演は家族四人で観に行きました。最後の公演とあって、連日早朝から長蛇の列ができ、その列は宝塚南口の駅前まで延々と続いていました。

舞台は最後、春日野八千代演じる特攻隊員の妹役の糸井（いとい）しだれが、兄の戦死の知らせを聞かされてもなお、涙を流しながら歌い続けるシーンで幕を閉じました。

フィナーレで春日野八千代が客席に向かって挨拶（あいさつ）をしました。観客の誰もが、そして舞台の上のタカラジェンヌたちの誰もが泣いていました。

舞台の幕が下りても観客は誰も立ち上がろうとせず、警備の警官がサーベルを抜いて解散させました。

劇場を出ると、三月とは思えぬほどの寒風が顔を突き刺しました。

みぞれのような冷たい雨が降り出しました。

駅へと続く「花のみち」を歩きながら、振り返ると、降り出した雨の中で大劇場がけぶって見えました。大劇場が泣いているのだと私は思いました。

街は、踊ることをやめました。

閉鎖された大劇場は、五月には日本海軍航空隊に接収されました。

そして、その建物は、当時戦争のために大量動員されていた航空兵を養成する、予科練の宿舎と訓練場として使われることになったのです。

信じられますか。

あの「夢の園」と呼ばれた大劇場が、戦う兵士たちの養成所に姿を変えたのです。

大劇場の屋根と外壁には、米軍の爆撃を避けるための迷彩が施されました。

劇場前の「花のみち」は、軍需物資の搬出と搬入や、兵隊が出入りするために、そこだけ削り取られてしまいました。

少女の歌声やピアノのメロディーが、海軍の起床ラッパや軍靴の足音に掻(か)き消されました。

思えば宝塚大劇場ほど、あの戦争によって運命を変えられた施設はありません。

そして、私の人生も、あの大劇場の運命とともに、大きく変わりました。

宝塚大劇場が閉鎖された翌年、私は海軍飛行兵に志願しました。

かつてタカラジェンヌたちが夢を与えてくれた、あの大劇場の正門を、私は予科練の訓練生としてくぐったのです。

当時、街のあちこちには「海軍飛行兵徴募」のポスターが大きく貼り出されていました。ポスターには零式艦上戦闘機……ゼロ戦が大空狭しと乱舞する勇ましい写真が載っていました。

それまで、学徒の本分は勉学にあると説いていた教師たちが、今すぐ予科練に志願することこそが御国のためだと説きだした時代でした。

しかし私が海軍航空兵に志願した最も大きな理由は、十四歳の時に宝塚大劇場で観た『大空の母』です。

そう。あの中で息子を戦地に送る母親役を演じた、園井恵子の影響が大きかったのです。いうなれば、あの芝居の中の園井恵子に命を捧げる。そんな覚悟でした。

戦争に勝てば、この大劇場が軍隊の訓練場から、再び「夢の園」として復活する。そんな思いもありました。

私は航空兵の紺色の軍服の裏に、家族の写真と園井恵子の写真を縫い付けました。

かつて園井恵子が立った大劇場のステージにはマットが敷かれ、体操場となっていました。二階の客席は仕切られて階段教室に、ロビーと二階から四階までの廊下には二段ベッドを並べて学生の居住区に、音楽学校は通信室になっていました。バレエの稽古場も居住区、その屋上には高射機関銃が置かれました。

予科練の施設に姿を変えたこの大劇場で訓練を受け、卒業した者が、国のために命を捧げて死んでいきました。

私もそのひとりになるはずでした。

かつて園井恵子が偶然通りかかるのを、胸を焦がしながら待ち受けていた「花のみち」を、私は「死への花道」として歩こうと決意したのでした。


十八歳になろうとしていたある日、こんなことがありました。

分隊長の宿舎の掃除を命じられたのです。

宿舎はかつての劇場の楽屋を改装したもので、大鏡が一枚壁にはめこまれたままでした。

開け放った窓からは、武庫川が見下ろせました。浅瀬を流れる水が太陽の光を反射してきらめいていました。対岸には六甲連山の稜線が青空を縫っていました。

かつて園井恵子もこの窓から、同じ風景を眺めたに違いない。そんなことを思いました。

掃除が終わり、道具を片付けようと掃除箱を開けると、奥に何かがあるのに気づきました。真新しいクリームの瓶と、走り書きの置き手紙でした。

「予科練の兵隊さん、これを使って下さい」

おそらく、大劇場が閉鎖になって、女子挺身隊員として軍需工場への勤労動員か戦地への慰問に赴くことになったタカラジェンヌが、去る前に誰ともわからぬ予科練生のために置いていったものでしょう。

私は密かに、そのクリームを持ち帰りました。そして誰も見ていない場所でふたを開けました。なんともいえぬいい匂いが立ち上りました。その匂いを嗅ぎながら、私はまた園井恵子のことを思いました。

名も知らぬタカラジェンヌから託されたそのクリームを、仲間たちに見せました。

みんな瓶を奪い合うように匂いを嗅ぎました。

「ああ、いい匂いだ」

女性の匂いなど一切ない兵舎の中で、その時、誰もが、密かに思いを抱いている女性を、あるいは、郷里に残した母親や姉のことを思い出したに違いありません。

仲間のひとり、岩田という男が泣き出しました。郷里に許嫁がおり、彼女が同じ匂いのクリームをつけていたというのです。

私は岩田にクリームの瓶を託しました。

大空に散ることこそ自分の果たせる祖国への愛だ。そう固く信じて飛行兵に志願したのですが、すでに私が入隊した頃には、訓練として搭乗する飛行機すら満足にない状態でした。そう、あの街角に貼ってあったポスターに描かれた勇ましい零戦は、もうその頃にはほとんど飛んでいなかったのです。

私たちより先に予科練を卒業した者たちでさえ、特攻機には乗れず、水中特攻兵器、いわゆる人間魚雷の特攻要員として多くの者が死んで行きました。

しかし、たとえ飛行機に乗れなくとも、特攻という使命を果たせた彼らは、まだ本望だったのかもしれません。

私と同時期に入隊した者は、全員、整備術練習兵を命ぜられました。

最初の頃こそ体育、銃剣術、陸戦、駆け足、手旗信号など、徹底的にしごかれましたが、それらの訓練の時間は次第に減り、土木作業や運搬などの整備作業の時間が多くなりました。

武庫川の右岸に宝塚航空隊の倉庫があり、その前庭に防空壕（ぼうくうごう）を掘るために駆り出されたり、燃料確保のための松根掘りや、伊丹（いたみ）の工場まで材木担ぎなどの作業が、毎日際限なく続きました。

七月に入ると頻繁に空襲警報が発令され、もう作業どころではなくなって、兵舎と防空壕の間を駆け回りました。

そんな折、宝塚航空隊の所属航空兵百名が、陸戦隊員として淡路島（あわじしま）に派遣されることになりました。

淡路島の南端は明治時代から日本の重要な要塞（ようさい）地帯で、ここに砲台を建造して海からやってくる外敵を迎え撃ち、本土決戦に備えようというのです。

今から考えれば、バカな話です。

海戦が中心の明治時代ならともかく、米軍に占領された南洋の基地や海上の航空母艦から、数えきれぬほどの敵の爆撃機が飛び立ち、上空から爆弾の雨を降らしている時に、淡路島の岬の砲台から敵の艦隊を撃とうというのですから、時代錯誤も甚だしい作戦です。

軍上層部の、苦し紛れの思いつきの作戦でした。

しかし当時の私は心躍りました。本土防衛の第一線に赴けるのです。

昭和二十年七月三十一日。夜中の三時に起床し、午前五時、私たちはあの大歌劇場の正門に整列して『軍艦マーチ』に見送られながら、そこだけ崩れた「花のみち」を横切って隊門を出ました。

私たちは列車でまず岡山に出て、高松を経由して徳島から鳴門海峡を渡って淡路島に入ることになりました。

当時淡路島は、敵軍に狙われている危険地帯であり、陸戦隊員としてその地に赴くのは死を覚悟することだという認識が誰の胸にもありました。

しかし私たち予科練習生にすれば、七つボタンの軍装を着込んだ、初めての遠征です。列車の中はまるで修学旅行のような雰囲気でした。私も、列車の中では一睡もできませんでしたが、それは死地に赴く悲壮感というよりは、どこか心浮かれた昂揚感のせいだったような気がします。

徳島から私たちを淡路島へ運ぶのは、普段は砂利を運んでいる民間の木造の小さな機帆船でした。

名前を「住吉丸」といいました。

小一時間もすれば、淡路島に着くはずでした。

米軍機の警戒警報は出ていましたが、そのまま出港しました。

出港してすぐ、あっと気づく間もなく、グワーンという米軍機の爆音が船を覆って、同時に機銃掃射が始まりました。

銃撃はとめどなく続きました。凶弾は甲板にいる予科練生をなぎ倒しました。

一瞬、目の前が真っ赤になりました。機銃の直撃を食らった肉片が飛び散りました。

その瞬間、肩に激痛が走りました。飛び散った血潮が私の目を覆ったのです。銃弾を受け、目が見えないまま、私は甲板の上をのたうち回りました。

のたうち回った私の身体(からだ)は、何かに当たって止まりました。

おそらくは、誰かの死体に当たったのでしょう。

血と肉塊の匂いに混じって、ほんのかすかに、とてもいい匂いが鼻先をかすめました。

あの日私が掃除箱の中から見つけた、あのクリームの匂いでした。

「岩田……」

そこからは、意識がありません。

気がつくと、私は病院のベッドの上で寝ていました。

仲間たち百名余りのうち、七十六名があの機銃掃射で亡くなったことを病床で知りました。

岩田のあどけない笑顔が脳裏に浮かびました。

自分は、生き残った……。

私は、死んで行った仲間たちに、ただただ申し訳ない気持ちでいっぱいでした。

いっそ、このまま死んで行った方が、気が楽だ。

死ねば、岩田や、他の仲間たちと靖国（やすくに）神社で会える。いつも、皆でそう約束していたように。

その日から私は完全に生きる気力をなくし、何も食べる気も起こらず、抜け殻のようになってベッドに横たわっていました。

そんなある夜のことでした。

目を覚ますと、私はなぜか、豊中の自宅で朝を迎えているのです。

いったい、あの爆撃は何だったのか。

すべて幻だったのか。

玄関を出て、郵便受けを見ると、分厚い手紙が入っていました。

差出人を見ると、園井恵子と書いてあります。

私は驚きながら急いで封を切ります。

「今この手紙、譜面の上で書いているのよ……」

私はその先に目を走らせました。

「前の手紙に、そう書きましたね。読んでくださったかしら？　譜面の上で書いているのは、嘘（うそ）。今、どこで書いているかは、教えられないの。私、今日はあなたに謝りたくて、お手紙を書きました。いよいよ本土決戦が迫り、あなたも御国のために命を捧げる覚悟なのですね。もう立派に死ぬ覚悟はできていて、死んでも思い残すことはないとあなたはおっしゃるかもしれません。あなたが少年航空兵に志願したのは、私のお芝居を観たからですね。私は御国のために、魂を込めて、あのお芝居を演じたつもりです。でも、今、振返って、あのお芝居は、本当に正しかったのか、そう思うのです。もしかしたら、あのお芝居の中の母親が最初にそうしたように、少年航空兵に志願しようとする息子を、必死で止める母の態度の方が、正しかったのではないか、と。

今すぐ死んでも、悔いのない生活でなければならない。

このごろ、盛んに言われている言葉です。でも、ほんとうに、今、死んでも悔いのない生活をしている人が、いったいどれぐらいいるでしょうか。

今、私は、猛烈に、生きたい。

そう思っています。何よりも尊いのは、愛する人のために、何があっても生き残ることではないでしょうか。

今、心から、そう思っています。そのことをどうしてもあなたに伝えたくて、お手紙を差し上げました。

どうか、生きてください。あなたは、生きてください。

愛する、誰かのために、全力で生きてください。

園井恵子」

目が覚めると、私は病院のベッドの上にいました。

その日の正午でした。

玉音放送があり、私は終戦を知ったのです。


園井恵子が、八月二十一日に死んだことを、私は後に知りました。

彼女はタカラヅカを辞め、女優に転身し、映画『無法松の一生』に出た後、国策に沿って結成された「桜隊」という軍隊慰問の移動劇団に参加して活躍したそうです。

昭和二十年八月六日。

慰問先の広島で、あの原爆の爆心地から七百メートルほど離れた寄宿舎の廊下で、彼女は被爆しました。

その日はちょうど彼女の三十二回目の誕生日でした。

被爆当初は症状もなく、八日まで広島におり、鉄道が復旧したことを知って神戸に戻り、親代わりだった六甲に住む知人宅で一時は平静を保っていましたが、やがて高熱、皮下出血、下血といった放射線障害の症状が次々に現れ、急激に衰弱したそうです。

彼女が放射線障害による原爆症で死んだのは、八月二十一日でした。

私が、あの夢を見たのは、八月十四日。

彼女はすでに死に至る病の床についていたのでしょう。

おそらくは朦朧（もうろう）とした意識の中で、死ぬ直前、彼女の心象に映ったものは何だったのでしょう。

なつかしい故郷、岩手の風景でしょうか。

夢を育んだ、宝塚の山や川でしょうか。

華やかな舞台の上から観た、観客席でしょうか。

生きたいと願い、無念にも叶わなかった、自分の未来の姿でしょうか。


私は、いまでも、不思議に思います。

私が夢の中で読んだ、あの手紙は、なんだったのか。

単なる私の夢の中の妄想なのか。

それとも……。

今も、その答えは、私にはわからないのです。

ただ、これだけは、はっきりとわかります。

彼女は、どれほど生きたくても生きられぬ、無念の思いを抱いて死んで行ったのだということ。

そして特攻隊をはじめ、あの戦争で御国のために潔く死んで行ったかに見える者たちも、ほんとうの心の底では誰もが生きたかったと、無念の思いを抱いて死んで行ったのだということ。

そして、生き残った者たちは、無念の思いで死んで行った者たちを、決して忘れてはならない、ということ。

あれから、七十年ですか。

宝塚の街は、変わりました。

人の心は、どうでしょうか。

二度と戦争をしないと誓ったこの国は、どうでしょうか。

やはり、七十年で変わるのでしょうか。

園井恵子は深夜、こっそりと宿舎を抜け出して、いつも武庫川の河川敷で、人知れず芝居や歌の練習をしていたそうです。

私は瞼(まぶた)を閉じると、今でもはっきり見えるのですよ。

六甲連山が見下ろすあの河川敷で一生懸命に練習している、園井恵子の姿が。

ああ、看護師さん。申し訳ありません。

今日の夕食の時間は、いつもより遅らせていただけませんか。

お願いしたスパゲッティをいただく前に、どうしてもこの方にお話ししておきたいことが、まだあと少し、残っているんです。

3

昭和二十年九月二十六日、宝塚に進駐軍がやってきた日のことは、最初にお話ししましたね。

戦争が終わり、復員してきた私はあの日、「花のみち」のかげに身を潜め、大劇場の正門に風を受けてはためく星条旗を、ただじっと見つめていたのでした。海軍航空隊の手から離れた大劇場は、進駐軍に接収され、再び劇場として使用されることになりました。

日本人は立ち入り禁止となり、関係者でさえ入ることは許されませんでした。進駐軍の接収からはやくも二週間後には、進駐軍を慰問するための公演が宝塚大劇場で行われました。

戦後初めての宝塚大劇場の公演は、日本人のためでなく、占領軍の兵士たちを楽しませるために行われたのです。演目は『娘道成寺』などが選ばれ、舞踊の名手の花里いさ子ら、当時の一流スターたちが集まったそうです。

日本人の観客はひとりもおらず、最前列は進駐軍の将校たちとその家族、そのほかの座席もすべて米兵たちだったということです。

その日、私は武庫川の岸に立ち、迷彩色をはぎ取られてかつての姿を取り戻した大劇場を、ただ虚ろな目で漫然と眺めていました。

「夢の園」はよみがえった。しかし何の感慨も起こりませんでした。そこはもう、私たち日本人の「夢の園」ではないのです。

宝塚大劇場が進駐軍によって接収されたのと同時に、宝塚ホテルも彼らに接収されました。

宝塚ホテルは、宝塚大劇場に遅れること二年、一九二六年、大正十五年に宝塚南口駅前に建設された、京阪神に初めて建てられた洋館ホテルです。

進駐軍は伊丹空港も「ITAMI AIR BASE」と改称して接収、宝塚ホテルはその部隊の将校宿舎となったのです。

宝塚南口から逆瀬川と仁川のあたりまでは、大阪や神戸の実業家たちが建てた高級住宅が並んでいました。それらの邸宅もすべて進駐軍将校用の住宅として接収されました。畳の日本間は洋間に改造され、和式便所は洋式便所に改められました。壁はペンキに塗り替えられ、落ち着いた街並みはすっかり変わってしまいました。

米軍将校たちの「スウィートホーム」に成り果てた宝塚南口。

私は変わり果てた街の姿を見て、戦争に負けるというのはこういうことなのだと、改めて思いました。

進駐軍に接収されたホテルの大食堂は将校専用の食堂となりました。そこでは阪神間に駐留する将校や高官やその家族たちを招いてのパーティーが頻繁に行われました。

復員した私は、しばらくは母と姉と共に、豊岡の親戚の家に身を寄せていましたが、すぐに宝塚に戻ってきました。

宝塚ホテルの食堂の給仕の職を得ることができたのです。熱心に大劇場に通っていた私のことを覚えていてくれた関係者と終戦後偶然宝塚の街で遇い、彼が口を利いてくれたのです。

つくづく私はこの宝塚という街に縁があるようです。

私はがむしゃらに働きました。

一度は捨てようとした命のために、海に消えた仲間たちの命のために、そしてあの夢の中の手紙に書かれていた言葉通りに「生きる」ために、私はその時、与えられた仕事にただひたすら取り組みました。

客はすべてアメリカ人ですから、英語も否応なく覚えました。

私の働きぶりが熱心だったからでしょうか。床をぞうきんがけしていた私に、ある将校が英語で声をかけました。

「君はなぜそんな熱心に床を拭いているんだ？」

私は彼に、何をどう説明したのでしょう。突然のことで、今はもうはっきりとは覚えていません。

「イッツ・マイ・デューティ（これが私の職務です）」

そんなことを英語で短く言ったような気がします。

その将校……アーノルドという名の中尉でした……はそれ以来、私に目をかけてくれるようになり、私も彼のちょっとした用事をこなすようになりました。

終戦の翌年、二十一年の二月には大劇場やそのほかの施設は進駐軍から返還されたのですが、宝塚ホテルだけはその後も将校の宿舎としてそのまま使用され、私もそこで仕事を続けました。

将校たちの食事はホテルに特別に雇われたコックたちが作っていました。

時々、将校たちは外にも食事に出かけたり飲みに出かけました。

その頃になると進駐軍相手の高級クラブやキャバレーが宝塚にいくつもできていたのです。そういった進駐軍が使う店がある区域には、一般の日本人は近づけませんでした。

阪急の宝塚駅を降りて、南へ進むと、宝来橋という橋があります。あの橋の北詰の川の畔一帯が、そういう区域でした。ええ、宝塚の一等地ですよ。進駐軍は大劇場やホテル、一般邸宅などを自分たちで独占したばかりでなく、宝塚の街自体も自分たちのものにしたのです。

なんたらストリート、かんたらアベニューと、勝手に自分たちの故郷の通りの名前を付けて呼んでいました。

あれは昭和二十一年の秋口のことでした。

将校が、私に頼み事があるというのです。

「エンゼルアベニューに産婦人科の町医者がいる。私のオンリーが、その町医者に世話になった。謝礼を届けてほしい。私の名前を出せば用件は伝わる」

オンリーとは、将校を専属に相手にする、日本人の愛人のことです。

将校たちはみんなオンリーを持って、日本人は近づけない区域にあるアパートや長屋に住まいをあてがって囲っておりました。

建物や邸宅や街ばかりでなく、日本の女たちも自分たちの所有物にしたのです。

アーノルドのオンリーを、私は何度か見かけたことがあります。色が白く髪の長い、どこか瞳（ひとみ）に憂いのある美人でした。いつも派手なドレスを着ていました。きっとアーノルドが買い与えたのでしょう。エンゼルアベニューの近くにあるキャバレーで働いていたところをアーノルドが見初めてオンリーにしたのです。

アーノルドは彼女をサチコ、と呼んでいました。

私はやりきれない気分でした。

わずか一年と少し前まで、私は彼らと戦っていたのです。

命を懸（か）けて戦った相手の、私は今や雑用係です。

産婦人科医に渡す「謝礼」が何を意味するのか。アーノルドは言わなかったし私も訊きませんでした。ただそういう用件を私に託すアーノルドに、私は憎悪の念、いや、もっと言うと殺意にも近い感情を抱きました。

「イエス、サー（かしこまりました）」

私はアーノルドの「謝礼」が入った封筒を持ってホテルを出ました。

夕暮れ時でした。

武庫川の右岸沿いの通りを歩き、立ち入り禁止区域に通じる宝来橋を目指しました。

終戦から一年を過ぎ、宝塚の温泉街は少しずつ、往時のにぎわいを取り戻しつつありました。

いまでこそ新道ができて、川沿いの通りはひっそりとしていますが、かつてその通りは右岸の温泉街のメインストリートでした。川面に映る月が大変美しかったところから、昔から「月地線」という美しい名前で呼ばれておりました。

戦時中に空襲の被害も受けなかったため、月地線には昭和初期の、古き良き時代の宝塚の雰囲気が色濃く残っていました。

長唄（ながうた）の師匠の家があり、染み抜きの店があるかと思えばペンキ塗りのモダンな郵便局があり、立派な飾り窓を持った写真館があったりと、西洋風のモダンな建物と昔ながらの日本家屋が混じり合って、独特の風情がありました。

五、六分も歩くと、すぐに宝来橋が見えてきました。

夜には灯籠（とうろう）が灯（とも）る、宝塚らしい風情のある木橋でしたが、前年秋の豪雨で橋桁（はしげた）が大水に流され、簡素な木製の仮の橋が架けられていました。

橋の上に立つと、あの宝塚大劇場が夕陽（ゆうひ）を浴びて薄桃色に光っているのが見えました。

その傍らに温泉旅館の庭が並び、形のよい赤松などが生い茂っていました。

白い料理服に白い帽子をかぶったどこかのコックらしい男が、川岸に腰を下ろして釣り糸を垂れていました。

一見、戦争前と何も変わらない、宝塚の風情のある風景でした。

しかし敗戦を境に、宝塚の街は確実に変わっていました。

戦前ならば、顔に似つかぬ大きな桃割れをした小さな芸妓が、白く塗った細い首と両手を振り動かしながら橋を渡っていたものでした。しかしその日、橋を歩いているのは、巻き上げた髪に大きなリボンをつけ、胸の開いた派手なドレスを着た、進駐軍の兵士たちを相手にする女たちでした。進駐軍専用のクラブかキャバレーで働いているのでしょう。

橋の欄干にもたれていた若いふたり連れのアメリカ兵が、赤いドレスを着た日本の女にすれ違いざま、何か英語で言葉を投げつけました。

女は振り返り、手を挙げて打つ真似をしてから、ふたりを無視して通り過ぎようとしました。アメリカ兵のひとりが笑いながら女を追いかけました。

その時アメリカ兵が丸い眼鏡をかけた学生風の男とぶつかりました。

アメリカ兵は、ぶつかった学生に英語で怒鳴りましたが、学生はその言葉の意味がわからず黙っていました。カッとなったアメリカ兵が学生の顔を拳で殴りました。学生は橋板に叩き付けられました。手に持っていたスケッチブックと眼鏡が飛び、口から血が流れました。

学生は流れた血を学生服の裾でぬぐってよろよろと立ち上がり、何ごともなかったかのように眼鏡とスケッチブックを拾って橋を渡っていきました。

アメリカ兵たちは基本的には気のいい人間でしたが、時折街角でそんな暴力沙汰を起こしました。しかし逆らえば、その場で銃殺されても文句は言えないのです。日本人は泣き寝入りするしかないのです。

戦後の混乱はまだ続いていたのです。

ポン引きと売春婦、ラッキーストライク売りとシューシャインボーイ、スリと食い逃げと変質者。あの頃の宝塚はそんな人間があふれていました。

かつて日本のどこよりもモダンであった宝塚の街は、清濁すべてを呑み込んで、薄桃色の夕暮れの光の中に佇んでいました。

殴られた学生が立ち上がって去る時、私は彼と目が合いました。

何かひと言、彼に言葉をかけようとしましたが、かける言葉は思いつきませんでした。

宝来橋を渡ると、右手の角に大きな洗濯屋があり、その隣にはいかがわしいカストリ雑誌を売る本屋がありました。洗濯屋からは甘いせんたく糊の匂いが漂ってきました。宝塚歌劇の踊り子たちの舞台衣装を一手に引き受けているということで、夜になっても店の中には忙しく働く人影が見えました。

左手には島家という老舗の旅館があり、その先に進駐軍専用の大きなキャバレーがありました。

キャバレーから道をはさんで東側には、二階建ての楼閣風の長屋がありました。長屋はその下をくぐれるようになっており、くぐった先の路地が、進駐軍によってエンゼルアベニューと呼ばれている区域でした。

路地の一番奥に、アーノルドが言った産婦人科があるはずでした。

私は早く用件を済まそうと通りを急ぎ足で駆け抜け、病院に飛び込みました。

「アーノルド中尉からです」

受付でそれだけ言って、封筒を渡し、病院を飛び出しました。

陽はすっかり沈み、路地は闇に包まれていました。

そこには簡素な造りの長屋がぎっしりとひしめいていました。

進駐軍専用のクラブかキャバレーで働く従業員たちか、サチコのようなオンリーたちが住んでいる長屋です。

そこは昔から地元の人が「川面（かわも）」と呼んでいた地域でした。

エンゼルアベニュー。

進駐軍の兵士たちが勝手につけたその名前を、私は憎みました。

かつて温泉旅館の客たちや音楽学校の生徒たちが夕涼みに歩いた路地に、今やアメリカ兵たちが、勝手な名前をつけて日本人の愛人を囲っている。

私の大好きな宝塚が、アメリカ兵の軍靴で蹂躙（じゅうりん）されている。私はその怒りをどこにぶちまけてよいかわからず、路地の暗闇の中に立ち尽くしていました。

ふっと誰かの視線を感じました。

長屋の二階の窓から、誰かがこちらをのぞいていました。

髪の長い女の白い顔がちらと見えましたが、窓はすぐにぴしゃりと閉まりました。

暗闇のどこからか、甘い匂いがたちこめました。

さきほど前を通った洗濯屋のせんたく糊の甘さとは違う、どこか懐かしい、甘い匂い。

金木犀の匂いでした。

そう。進駐軍が、初めて宝塚にやってきたあの日に香った、どことも知れぬ別の世界から漂ってくるような、あの金木犀の匂いです。

あの日からちょうど一年経ったのです。

私は無意識に、匂いのする方へと歩きました。

暗い路地の一角に、そこだけ明るい灯が灯っている場所がありました。

入り口の脇に、あの橙色の花が咲いていていました。

そこは長屋の一角を改装して作った、食堂のようでした。

飾り気のない質素な外装で、決して豪奢ではありません。

しかしどこか洗練された雰囲気がありました。

店の前に木の看板が掛かっていました。

イタリア国旗を模した緑、白、赤の三色に塗り分けられた看板には、

「ITALIANO RISTORANTE ALMONDE」

と書かれていました。

その下には、ひらがなで、

「いたりあの　れすとらん　あるもんで」

とありました。

イタリア……。

それを見て、私にはある記憶が鮮やかによみがえりました。

あの、宝塚大劇場の記憶です。

太平洋戦争に突入してから、宝塚大劇場では、敵国である英米の原作ものやそれらを舞台とするレビューはすべて上演されなくなりました。しかし日独伊三国同盟でイタリアは日本の同盟国でしたので、イタリアを舞台にしたものや原作ものは、わずかながらも時折上演されたのです。

忘れもしません。あれは、昭和十七年の五月のことでした。

イタリアの童話『ピノキオの冒険』をもとにした『ピノチオ』が宝塚歌劇で上演されることになったのです。その劇では『ピノキオ』ではなく、『ピノチオ』と呼んでいたんです。

私は、初日に飛んで観に行きました。

なぜなら『ピノチオ』の主役を演じるのは、私が恋い焦がれた、あの園井恵子だったのです。

そう、今まで脇役しか務めたことのない、一度も主役など務めたことのない彼女が、初めて主役を務めることになった演目。それが『ピノチオ』だったのです。

雑誌『歌劇』でそのことを知った時、私は飛び上がるほど喜びました。

ついに彼女が主役を射止めた！

しかしその喜びは、すぐに悲しみに変わりました。

この芝居が、彼女の引退公演だったのです。

私は考えました。

これまでどんな役もこなして観客を喜ばせてきた園井恵子。

それでも一度も主役は回ってこなかった園井恵子。

そんな彼女に、最後に与えられた役が、青い妖精から命を吹き込まれた人形、ピノチオ。

私にはそれが、彼女にとてもふさわしい役に思えたのです。

引退の悲しみにくれた私でしたが、最後の役がピノチオであることは、彼女の引退の、最高のはなむけなのかもしれない。

私は観客席で、彼女の姿を追いました。

素晴らしい演技でした。

素晴らしい踊りでした。

彼女の動きと表情は、命を吹き込まれた人形の子供そのものでした。

ずっと主役になりたくてなれなかった彼女が、最後に「主役」という「命」を与えられて、あの笑顔で所狭しと舞台を駆け回り、踊る。そんな彼女がピノチオそのものだと私は思いました。

この芝居では彼女の持ち前のコミカルな側面が戻っていました。白い柔らかな頬に、唇の端がきゅっと上がって、にこにこしている。

私が夢中になった園井恵子の笑顔が舞台の上にありました。

私にはそれが何よりうれしかったのです。

ラストシーンで、タンバリンを打ち鳴らしながら踊る、園井恵子。

それが、私がこの目で観た園井恵子の最後の姿でした。

彼女が演じた『ピノチオ』の中で、ピノチオが旅の途中で危険な目に遭ったり、悪夢に捕らえられたりした折などに、イタリアの故郷を思って歌う歌がありました。

私は園井恵子演じるピノチオがこの歌を歌うシーンが大好きでした。

あの日、大劇場の客席で彼女の歌声を聞きながら、行ったことのない海の向こうのイタリアという国に、私は思いを馳せていたのです。

路地の中にイタリア料理のレストランを偶然見つけた時、私の脳裏にその思い出が鮮やかによみがえったのです。

私は路地の暗闇の中でその歌を小さく口ずさみました。

思い出懐かしの故郷を夢に見る
春は再び巡り来て
幼きあの日の思い出は
緑の陽とともに野に山に咲く花よ
過ぎにしあの日の思い出ぞ
懐かしや

歌い終わったその時、誰かの声が背後から聞こえました。

「僕、あなたを知らないなあ」

驚きました。

その言葉は、あの芝居の中でピノチオに扮する園井恵子が登場して、最初にしゃべる台詞(せりふ)なのです。

振り返ると、男が立っていました。

さきほど、宝来橋の上でアメリカ兵に殴られた学生でした。

「今の歌、『ピノチオ』の歌ですね」

学生が私に話しかけました。

「知っているんですか？」

「ええ。僕も同じ芝居を観ました」

「園井恵子の？」

「はい。『ピノチオ』は、何度も何度も観ましたよ。僕、あの芝居、大好きだなあ。軍歌が流れない歌劇を久しぶりに観て、涙が出るほど嬉しかった」

「さっきの台詞、ピノチオの台詞ですね。『僕、あなたを知らないなあ』」

「ええ。あの芝居のピノチオの台詞。僕は全部覚えています」

「全部？」

学生は私と同じぐらいの年格好です。

私と同じように、少年時代、戦時色に染まった宝塚歌劇を、あの劇場で一緒に観ていたのかもしれません。

それにしても、一時間以上にも及ぶ『ピノチオ』の芝居の台詞を全部言えるなんて、この学生は、いったい何者だろう。

「どうして、ここに?」

学生が私に訊きました。

私はどう答えたらよいか、迷いました。

「いえ……。金木犀の匂いが、香ったものですから……」

ああ、と男は眼鏡の奥の目に笑みを浮かべました。

「よろしければ、一緒に入りませんか」

学生は私をレストランの中へ誘いました。

「でも、この地区の店は、日本人はオフリミットでしょう?」

「そんなことはありません。宝塚歌劇関係の日本人がよく来ますよ。もちろんヅカ・ガールたちも来ますし、その知り合いも。僕は直接歌劇の関係者ではありませんが、関係者に親しい知り合いがいます。で、ここでちょっとした小遣い稼ぎをしてるんですよ」

学生はそう言って、丸い眼鏡を左手の中指であげました。

「あなたのピノチオの歌を聞いて僕はとても嬉しくなりました。もしよろしければ、ぜひご一緒にお店にどうぞ」

　私は戸惑いました。

　しかし、もしかしたら、園井恵子が歌ったピノチオのあの歌が、私をこの店に導いてくれたのかもしれない。

　そう思い直した私は、木の扉についた馬蹄形のドアノブを押す学生の後について、「いたりあの　れすとらん　あるもんで」に足を踏み入れたのでした。

4

「こんばんは。ゆいさん」

　学生は入るなり、誰も客のいないテーブルに座ってナプキンを折っていた店の女性に向かって声をかけました。

「あら。早いね。今日はまだ誰もお客さん来てないのよ」

「アリオッタさんは？」

「厨房でトマト切ってるわ」

「ハーイ！　いらっしゃい」

　コック帽をかぶった店の主人らしき人が、出入り口がアーチ状に開いた厨房から顔を出しました。

端正な口髭を生やした、外国人でした。

「アリオッタさん、今日は店の前の金木犀が香りますね」

「ほんとうですか」

学生の言葉で、主人は店の扉を開けました。

「おお。ファンタスティコ！　なつかしい匂い」

「なつかしい？」

「初めて、姫路の捕虜収容所に入った日、塀の中で、この匂いを嗅ぎました。ワタシの故郷に、この木はありません。シチリアにはない匂い。キンモクセイの匂いだと、日本人の看守長が教えてくれました。とっても甘くて……ええと……日本語で……」

「せつない匂い」

「そう！　せつない匂い。忘れられません」

主人が奥さんに訊きました。

「今日は、何日ですか？」

奥さんは日めくりのカレンダーを見て答えました。

「九月二十六日です」

「おお。なんという偶然。ワタシが捕虜収容所に入ったのも、九月二十六日でした」

「もう三年ですね。その間に、戦争が終わって……また金木犀の季節がめぐってきたんですね」

「ちょうど三年前のあの日は、ワタシが日本でこうしてリストランテを開くなんて、夢にも思っていませんでした」

「アリオッタさん。こちらのお客さんも、あの金木犀の香りに誘われて、このお店に来られたんですよ。まだ誰もお客さんいないんだし、ちょっと座って話しませんか」

「そうしましょう。ヤンキーのお客さんが来るのも、きっともう少し、後でしょう」

主人も奥さんと学生がいるテーブルの椅子に腰掛けました。

「ボナセーラ。こんばんは。ごあいさつが遅れました。ワタシ、店主のジルベルト・アリオッタです。そして、ワタシの愛する妻、ゆいさんです」

私はふたりに会釈しました。

「梶と申します」

「ついさっき、店の前で知り合ったんです。びっくりしましたよ。『ピノチオ』の歌を歌ってらっしゃったんです」

「おお！　ワタシも子供の頃、マンマに本を読んでもらいました。大好きな話ね」

アリオッタさんは大げさに喜びました。

「カジさん、今日はどちらから？　オオサカ？　コウベ？」

「南口の宝塚ホテルで働いております」

「おお、宝塚ホテル。あそこのリストランテは、おいしいでしょう？　ワタシのトモダチも、戦争が終わってからほんの少しだけあのリストランテで働いていたことがあります。

マッツォーラという男です」

私はその人のことは知りませんでした。

学生が、その後を継ぎました。

「なんでも、あまりに腕がいいんで、その評判がGHQに届いて、連合国軍最高司令官のダグラス・マッカーサーが地方視察をするための列車料理長に抜擢されたんだそうですよ」

「どうして？」

「うちの主人も、宝塚ホテルから働かないかと誘われたんですが、やめました」

続けて奥さんが言いました。

学生が訊きました。

「ワタシ、小さくても、ゆいさんと、自分の店、持ちたかった」

「マッツォーラさんの作った料理、さぞかし美味しいのでしょうね。僕は、アリオッタさんの作るスパゲッティも、美味しいと思うけどなあ」

「ありがとうございます」

「アリオッタさんは、戦時中に、イタリアの軍艦に乗って、日本にやってきたんですよ。それが、今、こうして、日本人の奥さんと結婚して宝塚でイタリア料理のレストランをやってる。人生というのは、どこでどうなるかわからない。不思議ですよね」

私はジルベルト・アリオッタという名の主人の人生に興味を持ちました。

「イタリアの軍艦ということは、兵士として日本に？」

「はい。船の中では、料理ばかり作っていましたが」

「私も、日本の海軍にいました」

「おお、そうですか。船に乗っていましたか？」

「いいえ。ほとんど陸上で雑役ばかりやっていました。ただ、終戦間際に乗った船がアメリカ軍の機銃掃射にやられて沈みました。多くの仲間が亡くなりましたが、私は生き延びました」

　おお、と彼は嘆息して、天を仰ぎました。

「ワタシと同じ。ワタシの船も、沈みました。二度も」

「二度？」

「はい。一度は、神戸の海で。イタリアの艦船です。そしてもう一度は、台湾の海で。日本の艦船です。アメリカ軍の飛行機の爆撃にやられました」

　驚きました。私の境遇と同じだったからです。私も、アリオッタさんも、米軍機に船を沈められながら九死に一生を得たのです。

　学生が口をはさみました。

「アメリカ軍に殺されかけた人間がふたり、今、こうして、生き延びて、レストランの主人と客になって、話しているんですね」

　私は、訊いていいかどうか迷いながら、やはり、訊きました。

「アメリカが、憎くないですか?」

「どうしてですか?」

「あなたを殺そうとした」

「それが、戦争」

アリオッタさんは短く答えました。

「アメリカは、故郷のワタシの家族も、殺しました。妻と、息子と両親です」

そして、今度は私に訊きました。

「あなたは、あの戦争で、大切な人を亡くしませんでしたか?」

「亡くしました。園井恵子という宝塚の女優です。八月六日にアメリカ軍が広島に落とした原爆で、殺されました」

「憎いですか」

「憎いです」

「憎んで、どうなりますか」

私は、その問いに答えることができませんでした。

「憎んでも、どうにもならないんです。あなたの大切なソノイケイコさんは帰ってこない。ワタシの大切な妻も、息子も、両親も、帰ってこない。ワタシタチがやらなければならないことは、恨むことではありません。生きていくことです。そう。それが、一番、大事。だから、今、ワタシは、ここでリストランテを開いています」

私は園井恵子の言葉を思い出しました。

……あなたは、生きてください……。

「そろそろ、おなかがすきませんか？　もしよろしかったら、ワタシの、自慢の料理を、召し上がってください。もっとも、メニューは、まだ少ないです。『あるもんで』、作ってますから」

「何が、できますか」

「スパゲッティです」

「スパゲッティ？」

「イタリアでは誰もが大好きな麺料理です」

「うどんみたいなものですか？」

「小麦粉から作るということでは、まあ同じです。でも、ぜんぜん違います。メニューに載せているスパゲッティは、二種類。トマトソース・スパゲッティと、ミートボール・スパゲッティ」

「ミートボール？」

「はい。最初は、トマトソースだけでした。ミートボールは最近始めました。ミートボールというのは、ミンチ肉を使った、ええっと、日本の……」

「肉団子」

　奥さんが助け舟を出しました。

「そう！　肉団子です。うちのお客さんは、ほとんどが進駐軍。アメリカ人です。ある日、客のひとりが、ケチャップを持って、店に来ました。このケチャップで味付けして、スパゲッティを作ってくれ、故郷のアメリカじゃ、こうやって食うんだ。そう言いました。

　アメリカ人が、トマトソースの代わりに、ケチャップを使うことは知っていました。でもワタシは、断りました。うちには自家製のトマトソースがある。食べるなら、そちらを食べてほしい。トマトは、イタリア料理の命です。原料は同じでも、ケチャップを使ったスパゲッティは、うちでは出したくない。イタリアの料理人として、それはできない。そう言いました。男はぷいと怒って帰りました。生きていくことは大事ですが、料理人の誇りを守ることも大事なのです。

　何日かして、男はまた店へやってきました。男は、今度は、どこからか手に入れてきたミンチ肉を持って来ました。これをミートボールにしてスパゲッティを作ってくれ。アメリカじゃ、みんなそうやって食うんだ、と。

　ワタシの故郷のシチリアでは、なにか祝いごとがある日のパスタに、ミートボールを使うことがよくありました。もしアメリカ人が同じようにして食べるなら、それは、おそらくシチリアからの移民が、アメリカに伝えたものでしょう。男に言いました。

　ミンチ肉は預かりますので、明日の夜、もう一度、おいで下さい。おいしいミートボール・スパゲッティを作って差し上げましょう。

すぐにゆいさんの知り合いの泉南の農家に連絡して、タマネギを取り寄せました。泉州のタマネギはそのまま生で食べられるぐらい、甘くておいしいです。それをみじん切りにしてミンチ肉と一緒に団子にして焼きました。そうして翌日、再びやってきた彼にミートボール・スパゲッティを出しました。男はフォークでミートボールをぐちゃぐちゃにつぶして、ミートソースみたいにして食べました。アメリカ人は、なんでもぐちゃぐちゃに混ぜて食べるのが好きですね。もちろん、自由に食べてくれればいい。食べ方にルールはないです。

彼はワタシの出したミートボール・スパゲッティを大いに気に入りました。これからおまえの店のメニューに、ミートボール・スパゲッティを加えてくれ。ミンチ肉の手配は、おれが、なんとかする。ワタシは彼のリクエストを受け入れました。『あるもんで』作る。それが、うちの店のモットーですからね。手に入るなら、もちろん、それを使います」

そう言って、アリオッタさんはウインクしました。

私は感心しました。アメリカ人の好みに合わせながらも、イタリアの料理人の誇りを失わず、手に入る食材を工夫して料理を提供する店が、敗戦後、わずか一年の宝塚にあったのです。

ミートボールのスパゲッティは、今では日本のイタリアレストランにもわりと普通にありますが、日本でこれを出したのは、もしかしたらアリオッタさんのところが最初ではないでしょうか。

「いろいろと苦労は、ありますよ。オリーブ油は欲しくても手に入りません。バターとサラダ油でなんとか工夫しています。バジリコは、シソの葉を代わりに使います。それでも野菜は、なんとかなります。宝塚の農家で、けっこういいものが入ります。トマトはもちろん、ジャガイモ、ニンジン。タマネギは、淡路島や泉南の農家から取り寄せます。日本の農家はとても熱心です。スパゲッティの麺は、尼崎(あまがさき)で戦前からマカロニを作っていた会社をみつけました。会いに行くと、そこの社長さんがイタリアへ旅行した時に食べたスパゲッティにとても感動して、スパゲッティの乾麺を作っていたんですよ。宝塚でイタリアレストランを開くと言ったら、ぜひ頑張ってください、と喜んで分けてくれました」

私はすっかり、アリオッタさんの作ったスパゲッティが食べたくなりました。アリオッタさんがこだわっているトマトソースも美味しそうだ。ミートボールも捨てがたい。迷っている私に、アリオッタさんが言いました。

「ああ、忘れていました。今日は特別に、イワシがあります。秋のイワシはおいしいですよ。イワシのスパゲッティはいかがですか？　イワシは手に入る時と入らない時があるので、残念ながらメニューには載せられません。今日はゆいさんの親戚の漁師が、淡路島の海で獲れたイワシを持ってきてくれました。あなたがお望みなら、お作りしましょう」

「淡路島の海で獲れたイワシ……」

淡路島の海と聞いて、私がとっさに思い出したのは、あのアメリカ軍の猛烈な機銃掃射を受け、仲間たちの真っ赤な血で染まった船の甲板でした。そして海に落ちた仲間の流した血で染まった、赤い海でした。

「あの淡路島の海で、イワシが獲れるんですか」

アリオッタさんが答えました。

「ええ。イワシは、世界じゅうを泳ぎ回ります。ワタシの故郷の海にも、イワシはたくさん泳いでいます。その中の一匹が、神戸の海までやってきて、宝塚までたどり着いて、今、あなたの目の前にいます」

そう言ってアリオッタさんは笑うのです。

「ぜひイワシのスパゲッティをください」

「ありがとうございます。イワシにはウイキョウが合いますが、あいにく手に入りません。今日のあるもんで、作ります。セロリを使いましょう」

「アリオッタさん、僕もお願い。イワシのスパゲッティを」

学生がアリオッタさんに声をかけました。

「はい！　イワシのスパゲッティ、ふたつね」

アリオッタさんが厨房に入ると、学生が私に向き直って笑いました。

「今は、この店に来る日本人はまだ少なくて、アメリカ人しか食べに来ません。でも、必ず、日本人の誰もが、イタリア料理を食べる時代が来ます。まるで当たり前のように喜んで食べる時代が必ず来ますよ」

私は、あらためてこの学生のことが気になりました。

この学生は、いったい誰だろう?

学生も、私の怪訝な顔に気づいたようです。

「あ、すっかり自分の紹介をするのを忘れていました」

そう言って学生は立ち上がってあいさつしました。

「僕、手塚といいます。阪大で、一応、医学の勉強してますが……」

奥さんが口をはさみました。

「手塚さん、勉強ほったらかして、マンガばっかり描いてるのよ」

「ほったらかしてないよ。一応、そっちも勉強してます」

学生が頭を掻きました。

「でもどうも、マンガ家の方が向いているようです。ついさっきも、橋の上でアメリカ兵に殴られたんですが」

自分は、その現場を目撃していたのです。手塚と名乗る男にそう言おうとしましたが、言えませんでした。同じ日本人として何もしなかった自分が恥ずかしかったのです。

「彼らは、最初、英語で僕に何か訊いてきたんですが、うまく答えられない僕に腹を立てて殴りかかってきたんです。お互いの意思を通じ合わすことができないって、悲しいことですね。それが、すべての悲劇の始まりのような気がします。いつか、今日の経験をマンガに描いてやろうと思ってますよ。もちろんそのままは描きません。地球人と宇宙人の軋轢、人間と動物との誤解。ロボットと人間との悲劇。支配する者とされる者との、断絶。意思の疎通の欠如の悲劇を、僕はマンガで描きたいんです」

彼はマンガ家志望の学生でした。

「さきほど、このお店で、小遣い稼ぎをしていると……」

「ええ。僕の家はここから歩いていくらもかからない御殿山というところですが、家の近くは『歌劇長屋』といわれるほど、ヅカ・ガールたちがたくさん住んでました。子供の頃はずいぶんかわいがってもらいました。母親が好きなこともあって、自然と宝塚歌劇のファンになりました。この前、あるヅカ・ガールの方がこの店に出入りされているのを知り、彼女の口利きで紹介してもらいました。小遣い稼ぎというのは、ここに来るアメリカ兵たちに似顔絵を描いているんですよ。みんな大喜びですよ。おまえは日本のディズニーになれる。そう言われたこともあります」

「ディズニー？」

「アメリカの『漫画映画』の監督です。さっき、この店の前であなたと『ピノチオ』の話をしましたね。あの『ピノチオ』も、ディズニーは日本との戦争前にアメリカで『漫画映画』にしているんです。日本では公開されなかったのでもちろん観ていませんが……。あの園井恵子が演じた『ピノチオ』、あのお芝居は原作とはずいぶん違います。だって、ピノチオと行動を共にするあのコオロギは、原作では、すぐにピノチオにハンマーで叩き潰されて死んでしまいますからね。きっとあのタカラヅカの『ピノチオ』も、ディズニーが作った『漫画映画』の影響を受けているんじゃないかと僕は思っています。ああ、僕もいつか、『ピノチオ』のような漫画を描いてみたいなあ。人形遣いのゼペットじいさんが、人形に命を与えたように、そうだな……、たとえば、科学博士が、ロボットに命を与えるような……」

そこに、アリオッタさんが料理を持ってきました。

豆入りの野菜スープと、パンがついていました。

そのスパゲッティは、ほんとに美味しかった。

「それにしても、偶然ですね」

アリオッタさんが、感慨深げに言いました。

「ワタシが、捕虜収容所に入った日が、九月二十六日。そして、今日が、九月二十六日。これは不思議な偶然ですね」

私がそれにつけくわえました。

「そして、進駐軍が初めて宝塚に入った日も、九月二十六日です」

おお！　とアリオッタさんは大きく両手を広げ、続けました。

「ワタシは、いいことを思いつきました。あの店の前の金木犀の花を、シロップ漬けにしてジャムを作りましょう。そして約束しませんか。来年の九月二十六日。また、みんなで集まって、そのジャムをここで食べませんか」

翌年、私はその約束を守って、『リストランテ・アルモンデ』に行きました。

手塚さんも来ました。

彼は一年で、えらく売れっ子のマンガ家になっていました。

あの『ピノチオ』から着想を得たロボットの漫画を、そろそろ描き始める、と言ってました。

今となっては、すべて、いい思い出です。


こんな話でよろしかったですか?

あ、看護師さん。イワシのスパゲッティを持って来てくださったんですね。

わがまま言って時間を遅らせてもらってすみません。

そして、わざわざ作っていただいて、ほんとうにありがとうございます。

大切にいただきます。

ああ、この味です。たしかにこの味です。あの『リストランテ・アルモンデ』のイワシのスパゲッティの味です。


今年の九月二十六日、もう私はこの世にいないんですね。

でももう、思い残すことはありません。

私の人生は、幸せでした。

妻にも、ふたりの子供にも恵まれました。

妻は、十年前に先立ちましたがね。
この写真に写っているのが、妻です。
名前ですか？
サチコです。
アーノルドは彼女を日本に残して、アメリカの妻のもとに帰りました。
どうして、サチコと一緒になったのかって。
すみません。今日はもう十分に話しました。
それが、人生です。

第四章　胸の中のナイフ

1

エリオは父の鞄(かばん)の中でまどろむのが好きだった。

表面に傷とへこみがたくさんついた革張りの黒い鞄は、八歳の子供がすっぽりと身体(からだ)をすべりこませるのに十分な大きさだった。

鞄は父がイタリアの軍艦で日本にやってきた時に持ってきたものだ。沈みそうな船から脱出した時、この鞄だけを大事に抱えて救命ボートに乗り込んだという。その話はもう何度も父から聞かされた。

クローゼットの奥から引っぱり出すと、中には大量のジッポーのライターがビニールの袋に詰められて入っていた。四十か五十はあるだろう。すべて父がレストランでアメリカ兵の客からもらったものだった。

ライターには真っ黒なものだとか、部隊の紋章だとか漫画のキャラクターだとか女性の裸だとかが刻まれていた。故郷の名前と自分の名前が刻まれているものもあった。アメリカ兵の誰もがジッポーのライターを持っていた。いつでもどんな場所でもオイルで、時にはガソリンでも簡単に火をつけられるライターは兵士たちにはうってつけだった。彼らはひとりでいくつものライターを持っており、そのうちのひとつを父にくれるのだった。

何人かの常連客の顔をエリオは思い出す。のっぽのトミー、やぶにらみのポール、熊みたいな大男のマクレガー、黒人のリロイ、肩車をしてくれたチャック。

ジッポーのライターだけを残してみんなアメリカに帰っていった。

「ジョンのような立派な大人になるんだぞ。そして、ゆいさんのようなきれいな日本人の奥さんをもらえ。そしてアメリカに遊びに来い」

よくそんなことを言われた。

父の名前はジルベルト・アリオッタだが、アメリカ兵に名前は何だと訊かれた時は、たいていジョンと答えていた。きまぐれにエディと答えることもあった。

なんで自分のほんとうの名前を言わないの。そう訊くと、アリオッタなんて名前はアメリカ人には覚えにくいだろ、彼らと一生つきあうわけじゃない、大事なことは覚えてもらうことなんだ、と父は笑った。

なんといっても父の店の上得意はアメリカ兵たちだった。

味の好みをアメリカ人に合わせるのは当然だった。

それでも自分がイタリア人であることは隠さなかった。

おれのじいちゃんやばあちゃんの故郷がイタリアなんだと打ち明けるアメリカ兵も多かった。そんな時父はイタリアのどこだと訊き、知った土地だと、可能な限り彼らの故郷で好まれる味付けや素材でパスタやピザを出した。たとえばヴェネツィアが故郷ならばトウモロコシ、ロンバルディアならジャガイモ、カラブリアなら唐辛子をたっぷり効かす、といった具合だ。たとえ移民としてアメリカに渡っても、ママが作る料理には必ず先祖から受け継いだ故郷の味の好みを残しているものだ。

家族が風邪をひいたり、腹の調子の悪い時、父はよく米やパスタを食べやすいように細かくして、水で十分に茹(ゆ)でて柔らかくしたものを作ってくれた。口当たりがいいから、するするっと口に入る。消化もいい。粉末のチーズとオリーブオイルと塩が入っていた。イタリアでは家族の誰かが風邪をひいたらマンマが必ずこれを作ってくれるという。

リーノというイタリア系の常連客がいた。風邪気味で店にやってきた彼に、父はこの「病中食」を作ってやった。ママが作ってくれたものとまるでおんなじ味だ、とリーノは涙を流して喜んだ。

パン作りが得意な父はさらに小麦粉とオリーブオイルだけで練った細長い棒のような柔らかいパンをリーノに作ってやった。小さくちぎって食べれば、胃が弱っていても食べられる。リーノは風邪が治っても、店に来るたびにこのパンを食べたがった。子供の頃いつもママが作ってくれたパンと同じなのだと言った。そのうちこのパンが店の定番メニューとなった。

リーノはアメリカに帰るその日に店に寄り、父と抱き合い何度も礼を言った。そして大人になったら使えと、エリオのシャツの胸ポケットにジッポーのライターを入れた。取り出して見ると薔薇の花が刻まれていた。ＲＯＳＥと刻印されていた。

「ママの名前さ。おれはＲＯＳＥのお腹から生まれたんだ。おまえがゆいさんのお腹から生まれたようにな。ママを大切にしろよ」

そう言ってウインクした。

アメリカ兵たちが自分たちの国に帰った後、店に来る客は日本人だけになった。

そうして父は初めて自分のことをアリオッタと名乗った。

店は十分に繁盛しているようだった。

夕方になると客席はすぐに埋まった。イタリア料理で使う食材を扱う輸入業者も現れ、終戦後はどこにもなかったオリーブオイルをはじめ、欲しいものが少しずつ手に入るようになった。とはいえイタリア料理と銘打つ専門店はまだかなり珍しく、開店は父の友人のマッツォーラが戦争中に神戸で開いた店の方が早いが、父の店もまた日本では先駆けと言っていい。

宝塚にあるイタリア料理の店が美味いとたちまち評判になった。父と母以外に、厨房にひとりとウエイトレスの従業員がひとりいた。

戦争が終わってから、もう十年になろうとしていた。

父は戦争で日本にやってきたというが、エリオにはそれがどんな戦争だったかよくわからない。ただひとつはっきりしていることがある。

戦争がなければ、自分はこの世に生まれていないということだ。

イタリアから来た父が日本にいた母と出会った。そしてふたりで、宝塚でイタリア料理のレストランを始めた。その翌年に自分が生まれた。

「ねえ。僕は何人？」

一度母に訊いたことがある。

「あんたは日本人や。そして、イタリア人や」母は答えた。「あんたの身体には、日本とイタリアの血が半分ずつ流れてるんやで。それをバカにする人があらわれるかもしれん。けど、そんなん気にしたらあかん。イタリアでも、日本でも、照らす太陽は、ひとつだけやで。同じ太陽の下で暮らす人間に、違いなんかあるはずないやろ」

エリオとは、ギリシャ神話に出て来る太陽の神の名前だそうだ。

イタリア語では、光、とか、輝き、といった意味もあるらしい。

「辛いことがあっても、地べたを見たらあかんよ。顔を上げ。自分の名前を思い出し。いつかて、太陽があんたのことを照らしてるで。雲があったって、雨が降ったって、見えへんだけで空の上では太陽があんたを見守ってくれてるんやで。それを忘れたらあかんで。見えへんときは、耳を澄ましてみ。太陽が歌ってる声が、聞こえるで」

エリオは父と母が名づけてくれた自分の名前が好きだった。

店には笑い声が絶えることがなかった。

厨房の中の父の表情はいつも怖くてとても近づけなかったが、客の前では笑顔を振りまいた。どちらがほんとうの父なのか、エリオは時々わからなくなったが、客と一緒に笑っている父の姿を見る方がずっと好きだった。

宝塚歌劇団のきれいなお姉さんたちもよくやってきた。父の焼くピザがとんでもなく美味しいと彼女たちの間で評判になったのだ。

ピザは二種類。

トマト、モッツァレッラチーズ、粉チーズ、バジリコ、オリーブオイルをトッピングしたマルゲリータ。そしてトマト、にんにくの薄切り、オレガノ、オリーブオイルをふったマリナーラ。

エリオはマリナーラが好きだった。

「エリオ、マリナーラっていうのは、イタリア語で『船乗り』って意味だよ。パパも船乗りだったんだ。このピザの匂いをかいでみろ。海の香りがする」

たしかに焼きたてのピザからは、今よりずっと幼い頃、家族で神戸の海に行った時の潮の匂いがした。だったらどこかに魚か貝が入っているのかとピザの上を探しても、海のものは何も載っていない。

「オリーブオイルと一緒に火が入ったにんにくにトマトが加わると、潮の香り、海の匂いがする。どこにも海のものがないのに、不思議だろ」

「魚や貝は載せないの？」

「覚えとけ。魚や貝を載せるのはペスカトーレって言う。漁師って意味だ。魚や貝を獲（と）るのは漁師だろ？　船乗り（マリナーラ）は魚や貝は獲らない」

「じゃあ、船乗りは、何をするの？」

「知らない世界に漕（こ）ぎ出るんだよ。おまえもいつか船乗りになれ。知らない海に船を漕ぎ出せ」

　神戸の海を初めて見た時、この海の向こうに父の生まれた国があると思った。

　いつか自分も船乗りになって、父の生まれた国、イタリアに行ってみたい。そして父の故郷を見てみたい。あの海の向こうには何が待っているのだろうか。

　いつかイタリアに行きたい。父にそう言ったことがある。

　父は答えた。

「ああ、行けばいい。ただし、ひとつだけ約束を守れ。ジェーラに行くのは、おまえが五十歳を超えてからにしろ」

　ジェーラとは、父が生まれたシチリアの故郷の町だ。

　なぜ、五十歳を超えるまでは、父の故郷に行ってはならないのだろう。

　そこには、何があるのだろう。

五十歳までなんて、とても待てない。

いつかチャンスがあれば行ってみたい。

父が作ったマリナーラを食べるたび、エリオの小さな胸は膨らんだ。

店には芸能人もやって来た。近くには小林一三が戦後に作った宝塚映画の撮影所があり、昭和三十年前後には一年で十五本近くもの映画が作られていたのだ。

武庫川の中州には長屋の時代劇セットがあった。河原には銭形平次が投げる四文銭が落ちており、友達とよく拾いに行った。近くの駄菓子屋に拾った四文銭を持っていくと、店のおばちゃんは駄菓子を売ってくれた。おばちゃんは映画で銭形平次を演じていた長谷川一夫のファンだったのだ。

銀映や宝来舘など映画館が当時四、五軒あり、映画好きの父に連れられてよく観に行った。数日前に映画館のスクリーンで観た森繁久彌や淡島千景がひょこっと店に現れた。

もちろん宝塚歌劇の女優たちもよくやって来た。父と一番仲が良かったのが、越路吹雪だ。越路吹雪が東京の公演を終えて深夜伊丹空港に着いた時、父がヴェスパに乗って迎えに行き、宝塚まで乗せて帰ることもあった。

たくさんのタカラジェンヌたちがやってきたが、エリオが一番好きだったのは、越路吹雪といつも一緒にやってくるマネージャーのような女性だった。トキ姉ちゃん、とみんなから呼ばれていた。

トキ姉ちゃんは来るたびにいつもエリオに珍しいお菓子をくれた。

イタリアがとても好きみたいで、父といつもイタリアの話で盛り上がっていた。

越路吹雪が宝塚を退団した後も、トキ姉ちゃんはよくひとりで店にやってきた。そして歌が好きなトキ姉ちゃんは、いつも父に、イタリアの歌を歌って、とせがむのだ。そのたびに、父は『サンタ・ルチア』や『シチリアの朝の歌』を歌うのだった。

近くには『新芸座』という演芸場もあり、芸人たちもやってきた。

キツネのような気障な眼鏡をかけた男をエリオはよく覚えている。

男は自分のことを「ミー」と呼び、相手のことを「チミ」と呼び、「さいざんす」だとか「してちょ」だとか奇妙な言葉遣いをした。人のことを小馬鹿にして、

「バッカじゃゃなかろか」

とよく言っていた。

ある日、エリオは男に訊いたことがある。

「なんでそんな言葉を使うの？」

「ぼっちゃん、妙なことを訊くのねー」

男は笑いながら教えてくれた。

店の近くの武庫川沿いにダンスホールがあり、通いつめているうちに、芦屋や宝塚のマダムたちが使っている言葉が面白くって、真似しているのだ。自分のことを「ミー」と言うのは、英語を使うアメリカ生まれの日本人を演じているのだ、と。

男は店の女性客に平気で卑猥な言葉を投げかけたりするので、他の常連の客からは嫌われていた。父も適当にあしらっていたが、エリオはこのマンガみたいな男がきらいではなかった。男は後にテレビに出るようになり、大変な人気者になった。

名前をトニー谷といい、言葉遣いは店に来ていた時のままだった。

後に赤塚不二夫が描いた『おそ松くん』の「イヤミ」のモデルはトニー谷だとすぐにわかった。

トニー谷も「イヤミ」も、宝塚という街が生んだのだった。

歌が上手でハンサムな父は、芸能人たちの間でもちょっとした有名人だった。

ごくたまに気分が乗ると店で歌を披露した。イタリアのカンツォーネだけでなく、時々は日本の歌も歌った。小畑実の『勘太郎月夜唄』を朗々と歌って大喝采を得たことを、エリオはよく覚えている。

父は決して目立ちたがる方ではなかったが、その風貌と人の気を逸らさない性格で、否が応でも街では目立った。

ある時、宝塚映画に出ないか、ともちかける映画関係者がいた。父は固辞したが、どうしても外人の役がいる、ということで一度だけ出演した。

それは幕末を舞台にした時代劇で、父は幕府と結託する外国の武器商人の仲間という役どころだった。「なんて役なんだ」と父は愚痴ったが、まんざらでもなさそうだった。

父と母と三人で駅前の映画館、銀映に封切られた映画を観に行った。あっさりと斬られて殺されるのだが、なかなか迫真の演技だった。

父がスクリーンに映った途端、笑い声と万雷の拍手が起こった。

立ち上がってうやうやしくお辞儀をする父にまた拍手が起こった。

街では人気者の父だったが、家族にはもの静かだった。

シチリアの男は、家ではそうべらべらとしゃべるものではない。父の口ぐせだ。

そんな父を、エリオは物足りなく感じることもあった。

学校から帰ると、父はいつも店前に蜜柑の木箱を出し、その上で料理の下準備をしていた。時々は父と並んでタマネギの皮をむいたりしたが、八歳の子供にたいした手伝いができるわけもない。

「エリオ、そろそろお客さんが来る。どこかで遊んでなさい」

たいていは近くの空き地で暗くなるまで近所の子供たちと釘刺しやビー玉をして遊んだ。

黒いビー玉の中に、たまに茶色のビー玉が混じっていた。

それをエリオの目の前につきつけ、

「これ、おまえの眼」

というやつがいた。

エリオは父と同じ眼をしていた。日本人の眼よりずいぶん明るい茶色の眼だ。それをからかっているのだろうが、まったく気にしなかった。引け目にも感じなかった。

イタリアだって、日本だって、照らす太陽は、ひとつだけ。母の言葉を思い出した。

「茶色いビー玉は目立つやろ。値打ちあるんや」

そう言い返してやった。

そして心の中でつぶやいた。

「バッカじゃなかろか」

外の遊びにも飽きると家の二階にあがり、この黒い鞄を引っ張り出すのだった。

大量のジッポーのライターを取り出すと、鞄の中はからっぽだった。

子供ひとりがじゅうぶんに入るほど広い鞄の中に身体を入れると、不思議な匂いがした。

父がいつも吸っている煙草(タバコ)の匂い。オイルの匂い。甘い香りは父がつけているポマードの匂いだ。

そしてカビ臭いが、どこか懐かしい埃(ほこり)の匂い。

それはきっとまだ行ったことのないイタリアの匂いに違いなかった。

エリオはイタリアの匂いに包まれて、夢を見る。

船乗りになって、大海原を何ヶ月も航海する。やがて水平線の向こうに陸地が見えてくる。

父が暮らしたイタリアだ。

そこはいつも絵本で見た外国の街だった。

お洒落(しゃれ)な格好をした大人たちが歩いている。

男の人はみんな父と同じきらきらひかる甘い匂いのポマードを頭につけ、帽子をかぶり、口髭（くちひげ）を蓄えている。女の人も着飾っている。

丘の上にのぼると、青い海が見えた。名前しか知らない、シチリアの海だった。海には何隻もの船が浮かんでいた。緑と白と赤の国旗を掲げた船はイタリアの船だろう。そこには茶色い眼をした父が乗っているに違いない。

母が買ってくれたジェラートを食べながら、エリオは丘の上から海に浮かぶ船を眺めているのだった。

たいていは甘美な夢だったが、ときどき怖い夢を見た。

平和な街に、突如として大きな爆音が轟（とどろ）く。人々は逃げ惑い、爆弾の嵐（あらし）が降り注ぐ。アメリカ兵が上陸して故郷の町に攻めてきたのだ。

逃げ惑う人々の中に、母と自分がいる。

つないでいた母の手が離れる。母の姿を見失い、ひとりになる。

恐怖に苛（さいな）まれ立ちすくんでいるところにアメリカ兵がやってきて銃をつきつける。

アメリカ兵の顔は店の常連だったポールやリロイやリーノだったりした。

あわてて逃げようとする自分をアメリカ兵がどこまでもおいかけてくる。

銃声。

銃弾を背中に受け、倒れて死んでしまう。

そんな夢だ。

その夢はあまりにもリアルで、エリオはいつも叫び声をあげながら夢から覚めた。

父の故郷、シチリアのジェーラという街がアメリカ軍の艦船から砲撃を受けた。

父の家族はその砲撃で全員死んだ。両親も、愛する妻も、腹違いのおまえの「お兄さん」も、死んでしまった。

父から何度も聞かされた話が、夢になってあらわれるのだ。

2

ジルベルト・アリオッタはその日一日、ずっと落ち着かなかった。

昨晩、あの夢を見たのだ。

故郷の丘に小さな川が流れている。

川には倒木を渡しただけの一本橋が架かっている。

橋のたもとに一本の無花果(いちじく)の木が生えている。

橋の上で、子供の自分が無花果の木を見上げている。今にも落ちそうなほど熟れた赤い実が垂れている。あれほど熟れた赤い実は、どんな味がするのだろう。

手を伸ばせば届きそうだ。しかし一本橋の上でバランスを崩すのが怖くて、ただ漫然と赤い実を見つめている。

それだけの夢だった。

無花果の夢を見ると、不吉なことが起こる……。

いつもの悪い予感が頭をよぎる。

いったい何が起ころうとしているのだ。

「パパ、お手紙が届いてるよ」

調理の下準備でタマネギをむいていると、息子のエリオが、厨房に入ってきた。

エリオは一週間前に八歳になったばかりだ。

ジルベルトはエリオがかわいくて仕方ない。

茶色い瞳と長いまつげが、自分にそっくりだ。

エリオはリストランテ・アルモンデを開業した一年後に生まれた。

将来、日本で暮らす上で、日本人にも覚えられやすくて発音しやすい名前にしようと、「エリオ」という名前を授けた。

あっという間に大きくなったな、と、ジルベルトは思う。

「手紙って、どこから？」

「ええっと、イタリア……、漢字、読めない」

「そこに置いといて。後で読む」

エリオは外に駆けて行った。

息子を追い出した後、下準備を終えたジルベルトは椅子に腰掛けて、手紙を見た。

やや大きめの封筒の差し出し人は、イタリア大使館だった。

いったいイタリア大使館が自分に何の用件だろう。

心当たりはなかった。

胸騒ぎがした。

封を切る。

中にもうひとつの封筒と、事務用便箋が一枚挟まっていた。そこにはイタリア語でこう書かれていた。

「ジルベルト・アリオッタ様
当大使館に、貴殿宛の郵便物が届きましたので、転送させていただきました」

同封された手紙の消印をみる。

ROMA

と読める。

封筒を裏返す。見覚えのある住所と名前がそこにあった。

徴兵前にローマで働いていたレストランの主人からの手紙だった。

主人には大変世話になった。

祖国イタリアを離れて、すでに十四年経{た}っている。

いったい、今頃、何の用件だろう。

まったく見当がつかなかった。

ジルベルトは封を切り、イタリア語の文字に目を走らせた。

†

親愛なるジルベルト・アリオッタへ。

突然の手紙で、さぞ驚いていることと思う。まどろっこしい挨拶{あいさつ}は抜きにしよう。

大変重要なことを、君に知らせたくて手紙を書いた。君はこの事実をどう受け取るだろうか。おそらく受け入れ難いだろう。しかし、ジル、いまから書くことはすべて事実なのだ。

どうして君にこの手紙を書くことになったのか。ことの経緯を順を追って説明したい。

どうか最後までこの手紙を読んでくれ。

先日、私のリストランテに、ある男が訪ねてきた。

ジュゼッペ・カンナバーロという男だ。

「ジルベルト・アリオッタがここで働いていましたよね」

店に入るや、男が君の名前を口にしたので、私は驚いた。

「ジルベルトのお知り合いですか」

「戦争中、同じ船に乗っていたんだ」

君が乗っていたリンドス号の元乗組員で、大砲の射手をしていた。今はローマに住んでいる。君がローマ時代に働いていたリストランテの名前を思い出して、訪ねてみたのだと男は言った。ローマではそこそこ有名な店だから、捜すのにさほど苦労はしなかっただろう。

カンナバーロは君との思い出を詳しく語ってくれた。船の中で君の作るパンが美味かったこと。歌がとびきりうまかったこと。私のよく知っているジルを彼は楽しそうに語った。

「惜しい男を亡くしましたね」

私がそう言うと、カンナバーロが目を丸くした。

「何を言ってるんだ。彼は日本で生きているよ」

今度は私が目を丸くする番だった。

ジル。私は君が、てっきりあの戦争で死んだと思っていたのだ。

「それで、ジルベルトはどうなったんだ？」

私は息せき切って尋ねた。

するとと彼はこう答えたのだ。

ジルは私たちと一緒に日本の捕虜収容所から解放されたが、故郷のジェーラで起こったアメリカ軍との戦闘で妻と子供が死んだことを知り、故郷への思いを断ち切ろうと日本人の女性と結婚したのだ、と。そして、イタリアに帰る船には乗らず、日本に永住する覚悟を決め、奥さんと共にイタリア料理店を経営している、と。私は帰国前に店に寄ったことがある。間違いない。店の名前も覚えている。『リストランテ・アルモンデ』。詳しい住所はわからないが、コウベ港からさほど遠くない、捕虜収容所があったのと同じ、ヒョウゴという地域だ、と。

それを知った時の私の驚きを、君は想像できるだろうか。

「故郷に残っている親戚(しんせき)は、ジルが生きていることを知っているのか」

私が尋ねると、カンナバーロは言った。

「さあ、そこまでは私は知らない。ただ、ジルは、日本に永住する覚悟を決めたので、すでに妻子のいない故郷にはもう一切連絡を取らない、と私に言っていた。これは私の想像だが、彼自身、イタリア時代の自分はもう死んだつもりで日本に骨を埋める覚悟を決めたのだと思う。故郷の人々も、もうジルは死んだと思っているのではないか」

カンナバーロが帰った後、私は茫然(ぼうぜん)とした。それから私がこれから取るべき行動について考えた。

そして悩んだ。

この事実をジェーラにいるアリオッタの親戚に伝えるべきか、どうか、を。

君がもう死んだつもりで故郷への思いを絶ったのなら、故郷へ君が生きていることを知らせるのは、余計なことなのではないか。君の気持ちを最大限尊重するならば、知らせるべきでない、と。

しかし、こうも思った。

すでに君の妻と子供はもうこの世にいない。両親ももういないはずだ。だからこそ君は日本に残る道を選んだ。しかし君には姉がいたはずだ。せめて血のつながった姉にだけは君の生死を伝えるのは、悪いことではない、と。姉は君が決めた人生の選択を、決して非難しないだろう。

私は君の姉に君の消息を知らせる手紙を書こうと決めた。

シチリアの君の住所は知っていた。ただおそらくそこにはもう誰もいない。君の姉はジエーラの郵便局に勤めていると聞いていたから、郵便局の住所に「シニョーラ・アリオッタ」と宛(あ)てて手紙を出した。

ほどなく返事が届いた。君の姉からのものだった。

やはり君は、故郷でもすでに亡くなっていることになっていた。

終戦後、姉はすぐに海軍に君の消息を尋ねたそうだ。すると、捕虜となった後に再び日本軍の船に乗務中に米軍の爆撃により死亡、という報告を受けたという。実際は君は生き延びたのだが、おそらく他の多くの仲間が戦死した中で、戦中の混乱期に海軍も正確な情報を摑(つか)めなかったのだろう。

そして、その後に、驚くべきことが書いてあった。

この手紙で、君に一番伝えたいことだ。

君がシチリアに残した妻ヴェロニカと、息子のジュリアーノのことだ。

アメリカ軍の上陸作戦による艦砲射撃に巻き込まれて、ふたりは死亡したと君は聞いているだろう。

しかしそれは事実ではない。

どうか冷静に聞いてほしい。

ヴェロニカとジュリアーノは、今も生きている。

そう、君の妻と息子は、生きているんだ。

ただし、ヴェロニカはもうジェーラにはいない。

きっと君も混乱していることだろう。順序立てて説明しよう。

君の姉によると、ふたりが米軍との戦闘に巻き込まれたのは事実だ。

戦闘のあった日から、ふたりの消息がぷっつりと途絶えた。

待てども待てども帰って来なかった。

姉はふたりの行方不明届を警察に届けた。

しかし戦争の混乱期、警察に親子を捜索する余裕もなかったはずだ。おそらくは、この行方不明届が「推定死亡」と解釈されて軍に通知され、はるか海の向こうの君の耳に届いたのだろう。

ところが、戦闘のあった日から一年して、ヴェロニカとジュリアーノが、突然、姉のもとに戻ってきた。

驚く姉にヴェロニカは今まで自分たちの身に起こったことを語った。

彼女はあの日、そう、アメリカ軍がジェーラに上陸した一九四三年の七月十日、幼いジュリアーノを連れて、ジェーラの中央駅前の朝市に出かけていたそうだ。

すると、突然、すぐ近くで耳をつんざくような爆音がした。爆音は一回のみならず、畳み掛けるように何度も続いた。海上にいたアメリカ軍の艦船が、ジェーラに向けて艦砲射撃を行ってきたのだ。市民たちが逃げ惑う中、駅に列車が滑り込んできた。

「早く乗るんだ！　このままこの街にいては危ない！」

老人の声がした。気がつくと、ヴェロニカはジュリアーノを抱きかかえ、老人と一緒に列車に飛び乗っていた。

鉄道は東へ走る。列車の固い座席に座りながら、老人はヴェロニカに言った。ジェーラには同盟国のドイツ軍が駐留している。あの街をアメリカ軍が攻撃したからには、今後激しい戦闘状態が続くだろう。しばらくは帰らない方がいい。シチリア全土が戦闘に巻き込まれるかもしれんが、私の住んでいる場所は、内陸の小さな村だ。戦闘の影響は少ないだろう。しばらくは私の家で身を隠しなさい。

ヴェロニカは震えながらうなずいた。そうするしかなかった。

そのうち、イタリアが連合国軍に無条件降伏した。しかし、今度はイタリア軍の一部がこの無条件降伏を不服として、いまだ戦闘を続ける駐留ドイツ軍とともに連合国軍と戦い、内戦状態となった。

帰る機会を逃すうちに、一年が経った。

そしてようやくジェーラに帰る決心がついて戻ってきた。

ヴェロニカは姉に、そう語ったのだった。

ヴェロニカがジェーラに帰って姉に真っ先に訊いたのは、ジル、君のことだった。

イタリアが無条件降伏して、私の夫はどうなったの？　無事に生きているの？　イタリアに帰って来られるの？

しかし、もはや敵国となった日本にいるリンドス号の乗組員の安否を知ることは不可能だった。

やがて日本が降伏し、姉はすぐにイタリア海軍に問い合わせた。

結果は、さきにこの手紙に書いたとおりだ。

不幸な行き違いが重なったのだ。

君の戦死の報せを聞いたときのヴェロニカの落胆は、とても見ていられなかったと姉は手紙で書いている。

ジル、もうひとつ大事なことを君に知らせなければならない。

ヴェロニカは、君の戦死の報告を受けた二年後に、再婚した。

相手は、私にはわからない。姉は知っているはずだが、手紙には書かれていなかった。

今、彼女が住んでいる場所もわからない。姉に訊けばわかるだろうが、それは、もう君にとって必要な情報ではないような気がする。

ジル。どうか再婚した君の妻を恨まないでほしい。ヴェロニカもまた、君が戦死したことを知らされ、断腸の思いで新たな道を選んだのに違いない。その時の心情は君が日本で経験したものと同じだったのではないかと私は想像する。

誰も悪くはないのだ。運命という濁流に吞まれ、離ればなれになったふたりが、それぞれの生きる道を見つけたのだ。


最後に、君の息子、ジュリアーノのことだ。

ジュリアーノは、今、君の姉のところにいる。

ヴェロニカの結婚相手の男の家が貧しく、ジュリアーノを引き取る余裕がなかったそうだ。それでも彼女は、いつか必ず迎えに来るから、と息子に約束して、息子を長い間強く抱きしめた後に、ジェーラを後にしたという。

ジュリアーノは当時七歳だ。七歳で母と離れなければならなかったジュリアーノの心情を思えば、胸が張り裂けそうな思いだ。それでも本人たちの痛みに比べれば、私の思いなど知れたものだろうが。

それから八年経って、君の息子は今十五歳だ。

姉は息子に、君が日本で生きていることを告げたそうだ。

ジル、以上が君に知らせたいことのすべてだ。

ただひとつ、君の古い友人として忠告させてくれ。
君は、君の意思でそのまま今の場所にとどまることができる。誰も責めたりはしない。
同時に、何か行動を起こそうとするなら、それも君の自由だ。
神のご加護がありますように。

ジルベルト・アリオッタへ。

アンドレア・マルキジオ

3

夜鳴きそばのチャルメラの音が遠くで聞こえる。
看板の灯(あかり)はすでに落とし、店にはアリオッタと妻のゆいのふたりきりだ。
妻に真相を話そうと決心するまでに、丸二日かかった。
今、その真相を告げたところだ。
ゆいは、読めないイタリア語の便箋を、じっと見つめている。
長い沈黙を破ったのは、ゆいだ。
「それで、あなたは、どうしたいんです？　イタリアに帰りますか」

「帰らない。私の故郷は、もう私の心の中にしかない。ゆいさんと、エリオと共に、日本で生きて行く。もちろん、ヴェロニカが生きていることには驚いた。しかし、もう彼女は、私とは関係のない人生を歩んでいる。それでいいんだ。ただ……」

「ただ……どうしたの？」

「私は息子を、引き取ろうと思う」

「ジュリアーノを？　日本に？」

「ああ。息子に対して、私には責任があると思う。戦争があったとはいえ、私は突然、幼い息子の前から姿を消した。私は、妻と子供が死んだという知らせを受けて、必死でイタリアの家族の思い出を振り払おうと生きてきた。忘れようとしたのだ。しかし、残された家族の方から見れば、どうだろう？　いったんは遠い国で死んだと聞かされた父親が、実は、生きていた。そして、故郷に帰ってくるどころか、一度たりとも連絡をよこさなかった。息子は、そんな父をどう思うだろうか」

アリオッタは深く息を吸い込み、大きく溜め息をついた。

「息子は、もう十五歳だ。私が日本にとどまった理由を、彼にはちゃんと説明する義務が、私にはある。そして、彼が一人前の大人になるまで、養う責任が私にはある。エリオには、私からきちんと説明する。ゆいさん、私の考えを、どう思いますか。正直な気持ちを教えてください」

「何、言うてはりますの」

「え？」

「なんで、私の意見を訊くんです？　あなたの息子ですやろ。あなたの息子のことは、あなたが決めることです。なんで私が、あなたの決めたことに口を挟めるんです？」

「ゆいさん……」

「息子さん、日本に呼んであげてください。それが、あなたの望みですやろ」

「……ありがとう」

「礼を言われる筋合いはおません。ただ、ひとつ、条件があります」

「条件？　どんな条件ですか？」

「シチリアにいる間、ジュリアーノはあなたの息子でした。でも日本に来たら、ジュリアーノはあなたの息子でもありますけど、私の息子でもあります。自分の息子なんですから、遠慮はしません。私の息子として、そして、エリオのお兄ちゃんとして、恥ずかしないようしっかり育てさせてもらいます。それが条件です」

「……ゆいさん」

「さあ、もう話に決着つきましたやないか。十五歳の息子がいきなりできるやなんて、ほんま、人生、何が起こるか、わかりませんな。ああ、なんや気持ちがすっきりしたら、お腹、空いてきたわ。アリさん、夜鳴きそば、食べに行きませんか？　この店始めた頃、ふたりでよう行きましたやないか。橋のたもとの大八車の屋台のそばをすすりながら、あんな店にしよう、こんな店にしようて、夢、語り合いましたなあ。あれから、もう九年も経ちましたんやな。今晩は、ひさしぶりに、あの頃に戻りませんか」

ふたりは店の鍵をかけ、外に出た。


宝来橋のたもとに夜鳴きそばの赤提灯が灯っている。

夜の灯が武庫川の流れに溶けて川の底を洗っていた。

アリオッタは出てきたそばを、ずるずると音を立ててすすった。

ゆいはその姿をみてころころと笑った。

「そばの食べ方、上手にならはったね。ジュリアーノにも、そばのすすり方、教えてあげてね」

「いいや。そんなことは断じて教えん。シチリアの男はこんなふうに食べちゃいかんって、教えてやる。麺は、アル・デンテ（歯）で食べるもんだとな」

「なんか、頼りになるような、ならんような」

ゆいは、またころころと笑った。

笑い声が止むと、夜の静寂にコオロギの鳴き声が聞こえた。

アリオッタは空を見上げた。

蒼い月が冴え冴えとした夜に浮かんでいた。

アリオッタは思い出す。太平洋上を航海するリンドス号の甲板の上で、同じような月を見上げたことがあった。蓄音機を大音量にして『ラ・クンパルシータ』をかけ、皆でダンスを踊った夜だ。

　アリオッタはゆいに言った。

「今度の休みには、ダンスを踊りに行きましょう」

「明日は、雨が降るんかな」

「え？」

「日本ではね、珍しいことがあると、雨が降るの。アリさん、今日は、いつも以上に私に優しい」

「では、雨が降らないうちに、今夜、ここで踊りましょう」

　そう言って、ゆいの手を取った。

　ふたりは立ち上がり、誰もいない川岸でダンスを踊った。

　アリオッタは『ラ・クンパルシータ』を口ずさむ。

　月の光に照らされて、ふたつの影が揺れる。

　川面に映る月も揺れる。

「踊り続けましょう。これからも、ずっと」

　どこからか、金木犀の香りが漂ってきた。

　ふたりが初めて出会ってから、十一回目の秋が訪れようとしていた。

4

海は濃い霧に包まれていた。

ジェノヴァの港を船が出たのは、ちょうど五十日前だ。地中海からスエズ運河を越え、インド洋を航海し、インドネシア諸島を縫うように抜け、南シナ海を北上した。

長い航海が終わろうとしていた。

鉛色の海の向こうに、父がいるはずだった。

少年が見つめてきた海は、父がかつてイタリア艦船の水夫として航海した海だ。

インド洋の珊瑚礁の海は空の色を映してコバルトブルーに輝き、ときにサンゴや白い砂地の色を包み込んでエメラルドグリーンに色を変えた。海の明るさが少年の心を昏く沈ませた。

北に進むにつれ海はグレーから暗闇の色になり、今、少年の瞳に映る海は、泥のように濁っている。

十五歳の少年にはただ退屈でしかない海を、かつて父はどんな思いで眺めていたのだろう。海を見つめながら、父はイタリアで暮らす自分のことを、母のことを思い出す日はあったろうか。シチリアの海をのぞむ、我が家の庭のオレンジの木陰を思い出す日はあっただろうか。

今、船はようやく目的の港に着こうとしていた。

ジュリアーノはもう何時間も前から甲板に出て、灰白色の景色の向こうを凝視していた。同じ甲板にいる乗客の顔さえ判別できないほどの濃い霧だ。

汽笛の音がぼうとなる。肌にまとわりつくような空気が彼を包み込む。シチリアでは経験したことのない湿り気を帯びた空気に少年は辟易した。

だれかが叫んだ。

「コウベ港だ！」

コウベ。そこは、シチリアから一万キロ離れた見知らぬ日本の街。

父が日本の女性と出会い、自分と母親を見捨てた街。

今、その街が目の前にある。

父は港に出迎えに来ているだろう。父の姿はすぐに判るだろうか。

二歳になる前に父は出征して、家族のもとを去った。

ジェーラにいた頃の父の記憶はない。

夢想の中で現れる父の顔は、いつも靄がかかったようにおぼろげで、うまく焦点を結ばない。家にはにこやかに笑っている父の写真が飾ってあった。それが唯一、ジュリアーノが知る父の顔だった。

父が日本で生きている、自分とは別の家族とともに生きている。

ある日突然、伯母にそう告げられた。

その日から、写真の中の笑顔が自分ではなくだれか他人に向けられている気がして、少年はもう写真を見なくなった。

少年の上着のポケットには、手紙があった。日本に住む父から届いた手紙だ。

長い手紙だった。なぜ今、自分が日本にいるか。そして日本で一緒に暮らしている家族のことが書いてあった。

最後の一文が頭に焼き付いて離れない。

「日本で一緒に住まないか」

いまさら、何なのだ。それが正直な感想だった。

戦争が終わって、あなたはどうしてイタリアに帰らなかったんだ。母親と子供は死んだと聞いた？　どうしてあなたはその話をすぐに信じたのだ。どうしてあなたは自分でおれたちの生死を探ろうとしなかったんだ。どうしていままで放(ほう)っておいたんだ。生きているのがわかって、今度はおまえがこちらに来い？　どうしてあなたがシチリアに帰ってきてくれないんだ。

昏(くら)い感情が少年の心に渦巻いた。

手紙は破って捨てようと思った。

しかし思い直した。

船に乗り、父に会いに行こうという気になった。

上着のもうひとつのポケットの中には、ナイフがあった。

父を刺そうと決めていた。
「あなたはなぜおれたちを捨てたのか」
それだけを父に問いただしたかった。
その答えに納得いかなければ、父を刺す。
そのために、五十日かけて日本にやってきた。
船は神戸港の沖に停泊した。ここからは小舟に乗り換えて、埠頭まで渡るという。
乗り換えた小舟に揺られながら、少年は岸壁を凝視した。
大勢の人々が出迎えに来ていた。
背広を着た背の高い男と小さな子供がこちらを見ている。
一瞬、目が合った。
父だとすぐに判った。
「ジュリアーノ！」
少年は応えなかった。
長い睫毛の目を伏せ、ただ鉛色の海を見つめていた。

†

埠頭に向かう小さな舟の上で光る少年の目を、エリオは見逃さなかった。

あの背の高い、茶色い目の男が、自分の「兄」に違いない。

挑むように鋭く光るその眼の光に、エリオはたじろいだ。

父の表情をのぞき見る。

ただじっとまっすぐ前を見つめている。

そこから父の感情を読み取ることは難しかった。

「ジュリアーノ！」

突然叫んだ父の声は、今まで聞いたことのない、別人のような声だった。


「おまえにはお兄さんがいた」

父から初めてそう聞かされた時、エリオにはその意味がわからなかった。

「おまえのお兄さんは、遠い海の向こうで戦争に巻き込まれてママと一緒に死んだんだ。だからパパは、おまえのママと結婚したんだよ。そしておまえが生まれたんだ」

自分が生まれる前にいた、兄のことをうまく考えることができなかった。ただ、戦争に巻き込まれて死んだということが、なんだかとても恐ろしいことに聞こえ、何度も悪夢にうなされた。

そしてある日、父が言った。つい、この前のことだ。

「エリオ、とても大事な話がある。おまえのお兄さんの話だ。おまえのお兄さんは、生きていたんだ。今は海の向こうのパパの故郷で暮らしている」

うまく事情が呑み込めなかった。

「生きていたって、どういうこと？　死んだって話は、ウソだったの？」

「エリオ、ウソじゃないんだ。パパが、間違っていたんだ」

父は大きく首をふり、溜め息をついた。

そして、まっすぐにエリオの目を見て言った。

「パパは、お兄さんをこの家に呼び寄せようと思っている。エリオ、この家に、もうひとり、家族が増える。おまえのお兄さん……ジュリアーノと一緒に住むんだよ。どうかパパの考えに賛成してほしい。お兄さんと、仲良くしておくれ」

突然、死んだはずの兄がやってくる。

戦争で死んだはずの兄が生き返ってやってくる。

父に打ち明けられた夜、エリオはまた悪夢を見た。

暗闇の中で、自分よりずっと背の高い子供が背中を向けて佇（たたず）んでいる。

兄に違いない。

「お兄ちゃん」

声をかけると、兄がゆっくりと振り返った。

その顔は、目も鼻もないのっぺらぼうだ。ただ口だけがあり、いやに大きいその口角をあげてにやりと笑った。エリオは恐怖のあまり絶叫して目がさめた。

見知らぬ兄が死の世界から帰ってくる。

自分は、どうなるの?

ただひとつ、たしかなことがあった。

パパとママが、自分だけのパパとママではなくなるということだった。

それがエリオをたまらなく不安にさせた。

今、その兄が小舟から埠頭に上がり、父と自分に近づいてくる。

ゆっくりと歩きながら、近づいてくる。

その口角に、悪夢で見たような笑みはなかった。

兄は自分に一瞥(いちべつ)もくれない。まっすぐ、父の顔だけを見つめて、歩いてくる。

†

ジュリアーノは埠頭で父と向かいあった。

一万キロの距離よりも長く感じる沈黙だった。

左の内ポケットの中のナイフに、上着の上からそっと手を当てた。

最初に口を開いたのは父だ。

「ずいぶん大きくなったな」

ジュリアーノは答えなかった。

さらに長い沈黙が流れた。

「どうして、おれたちを捨てた」
ようやくそれだけを口にした。
霧の中でただ息子の顔をじっと見つめている父は今、何を考えているのか。
十四年間の沈黙を埋める言葉は、父にはないのか。
「答えられないのか」
自分でも驚くほどの語気だった。
父は黙っている。
左の内ポケットに手を入れた。
ナイフの柄の硬い感触が指先に伝わる。
脇の下に冷たいものが流れる。
五本の指に、ぐっと力を込める。
心臓の鼓動が速くなる。
突然、汽笛の音が聞こえた。
その音がジュリアーノの緊張を一瞬、解いた。
右手はナイフから離れ、ズボンのポケットに入っている煙草を取り出した。
そして口にくわえる。安い手巻き煙草だ。
マッチに火をつけ、火を口元に寄せる。
その時、頬（ほお）に強い痛みが走った。

父の平手がジュリアーノの頬を打ったのだ。

誰かに殴られたことは一度もなかった。まして、父に殴られるとは予想もしていなかった。

「未成年だろう。煙草は吸うな。いますぐ、煙草を海に捨てろ」

ジュリアーノは父を睨んだ。

「父親の言うことを聞け。捨てろ！」

反射的に煙草を海に捨てた。

「巻いていない煙草の葉も全部捨てろ」

もう一度父を睨む。

「シチリアの男なら、父の言葉に逆らうな」

煙草の葉と巻き紙を捨てた。

そして、父は静かに言った。

「おれはおまえの父親だ。それだけは忘れるな」

ジュリアーノは唇をかんだ。

それが父には反抗の態度に見えたかもしれない。

しかしそうではなかった。

心の中で、こう思っていた。

……父を、刺さずに済んだ。

第五章　メリーゴーランド

1

もう、何度、学校から呼び出しを食らっただろうか。

ゆいは心の中でうんざりしながら、ただそれを悟られないように校長と教頭の前に座っていた。

二人の横には担任が立っている。

「ゆいさん、今回ばかりは、どうにも、困りましたな」

「ジュリアーノが、また、何か……」

学校はゆいの店がある阪急宝塚駅から電車でおよそ十五分。雲雀丘花屋敷（ひばりがおかはなやしき）という関西でも有数の閑静な住宅街の中にあった。

「前代未聞ですよ。うちの小学校の児童が、電車の中でヤクザを殴るやなんて」

「ヤクザを？」

「ええ。相手は半袖のシャツから見える両腕に倶利迦羅紋々が入っていたそうですから、おそらくこの近辺の組に出入りしてる者やと思います。まあ幹部は電車には乗りませんからチンピラでしょうが」

ゆいの横に座るジュリアーノは、素知らぬ顔で窓の外を見ている。

「小学校の児童と言いましても、うちのジュリアーノは、もうすぐ十六歳です。大人と喧嘩しても、そないに無茶なことでは……」

教頭があきれた顔で口をはさむ。

「そういう問題やないんですよ。うちはね、関西でも善良な家庭のご子息が通う小学校として名の通っている学校なんですよ。相手がヤクザであろうとなかろうと、公共の電車の中で人を殴るやなんて、あってはならんことなんです。うちの学校の名を、大いに穢してくれはりましたな」

「で、喧嘩の原因は、何ですの？」

「それが、ジュリアーノ君が、例によって、ひと言もしゃべってくれんのですよ」

教頭が溜め息をつく。

「目撃した人の証言によると、突然、ジュリアーノ君が、座席の向かい側に座っていたチンピラにつかつかと寄って来て、胸ぐら摑んで殴り掛かった、と。しかもそれで止まらず、床に押し倒した相手に馬乗りになって、さらに数発、殴ったと聞いてます。相手はウチの学校の制服着た小学生に殴られたんがバツが悪かったんか、途中の駅で降りていったそうです。同じ車両に乗り合わせた人が、学校に通報してきたんです。おたくは児童にどんな教育してるんやってね」

「ジュリアーノは、そんな、理由もないのにむやみに人を殴るような子やないです。そのチンピラが、なんか、いらんことしたか、言うたんやないでしょうか。向こうも悪いんやと思います。殴ったことは悪いですけど、ジュリアーノはまだ日本語もあんじょう話せませんし、大目にみてやってください」

「ゆいさん、問題は、そこなんですよ」

担任が口を開いた。

「日本語もあんじょうできんどころか、ジュリアーノ君は、この学校に来てから、まだひと言も日本語をしゃべらんのですよ。誰ともしゃべらず、教室で、いつもひとりでぽつんとしてる。それが、もう、一ヶ月近くですよ」

担任の声のトーンが徐々に上がっていく。

「日本語が皆目できませんので、特別にエリオと同じ小学校の三年のクラスに編入して授業受けさしてください、と、頭を下げてきたのは、ゆいさん、あなたやないですか。はるばるイタリアからやってきたジュリアーノ君のことを思って、うちも特別に配慮しました。ジュリアーノ君は、同じクラスの児童とまったく馴染(なじ)もうとしない。あれでは日本語が上達するわけない。おまけにこんな騒ぎを起こすようなら、ちょっと、考え直さんとあきませんなあ。ねえ、校長」

これまで目をつぶりながらじっと話を聞いていた校長が、初めて口を開いた。

「私が心配するのは、弟のエリオ君です」

「エリオ？」

「ええ。この調子ですと、弟のエリオ君も可哀想ですよ。エリオ君も、一昨年、うちの学校に入ってきた時は、やっぱり容姿がちょっと日本人と違うということで、他の児童からは敬遠されていたようです。けど、エリオ君は、持ち前の明るさで、どんどんクラスメートの輪の中に入っていって、人気者になりました。初めてのプール実習の時に、ふんどしを締めてきたのには、まいりましたなあ。けど、それでまた、おもろいやつやと人気が出ました。女の子にも人気ありますしね。けど、ジュリアーノ君がこの調子やと、またエリオ君に対する風当たりも強うなってきます。あんな、いけ好かん兄貴の弟かっていう目で見られかねません。そういう意味でも、親御さんとして、ジュリアーノ君には、ちゃんとしてもらわんとあかんのやないですか」

「ありがとうございます。今回、ご迷惑をおかけしましたことは、ジュリアーノになりかわり、謝ります。けど、ジュリアーノは私の息子です。うちにはうちの教育方針というもんがあります。今日のことは、家に帰って本人に問いただしてみます。父親が訊いたら、この子もほんとうのことをしゃべるでしょうから」

「ほんとうのことをしゃべる？　日本語で？　それとも、イタリア語で？」

担任がいじわるな目つきで訊く。

「日本語でしゃべらせます」

「ほお。ジュリアーノ君、日本語しゃべれるんですか」

担任がたたみかける。

「うちでは日本語を教えています。ひらがなやカタカナも少し書けるようになりました。挨拶も日本語でするように、父親が厳しく躾けています」

「それやったら、なんで学校でしゃべらんのですか。この場で、ひと言でも、日本語、しゃべってもらいたいもんですなあ」

「わかりました。ジュリアーノ、日本語で、謝りなさい」

ジュリアーノの口は動かない。

「ジュリアーノ、謝るのがいやなら、なんでもいいから、覚えた日本語、しゃべってみなさい」

「……」

「やっぱり、しゃべらんやないですか」

ふん、と担任の蔑んだ声が聞こえた。

その時だった。

「バッカジャナカロカ」

「はあ？」

全員がジュリアーノが口にした言葉の意味をとらえかねた。

「イタリア語じゃない！　日本語でしゃべりなさい！」

ジュリアーノはひときわ大きな声で叫んだ。

「バッカジャナカロカ！」

「馬鹿じゃなかろか⁉　君はなんという言葉を！　そんな日本語、誰が教えたんや！」

ジュリアーノは立ち上がって部屋を飛び出した。

廊下から聞こえるジュリアーノの高笑いが職員室に響いた。

2

ジュリアーノは校門で待っていたエリオの首に鞄（かばん）をかけ、弟の小さな肩に手を回してイタリア語で言った。

「エリオ、おまえの教えてくれた日本語、あのくだらない連中にぶちかましてやったぜ」

「日本語？」

「ああ、おれが日本に来てから覚えた言葉で、一番好きな言葉」

「バッカジャナカロカ？」

「そう！　それ！　バッカジャナカロカ」

「一番好きな言葉？」

「なんかイタリア語みたいだしな。バッカは牝牛、ジャナとカロカは、イタリア人の名前。

牛と女と男で、バッカジャナカロカ！」

「イタリア語で言うと……」

「『セイ・パッツォ！』。おれはこの世界の全員にそう言いたい気分だ。ゆいママをのぞいてな」

「パパは？」

「セイ・パッツォ！」

「なんで？」

「忙し過ぎて、ゆいママもおれたちも、ほったらかしじゃないか。また新しい店を作るって？」

「ああ。岩国(いわくに)ってとこらしいよ」

「伊丹ってとこに新しい店を出したばかりじゃないか」

「伊丹はまだ宝塚から近かったけど、今度は汽車に乗ってずっとずっと遠くだって。お店によく来ていたアメリカの将校に言われたって。岩国にアメリカ軍のベースキャンプができたから、店を作ってくれって」

「日本はアメリカの占領から独立したんじゃなかったのか？　いつまでアメリカべったりなんだ。おまけにアメリカはムッソリーニが敵対していた国だぜ。ジェーラを攻撃した国だ」

「それだけ、パパの料理の味が人気あるってことだよ」

「まあ、好きにすればいいさ」

ジュリアーノは肩をすくめた。

ふたりの間で交わす言葉はイタリア語だった。

赤ん坊の時から父が自分に話すイタリア語を聞いていたエリオは、日常会話程度ならイタリア語で話すことができた。

意思の疎通はできたが、突然目の前に現れた、七歳も歳の離れた男を、兄と思うにはまだ違和感があった。

しかし母のゆいは、自分の前でジュリアーノを完全な兄として扱った。

日本に来てから誰に対しても心を閉ざしている兄もまた、ゆいにだけは心を開いていた。

何かやる時は必ず「お兄ちゃんが先。あんたは後」と兄を優先した。

持っていた自転車やオモチャは全部母に取り上げられた。持っていない兄が寂しがるから、という理由だった。

もちろんエリオは面白くなかった。

しかし、自分と同じ焦げ茶色の目をしたこの兄には、どこか不思議な魅力があった。それは九歳の子供にはうまく表現できない、彼にまとわりついている、ある種の危険な匂いのようなものだった。強さもあった。それが今の自分に一番ないものだとわかっていた。

空手を習いたい、と父親に頼んだのは、ついこの前のことだ。しかしエリオには、ジュリアーノの持つ強さというのは、そういった強さとはまた別の種類のものだということもわかっていた。

　結局、ジュリアーノは三ヶ月で雲雀丘の小学校を中退し、神戸のインターナショナルスクールに通うことになった。日本語はゆいママが教えることになった。

　しかしゆいママも店の仕事があり、ずっとジュリアーノにつきっきりではいてやれない。インターナショナルスクールでも友達はできず、外で遊んでおいで、とゆいママが言っても、エリオの友達たちはどこか人を寄せ付けないジュリアーノを敬遠した。たまに店にいても、客たちは最初のうちはあれこれ話しかけてくるが、相手が日本語を満足にしゃべれないとわかると、そのうち相手にしなくなる。イタリアから来た少年はどこにいても孤独だった。

　唯一、そんなジュリアーノと会話を交わす店の常連客がいた。

　昨年、キューバから日本にやってきたプロ野球選手だった。

　西宮に本拠地を置く阪急ブレーブスという球団に所属する選手だった。

　入団一年目は家がなく、宝塚ホテルに寝泊まりして西宮球場に通っていた。ホームシックになって人恋しいが、スペイン語を話す相手もいない宝塚で、ある日偶然、宝塚ホテルの近くにイタリア料理のレストランがあることを見つけ、毎日のように通うようになった。

「スペイン語と、イタリア語、とっても、よく似てるネ」

　スペイン語とイタリア語は七割がた同じで、店の主人のジルベルト・アリオッタとはお互いの母国語でしゃべっても苦労なく会話ができ、すぐに仲良くなった。シチリアから来た息子のジュリアーノとも会話を交わせた。

ある日、なかなか日本語を話せないジュリアーノに、彼は言った。

「もし日本で暮らすなら、日本語を覚えること、一番大事ネ。ボクは毎日毎日、西宮北口の駅前に立って、歩く人やお店の人が話す言葉を耳で聞いて覚えたヨ。でもまだ、勉強中ネ。ジュリアーノ。もしキミにその気があるなら、ボクと一緒に駅前に立って、日本語を覚えようヨ」

その男、ロベルト・バルボンのおかげで、ジュリアーノの日本語は飛躍的に上達した。

3

エリオにとってジュリアーノは、どこまでも得体の知れぬ兄だった。

とんでもなく子供っぽい一面を見せるかと思えば、驚くほど大人びて見える瞬間があった。

エリオにとって、忘れられない一夜がある。

ジュリアーノが日本に来て、一年ほどしたある日のことだった。

「エリオ。今夜、父さんは家にいないだろ」

「うん。夜行列車で、岩国に作った新しい店のことで打ち合わせに行くって」

「今日の夜、おもしろいところに連れてってやるよ」

「夜？　おもしろいところ？」

「ああ。ゆいママも寝てしまった夜中だ。裏の木戸から出ていこう」

「どこ行くの？」

「ついて来たらわかるさ」


深夜の「花のみち」には人影ひとつなかった。

急ぎ足で歩くジュリアーノの背中を、エリオは必死で追いかける。

追いかけながら、だんだん不安になってきた。

夜の闇に、生き物の不気味な鳴き声がいくつも聞こえたからだ。

オウ、オウ、オウとまるで喉がちぎれるように鳴くのはアシカだろうか。

調子の外れたラッパみたいに甲高い声で鳴くのは、ゾウだろう。

バローン、バローン、とジュリアーノがその鳴き声を真似た。イタリアの人の耳に、ゾウの鳴き声はそう聞こえるのだろうか。

夜中に動物の鳴き声が聞こえるのは、この界隈では珍しいことではなかった。

エリオの家から宝塚大劇場へと続く「花のみち」の北側に、広大な遊園地があった。

遊園地の中には動物園と植物園があり、夜中になると、眠れない動物たちの咆哮が家まで聞こえてくる。そこにはなにかを訴えるようなせっぱつまった感情と、もうなにもかもあきらめたような悲しさが混ざり合っていて、エリオは動物たちの声が聞こえてくるたびに、怖くなって布団をかぶって耳をふさぐのだった。

今、動物たちの鳴き声は、ベッドの中で聞くよりもずっと大きな声でエリオの耳に届いていた。

「真夜中の遊園地にしのび込もう」

ジュリアーノはエリオにそう提案したのだった。

家の近くの宝塚遊園地には、ゆいママに連れられて何度か行ったことがある。ジュリアーノとも、彼が日本に来てすぐに一度行った。ゆいママはジュリアーノを早く日本とこの街に慣れさせようと、どこへでも連れて行った。宝塚大劇場には何度も行ったし、ふるさとの武田尾温泉に行ったこともあった。遊園地は子供の興味をひくには格好の場所だったはずだが、ジュリアーノはほとんど興味を示さなかった。

がっかりしたゆいママの表情をよく覚えている。

そんなジュリアーノが、遊園地に行こう、と言いだしたのだから、エリオは驚いた。

しかもそれは、真夜中の遊園地だ。

「昼間の遊園地や動物園なんてつまらない。誰も人のいない夜こそが、ほんとうに面白いんだ」

「夜中に、遊園地は、やってるの？」

「やってるわけない」

「じゃあ、入れないよ」

「しのび込むんだよ」

「しのび込む？」

「おれはもう何度もひとりで行ってるんだ」

「あんな高い塀、よじ登れない」

「黙ってついてきたらいい。怖いのか？」

「………」

唾を飲み込む音がジュリアーノに聞こえたんじゃないかと、エリオはどきりとした。

もちろん怖い。夜中にベッドの中で聞こえる声があんなに怖いんだ。そんなところにしのび込むなんて。それに、見つかったら、大人たちにどんなに怒られるか知れない。なによりも、真っ暗な中であの悲しい鳴き声をする動物たちに会うなんて、まっぴらだ。

「いやだったら、ひとりで行くから家に帰れ。良い子は家で寝てた方がいい」

「行くよ」

答えは心と裏腹だった。しかしここで首を横に振ったら、この先、ずっとジュリアーノに馬鹿にされる。臆病者にはなりたくない。

エリオはジュリアーノの背中を追いかけた。

「花のみち」には、昼間は宝塚歌劇と遊園地目当ての土産物屋がずらりと並んでいる。大変なにぎわいだが、劇場がはねて遊園地が門を閉じると、どこも店を閉じ、深夜ともなると死んだように闇の中に眠っている。

駅寄りの国道側に風呂屋があり、そこは夜遅くまで開いていたが、今はすでに暖簾をおろして灯を落としている。

風呂屋の向かいは市場だ。市場の入り口は花屋とお菓子屋だが、もちろん店は閉まっている。市場の路地の暗闇に、ジュリアーノは入っていった。

路地に入ると、あたりは真っ暗で何も見えない。

突然、明かりが灯った。エリオは思わず声をあげた。

ジュリアーノが手にした懐中電灯を点けたのだった。

光の輪が、路地の突き当たりの壁を照らす。

そこには大人が屈んでくぐれるほどの小さな木戸があった。

ジュリアーノが木戸を押すと、ぎいと音がして開いた。

木戸の向こうは行き止まりで壁があり、路地よりもさらに狭い通路が壁伝いに左右に延びていた。北側は国道へ、南側は「花のみち」に通じているようだった。どうやらこの路地は市場の大人たちが利用する抜け道に違いなかった。

よく見ると、行き止まりに見えた正面は、二軒並びの民家の壁が背中を突き合わせていて、その間に、子供がやっと入れるほどのわずかな隙間が空いていた。

足下には溝があり、ちょろちょろと水が流れていた。その隙間にジュリアーノはするりと身体を入れ、壁伝いに横歩きでそろそろと進んで行った。エリオもあとに続いた。

壁は延々と続いていた。いったいどこまで続くのだろうか。

不安で泣きそうになった頃、金網がふたりの行く手を阻んだ。

ジュリアーノが身を屈めた。

金網と溝の間に、わずかな隙間があった。

溝に身体を入れれば、金網をくぐることができた。無我夢中でエリオも金網をくぐった。

顔を上げると、だだっ広い場所に出た。

目を凝らす。

見覚えのある檻（おり）があった。

動物園の中に入っている！

市場の木戸の向こうは、ジュリアーノが見つけた、動物園へと続く「秘密の抜け道」だったのだ。

突然、ヴォーッ、ヴオッ、ヴオッ、ヴオッ、ヴオと地鳴りのような声が響いた。

ジュリアーノが声の方向に懐中電灯を向ける。

鮮やかなピンク色の塊が、懐中電灯の作る光の輪の中にうかんだ。

大きく口を開けたカバだった。

昼間にゆいママに連れられて動物園に来た時、カバはいつもずっと水に浸かりながら、ほとんど動かなかった。大儀そうに、昼寝をしているようだった。

ところが今はどうだ。陸に上がり、昼間よりずっと活発に動き回っている。

「イッポポータモ！」

ジュリアーノが声を潜めて叫んだ。

「こいつは、日本語で、なんて言うんだ？」

「カバ」

「カバ？　牛(バッカ)がひっくり返ったら、カバになるのか」

カバが再びヴォーッ、ヴオッ、ヴオッ、ヴオッ、ヴオと大きな声で鳴いた。

「笑ってるぜ」

エリオも笑った。が、うまく笑えなかった。

まだ今、自分がいる状況に慣れていない。本当に、誰もいない夜の動物園にしのび込んで、大丈夫なのだろうか。

「もっと動物を見よう」

ジュリアーノが歩き出した。

照明のまったくない園内は、真の闇だった。その暗さに、目がまだ慣れていない。

知覚できるのは、音ばかりだ。

暗闇の中の動物園は、昼間とは違う音で溢(あふ)れていた。

ほおぉう、ほおう。鳥たちの檻から淋(さび)しそうに鳴いているのはミミズクだろうか。フクロウだろうか。びゅうびゅうと誰かが口笛を吹いているような声も聞こえる。

「昼間起きてるキリンやシマウマなんかはもう寝てるけど、なかには夜更かしなやつらもいるんだ。ほら、あそこにサル山があるだろう？　ほかのサルはみんな眠っているのに、一匹だけ、木に登って、空を眺めているヤツがいる」

目を凝らしてよく見ると、確かに木の上に一匹だけサルがいた。

ジュリアーノがイタリア語で話しかける。

「おーい！　昼間、なんかイヤなことがあったのか。眠れなくて、風に当たってるのか」

その声にサルは気づいて、ふたりの方を見た。

ほっといてくれ、といわんばかりに、さらに木の上に登って身を隠した。

「ラクダのじいさん、どうしてるかな」

エリオが訊く。

ラクダはこの動物園の中で、エリオの一番気になる動物だった。背中に大きなコブがひとつあり、いつもアゴが外れたようなだらしない口から、ヨダレをだらだら垂れ流している。この動物園の中で、とびきりかっこわるかった。なんでこの動物は、こんなにだらしないんだろう。エリオはいつもそう思っていた。

「ラクダのじいさん？　もう年寄りだから、寝てるだろ。でもまあ、見に行こう」

ラクダの檻は動物園の一番東にあった。

昼間はひっきりなしにうるさく鳴くのに、今はうそみたいに静まったアシカの檻を通り過ぎると、そこがラクダの檻だった。

ラクダは檻の隅に足を折って、うずくまって眠っていた。

「じいさん、会いに来たよ。起きろよ」

エリオが声をかけると、ラクダはゆっくりと頭を起こして、ふたりを見た。

そしてもぐもぐと口を動かし始めた。

「なにか言いたそうだな。もぐもぐ言ってないで、はっきり言ってみろよ」

ラクダは何も応えず、ただジュリアーノの顔を見て、目をしばたたくだけだった。

「エリオ、さっきこのラクダのこと、じいさんって言っただろ。ヤツはじいさんじゃないよ。女だ」

「なんでわかるの」

「あの目つきでわかる。おれに惚れてる。男を知ってる顔だよ」

エリオにはその意味がよくわからなかった。ただ何か自分にはわからない、秘密めいた大人の世界の話をしているのだけはわかった。時々ジュリアーノはそんなことをエリオに言っておもしろがる。ジュリアーノは子供のエリオからみても、とびきりハンサムだった。絶対に女の人にモテるに違いない。

遠くの方で、あーあーあーと甲高い動物の鳴く声がした。切羽詰まった、喉からしぼり出すような声だった。

「サルの遠吠えだ。さっき木の上に登っていた、あのサルだろう」

エリオはジュリアーノに訊いてみた。

「なんで、夜の動物園が好きなの」

「動物のほんとうの声が聞けるからさ。昼間の動物は、ほとんど鳴かないだろう。まあ、アシカみたいにずっと鳴いてるヤツもいるけどな。ほかの昼間の動物は、みんな、自分の殻の中に閉じこもってるんだ。周りに大勢、人間がいるからな。ふて寝しているヤツがほとんどだ。ところが夜は違う。檻の中に閉じ込められていても、夜は彼らを解放する。ほんとうの自分を出すんだよ。それが、いままでたくさん聞こえてきた、あの鳴き声だよ」

エリオは今まで、動物の鳴き声をそんなふうに聴いたことはなかった。夜の動物たちの鳴き声は、ただただ不気味で、布団をかぶって寝ることしか考えなかった。

しかし、今は布団の中ではなく、まさに不気味な鳴き声のまっただ中にいる。なのに、いつのまにかまったく「怖い」と思わなくなっていた。そんな自分が不思議だった。

どうしてだろうか。ジュリアーノと一緒にいるからだろうか。

「それと、おれが動物の鳴き声を聴くのが好きな理由が、もうひとつある」

「何？」

「その声に、ひとつの意味しかないからさ」

「どういうこと？」

「彼らが、何を訴えたくて鳴いてるのか、それはわからない。けど、そこに、別の意味とか、裏の意味とかは、絶対にないんだ。それだけはわかる。そこが人間と動物の違うところさ。だから、安心できる」

「人間が言うことも、ひとつじゃないの？」

「全然違うさ。言った言葉と全然違うことを考えてるのが人間さ。優しい言葉をかけながら、腹でせせら笑ってる。そんな言葉に、いや、そんな人間に、いっぱい出会ってきたよ」

「イタリアで？」

「イタリアでも。日本でも」

「日本でも？」

「ああ。パパだってそうさ。おれはおまえたちを一番愛してる。いつも言うけど、一緒にいることなんて、ほとんどないじゃないか。そんなこと、いっぱいあるよ」

「ゆいママは？」

「ゆいママは……」

ジュリアーノは一瞬、言葉を切った。

「別さ。ゆいママの言葉は信用できる」

兄のその言葉に、エリオはかすかな嫉妬（しっと）を覚えた。少し前まで自分だけのものだったママを、後からやってきた兄が自分と同じように慕っている。

でも、ゆいママはジュリアーノのほんとうのママじゃない。心ではそう思ったが、絶対に言わなかった。これって、今、ジュリアーノが言ったことと同じだろうか。心に思っていても、言わないなんてのも。

エリオはあわてて質問を変えた。

「日本に来て、よかった？」

「どうかな」

ジュリアーノの蹴った石ころがラクダの檻の溝に落ちてカランと音をたてた。

ラクダがまた長い睫毛の目をしばたたき、初めてギイーと小さく鳴いた。

「エリオは、自分が死ぬのが怖いか？」

「怖いよ。ものすごく怖い」

一度、布団の中に入っていた時にそのことを考えて、寝られなくなったことがある。

「動物はどうだと思う？　たとえばあのラクダは、自分が死ぬのが怖いと思ってると思う？」

「……思ってるんじゃないかなあ」

「思ってないよ」

「なんで？」

「死って言葉を持ってないからさ。持ってないことを怖がることなんてできない」

エリオにはジュリアーノの言うことが難しすぎてよくわからなかった。

兄は、いつそんなことを考えるのだろう。あのサルみたいに、夜中、眠れなくなった時に考えるのだろうか。

「ジュリアーノは、死ぬのは怖くないの？」

「怖くない」

きっぱりと言った。

「なんで？」

「動物だから」

嘘だと思った。動物だったら、そんなことを考えるはずはないじゃないか。

「動物の鳴き声を聴くのも飽きたな。遊園地の方に行こう」

ジュリアーノはラクダの檻に背を向けて歩き出した。

敷地内を横切る阪急電車のガードをくぐった先が、遊園地のゾーンだった。

ガード下のその入り口には、大きなクジラの口の絵が描かれている。

「モンストロ！」

ジュリアーノが叫んだ。

まさにそれは、モンストロだった。

ディズニー映画の『ピノキオ』に登場する、クジラの王様だ。

ピノキオの生みの親、ゼペットじいさんを飲み込んだクジラの王様、モンストロ。

エリオは五歳の時、父親と母親と一緒に「花のみち」近くの銀映という映画館で『ピノキオ』を観た記憶がある。

イタリア人が作った物語だよ。イタリア人ならもちろん子供から大人まで誰でも知ってるし、世界じゅうの子供たちが知ってる物語だよ。

父が自慢げにそう言っていたのを覚えている。

「ジュリアーノは、『ピノキオ』、観たことあるの？」

「もちろんあるさ。まだ、ほんの小さな子供の頃。もうパパは戦争に行って、家にいなかった。母親とふたりで、シチリアの町の映画館で観た。映画を観た後、おれは母親に言った。ゼペットじいさんはクジラのモンストロに飲み込まれたんだね。ぼくのお父さんも海の向こうに行ったってマンマは言ってたけど、もしかしたら、モンストロに飲み込まれたのかな。もしそうだったら、ぼくも、ピノキオみたいにパパを助けに行きたいってね。マンマは笑っているような泣いているような、不思議な顔をして、おれを抱きしめながら、頭を撫でてくれた」

「パパは、モンストロのお腹の中じゃなくて、日本にいたんだね」

「別の奥さんを作ってね」

その言葉にエリオはどきりとした。

ジュリアーノは、まだそのことにこだわっているのだろうか。

ジュリアーノが明るい声で叫んだ。

「さあ、モンストロの口に飛び込むぞ！　お腹の中のゼペットじいさんを救うんだ！」

ジュリアーノがゲートの下を駆け抜けた。

エリオも後を追いかけた。

遊園地のエリアは動物園のエリアより、いっそう静まり返っていた。

何ひとつ動くものはなかった。

恐竜の背骨のようなウェーブコースターのレールが林の中を縫うように延びていた。

観覧車の八つのゴンドラもぴたりと動きを止め、尾翼にビスコと宣伝文字が書かれた飛行機がだらしなく飛行塔に吊りさげられていた。

「くっそう、いつか本物の飛行機に乗りたいな」

ジュリアーノが悔しそうな顔で飛行機を眺めた。

ゆいママと一緒に遊園地に来た時、唯一、ジュリアーノが笑顔を見せたのが、この飛行機に乗った時だった。

人が乗れそうなほど大きなオニバスが池に浮かんでいた。岸にはボートが並んでいた。

一瞬、闇の中で魚が跳ねた。

目の前に大きな噴水があった。もちろん水は出ていない。

ジュリアーノは靴を脱ぎ、噴水にばしゃばしゃと入った。水面にびっしりと浮かんでいるホテイアオイが揺れた。ジュリアーノはその浮き袋を手でつかむと、次から次へ握りつぶし始めた。

「エリオもやってみろよ」

靴を脱ぐ。裸足の脚に、ひんやりと水の冷たさが伝わった。

ジュリアーノを真似て浮き袋を握りつぶす。

ぷしゅっ、という音とともに空気が抜ける。

「おもしろいだろ」

「うん」

　その感触と音がたまらなく気持ちいい。

「この水草、イタリアにもあるの？」

「あるよ。ジャチント・ダックア。こいつはものすごく繁殖力が強いんだ。つぶされてもつぶされてもなくならない。気がついたら、世界じゅうの池に浮かんでいる。まるでイタリア人だ」

「イタリア人は世界じゅうにいるの？」

「ああ。ニューヨークはイタリア人たちの街だ」

「ニューヨーク？　どんな街？」

「アメリカで一番デカい街。つまり、世界で一番デカい街。そこに大勢のイタリア人が、海を渡って行ったんだ」

「イタリア人がニューヨークを作ったの？」

「ある意味ではね。イタリア人は、オランダ人やイギリス人の後に、ずっと遅れてやってきた。貧しいから、いい仕事にはつけなかった。残っていたのは、ツルハシとショベルの仕事さ。ニューヨークの地下鉄や道路は、イタリア人が作ったんだ」

　ニューヨークという街すら知らないエリオにとってはよくわからない話だった。

「なんでそんなに詳しいの？」

ジュリアーノはホテイアオイを握りつぶしながら話を続けた。

「シチリアにいた時、近くにひとりぐらしの年寄りがいた。おれはそのじいさんが好きでよく遊びに行った。じいさんが言うには、若い頃はシチリアで町医者をしていたそうだ。しかし医者といってもシチリアじゃ貧しくてやっていけない。そこで、家族と一緒にニューヨークにわたって、リトル・イタリーで医者を始めたんだそうだ」

「リトル・イタリーって？」

「イタリア人たちばかりが集まって暮らす街があるんだ。イタリア人たちは海を渡っても、必ず集まって暮らす。この水草のようにな」

「パパは日本でひとりで暮らしている」

「パパはどうかしてるんだ。戦争が終わって、みんな家族の待つイタリアに帰った。なのに、パパは帰らなかった」

「ゆいママと出会ったからだろ」

「そう。そして、ママとおれを捨てた」

「捨てたんじゃない。仕方なかったんだ。戦争で、家族は死んだと聞いていたんだ」

ぷしゅっ、と、浮き袋をつぶす音だけが、静かな夜の遊園地に響いた。

「おれのパパはシチリアに帰らなかったけど、そのじいさんはやがてシチリアに帰ってきた。息子がデカくなって医者の仕事を継いだんで、自分は隠居して、故郷に戻ってきたんだそうだ。今した話は、そのじいさんから聞いた話さ。おれはそのじいさんから、いろんなことを教わった」

「パパに、シチリアに帰ってほしいの？」

ジュリアーノは答えなかった。


ホテイアオイをつぶすのに飽きたふたりは、再び夜の遊園地の中を歩き出した。

エリオはさっきのジュリアーノの話をもっと聞きたかった。ニューヨークに渡ったイタリア人の話だ。

「最初にアメリカに渡ったイタリア人は、苦労しただろうね」

「ほんとうに悲惨だったらしい。そんなイタリア人に大きなチャンスが巡ってきたそうだ」

「チャンス？　何？」

「あれだよ」

ジュリアーノが指差したのは、夜の闇に浮かぶメリーゴーランドだった。

中央の支柱から放射状に棒が何本も延びていた。それぞれの棒には、白い馬が二頭ずつつながれて宙を駆けていた。

今、馬たちは闇の中に静止している。

停まっている馬たちは昼間見るよりもずっと生々しく、まるで、今にもぎょろっと目をむいて動き出しそうだった。

「メリーゴーランド？」

「ああ。イタリアじゃ、カロセッロって言うんだ」

アメリカに渡ったイタリア人の大きなチャンスが、メリーゴーランド？

エリオはまったく意味がわからなかった。

「どういうこと？」

「カロセッロっていうのは、もともと『戦争』っていう意味だよ」

「『戦争』？　メリーゴーランドと戦争と、どういう関係があるの？」

「ずっと昔、戦争は、馬で戦った。馬に乗る兵士の訓練用に、動く木馬の上でうまく槍（やり）や盾が使えるように作ったのが、これなんだ。つまり、戦争で戦う訓練用の道具だった。だから、戦争（カロセッロ）って名前なんだ。今じゃ、すっかり平和な乗り物になったけどね」

「メリーゴーランド、じゃなかった、カロセッロが、どうしてイタリア人にチャンスを与えたの？」

「昔、アメリカの南と北が戦う大きな戦争があった。新天地でさんざん差別されてきたイタリア人は、この戦争に兵士として参加することで、アメリカへ忠誠心を示そうとした。北軍にも南軍にも、イタリア人はたくさんいたんだ。つまり、同じイタリア人同士で、殺し合った。ひどい話さ。戦争は、いつも貧しい人たちの運命をもてあそぶんだ」

「でも、戦争がなかったら、僕は生まれなかった」

「カロセッロの申し子だな。こうしておれとおまえが兄弟になったのも、カロセッロのおかげさ」

ジュリアーノが微笑んだ。

「エリオ、おまえとおれは、カロセッロの兄弟だ。ここで兄弟の契りを結ぼう」

「兄弟の契り？　どうするの？」

「このカロセッロに、おれたちの名前をサインしよう」

ジュリアーノがポケットから太いペンを取り出した。

「これ、マジックって言うんだ。うちの店にあったのを一本拝借した。紙だけじゃなくて、布でもガラスでも木でも、何にでも書けるんだ。まさにマジックだな。イタリアじゃこんな便利なものはない。日本にはなんでもあるな。木でできているカロセッロにもうまく書けるさ。誰にもバレないように、馬の腹の下に書こう」

ジュリアーノは柵をまたいでメリーゴーランドの中に入り、馬の腹の下にもぐりこんだ。

そして懐中電灯で馬の腹を照らし、マジックでＧＩＵＬＩＡＮＯとサインした。

「おまえは別の馬にサインしろ」

そう言ってエリオにマジックを渡した。

エリオはジュリアーノがサインした真後ろの馬の腹の下にもぐり込み、ＥＬＩＯとサインした。

「よし。これから、こいつがジュリアーノで、そいつがエリオだ」

「よく見ると、同じような顔に見えても、ちょっと違うね」

「ジュリアーノ」は右の眼の黒目がなく、「エリオ」は尾っぽが他の木馬より少し短い。

「きっと、このカロセッロはイタリア製だな。職人がワインを飲みながら作ったんだろ。イタリアじゃ、車だってそうやって作る」

まさか。きっと冗談だろう。なんだか愉快な気分になって、ふたりは笑い合った。

そのとき、ガタンと物音がした。

木馬が動いたような気がした。

エリオは急に不安な気持ちになった。

「そろそろ、帰らないといけないんじゃない？」

「そうだな。よし。帰ろう。おみやげを持ってな」

「おみやげ？」

「クジラの腹の中のおみやげさ」

遊園地エリアは東側の道路をまたいだ陸橋で、もうひとつのエリアとつながっていた。そこには昆虫館や鉄道館、水族館などの施設があった。

ふたりは陸橋を渡った。

水族館の前まで来ると、ジュリアーノが突然しゃがみ、マンホールのふたを開けた。中には水がたまっているようだが、暗くて何も見えない。

「よく見てみろ」

ジュリアーノが懐中電灯で中を照らす。

絵の具をぶちまけたような美しい色をした小さな熱帯魚が、懐中電灯の光の輪の中にたくさん泳いでいた。

エリオは思わず、わあ、と声をあげた。

「このマンホールの下の水は、あの水族館とつながってるんだ。きっと水族館の中の熱帯魚たちが何かの拍子に溝に落ちて、ここまで流れてくるんだ」

エリオは驚いた。なんでジュリアーノはそんなことまで知っているのだろう。

ジュリアーノはポケットからビニール袋を取り出し、水ごと魚たちをすくった。

「どうするの？」

「言っただろ？　おみやげ。ガールフレンドへのプレゼントさ」

「ガールフレンドいるの？」

「いるさ。あそこにいる。彼女に届けるんだ」

ジュリアーノは遊園地の外の大きな建物を指差した。

そこは宝塚音楽学校の生徒たちの寄宿舎だった。

「ヅカ・ガール？」

ジュリアーノはうなずいた。

エリオはパパとママから聞いたことがある。

タカラヅカの生徒たちは恋愛禁止。男の人とつきあっちゃだめなんだ。見つかったらひどく怒られて、クビになるって。

「どうやって届けるの？」

「しのび込む方法なんかいくらでもあるさ」

ジュリアーノはウインクした。

そのウインクの仕方が、ぞっとするほどカッコ良かった。

きっとヅカ・ガールも、このウインクでハートを射止められたのだろう。

この兄には絶対にかなわない。

熱帯魚を入れたビニール袋をさげてクジラの口をくぐる兄の背中を追いかけながら、エリオはイタリアからやってきた七歳年上の「少年」に、強い憧(あこが)れと嫉妬を覚えた。

「ああ、そうだ」

突然、思い出したように、ジュリアーノが言った。

「さっき、ここにいる夜の動物たちの鳴き声を聞いてると、安心するって、言っただろ」

「うん。鳴き声には、嘘がないからって」

「そうだ。安心する理由が、もうひとつあったよ」

「何?」

遊園地と動物園をつなぐ橋の上に立ち、動物たちが閉じ込められている檻を見下ろしながら、ジュリアーノはつぶやいた。

「みんな、海を渡って、今、ここにいるからさ」

4

六本木通りに面した材木町はクリスマス前の夜だというのに闇に沈んでいた。都電の光だけがぼおっと闇の中に浮かんで見えた。

足元すらよく見えず、懐中電灯を持って来ればよかったとジュリアーノは少し後悔しながら、ウイスキーの小瓶を口につけた。

六本木は、夜ともなればネオンもまばらな暗い街だった。

暗闇の中で、「since 1944」の文字が光るイルミネーションを見つけた。

ここに違いなかった。

扉を開ける。

店はさほど大きくないが、中に入ると懐かしい木の匂いがした。天井は思わず見上げてしまいそうなほど高い。ジュリアーノは気後れして入り口に立ち尽くした。

「ボナセーラ!」

イタリア語で呼びかける声があった。

「マッツォーラだ。ジュリアーノ、よく来たな。さあ、まずはシチリアのワインで乾杯だ」

マッツォーラがワインのボトルを取り出した。

「シチリアの風が造ったワインだ。潮風が果実に酸味と骨格を与える。風が海を温め、畑を温める。このワインは寒いのが苦手ね。私と同じ」

マッツォーラは戦争中、父と同じ船に乗っていた。療養に行った武田尾温泉で旅館の娘と出会い結婚した。ゆいママの姉だ。ジュリアーノにとっては義理の伯父にあたる。

「ジルは元気か？　ゆいママは？　エリオはどうだ？」

テーブルに座るや、マッツォーラは矢継ぎ早に質問した。

みんな元気です、とジュリアーノは短く答えた。

「いいお店ですね」

「ありがとう。去年、横浜の店からここ、東京に店を構えることにしたんだ。あれから十五年か。そう。一番最初は、神戸の北野の異人館近くで店を開いたんだ。終戦の一年前でね。イタリア料理のレストランなんて、もちろん当時、日本のどこにもなかった。しかし、タイミングが悪すぎた。七月にトウジョウ内閣が総辞職して、八月にドイツが占領していたパリを明け渡した。ドイツ人の客が来ると目論んで始めたのに、誰も来ない。おまけにしょっちゅう灯火管制で、商売にならなかった。戦争が終わって、GHQから、地方視察をするための列車料理長をやらないかと誘われて、それがきっかけで関東にやって来た。引き受けてからわかったんだが、なんとそれは最高司令官のマッカーサーが乗る視察列車だったんだ。マッカーサーは私の料理をえらく気に入ってくれてね。何か欲しいものはないか、と訊くんで、あれをもらったよ」

マッツォーラは店の中にあるエスプレッソマシーンを指差した。

「美味(うま)いコーヒーを客に出したかったんでね。日本に初めて上陸したエスプレッソマシーンだよ」

「お店は繁盛してるんですか」

「その質問に私が答える前に、まあ、食べてみろ」

ジュリアーノの食卓に、料理が並んだ。

トマトソースのラビオリ。そしてバジリコソースのニョッキ。

ラビオリは詰め物の豚肉、ほうれん草、卵などが、口当たりが優しくコクのあるトマトソースと絶妙に溶け合っている。まるで故郷イタリアのトマトソースのような味だ。ジャガイモと小麦粉だけで練りこんだニョッキは、歯触りが軽く、口に入れた時の弾力、きめ細かさ、滑らかさがなんとも言えず絶妙だった。日本ではとても珍しいバジリコソースも香ばしくて食欲をそそる。どうして日本で、ここまでの味を作り出せるのだろう。

「抜群に美味いです」

正直にそう伝えた。

「私はあなたの父の師匠だからね」

マッツォーラは冗談めかした顔で微笑んだ。

「日本のトマトをイタリアのトマトのような味にするにはどうすればいいか、随分工夫したよ。日本のトマトは水っぽいから、美味(おい)しくするためにとことん煮詰めている。鍋いっぱいのトマトを煮詰めて、七割がたの水分を蒸発させる。これを何回も何回も繰り返すんだ。そうすると、今食べたようなコクのあるトマトソースになる。バジリコなんてものはまだ流通してないから、自宅の庭で育てて、自家製のソースを作ってるよ。日本にいても、何でも工夫すればできるもんだ」

マッツォーラは話を続けた。

「先ほどの質問に答えよう。店は、開店したばかりで、まだこれからってところだ。しかし、私は精魂を込めて、自分の納得のいく味を作っている。もちろんこれからも研究は続ける。そのうち必ず、みんなこぞってやってくるようになるよ。日本人の舌は、確かだからね。本格的なイタリア料理の店なんて、まだ東京じゃどこにもないんだから」

ジュリアーノは思った。マッツォーラの言葉はいつか必ず現実のものとなる。これだけの味を、日本人が放っておくはずがない。もしかしたら六本木の街も、この店と共にこれから発展していくかもしれない。この味が、今は闇に沈んでいるこの街を変え、そしてイタリア料理がこの街から日本じゅうに広まってゆく。

そんな光景がふと頭に浮かんだ。

エスプレッソマシーンで淹れたコーヒーがジュリアーノの前に出てきた。

今まで飲んだことのない美味いコーヒーだった。

ジュリアーノは、ふと誰かの視線を感じた。

レストランの片隅から、子供がこちらの様子を窺っている。

「私の息子だよ。十二歳になる。家族のためにも、私はがんばらないといけないんだ」

ジュリアーノが微笑むと、子供は恥ずかしそうに顔を引っ込めた。

「ジュリアーノ。君のことは、ジルから手紙をもらって知ってるよ。ずいぶんやんちゃしてるそうじゃないか。まるでピノキオだな」

ジュリアーノは苦笑いした。ピノキオか。まさにその通りだと思った。

物語の中のピノキオは、詐欺師のキツネや子分のネコだのにそそのかされて学校をさぼり、悪事を働いてゼペットじいさんを大いに悩ませる。ジュリアーノも雲雀丘の小学校はやはり続かず、中退して神戸のインターナショナルスクールに通ったが、やはりそこも続かず、やがて街の小悪党どもの仲間に入り、警察のやっかいになりかけたこともあった。

父はいつもジュリアーノに厳しかった。口答えすると手が飛んできた。警察沙汰（ざた）になりかけた時も死ぬほど殴られた。父としては当然だったろう。しかしジュリアーノはそんな父から徹底的に逃げた。

そうして宝塚を離れ、東京にやってきた。

宝塚の家を出る前、父親がメモをくれた。マッツォーラの店の住所だった。行くつもりはなかった。

東京では行くあてもなく何日も新宿や渋谷を彷徨（ほうこう）した。

渋谷のガード下で身を丸めて寝ながら、ジュリアーノは考えた。

いったい自分はなんのために日本にやってきたのか。

父には反発し続け、ゆいママの愛情を裏切り続け、自由になりたくて家を飛び出したものの、今は行き場もなくガード下で眠っている。結局自分は、命を吹き込まれていい気になりながら、自分の力だけでは何もできない、糸の切れたマリオネットではないか。いっそ、街のヤクザになろうか。いや、今の自分では、それも務まらないだろう。

その時、義理の伯父の店が六本木にあることを思い出した。

六本木なら、ここから歩いていける。

ジュリアーノはまだネオンもまばらな六本木に向かって歩き出したのだ。

「いくつになった？」

マッツォーラが訊く。

「十九歳です」

「自分のやりたいことがなんだかわからない。そうだろ」

ジュリアーノはうなずいた。

「私もそうだった。十九といえば、私がムッソリーニの作った料理学校に入学した年だ。ただその時は兵役でエチオピア戦線にいて、入学すればイタリアに帰れると聞いたので、早くイタリアに帰りたい一心で入学しただけだ。イタリア全土から腕に覚えのある奴らが集まってたよ。授業も厳しくて、すっかり意気消沈した。自分のやりたいことは何なんだ。こんなすごい奴らの中で、自分をどう活かせばいいんだ。焦燥感に苛まれていたよ。毎日がいやでしかたなかった。今の君に似ているかもしれないな」

マッツォーラはそこでエスプレッソを一口すすった。

ジュリアーノはただまっすぐにマッツォーラの言葉に耳を傾けていた。

「そんな時、シチリアから、叔父が学校に訪ねてきてくれたんだ。私は叔父に、自分の抱えている悩みをぶちまけた。すると、叔父はひと言、こう言ったんだ。『ダンスホールでは、ダンスを踊りなさい』。私は最初、その意味がわからなかった。叔父は、その後、こう言ったんだ。『ダンスホールでできる最良のことはなんだ？　ダンスを踊る。そうだろう？　おまえは今、料理学校という名のダンスホールにいるんだよ。そこで思い切り、踊ればいいんだ。つまり、料理を学ぶ。料理を作る。それが、今、おまえにできる、最良のことだ』。私は、その言葉が、とても腑に落ちた。そして気分が楽になった。その時、その場所で、最良のことをする。しかも楽しんでな。これで、もう一度がんばろうという気になった。ここで、おれはおれの最高のダンスを踊ってやろうってね」

ジュリアーノは黙っていた。その言葉に納得しがたい自分がいた。自分は、そのダンスホールさえ見つけていない。

「ただ、叔父は、その時、こうも言った。今、おまえがそこで生きているとすれば、それはもう、十分に慣れているということだ。また、どこか別の場所に行こうとするならば、それも自分の思い通りだ。以上の他に何もない。だから、勇気を出せ」

「……それも、自分の思い通り……」

「そうなんだ。居続けようと、どこかに行こうと、人生は自分の望み通りだ。シチリア人は、みんなそうやって生きてきたんだ」

その言葉はジュリアーノの心に刺さった。

「ありがとうございます」

「実を言うとな、この言葉を言ったのは、ローマ人だ」

「ローマ人？」

「今から千八百年ほど前に生きた、第十六代のローマ皇帝、マルクス・アウレリウスだ。私は南の人間だから、ローマ人は嫌いなんだが、この皇帝だけは尊敬している」

君は頭がいいはずだ、興味があれば読んでみればいい、と、マッツォーラは一冊の本をジュリアーノに手渡した。マルクス・アウレリウスの『自省録』という本だった。

「知り合いにホテルの経営者がいる。君がその気なら、ホテル・ボーイの見習いの修業をさせてやってくれ、と頼んでみるが、どうだ。もうすぐ東京でオリンピックが始まる。来年のローマ五輪は準備不足だの何だのと散々に言われているが、東京は完璧にやるだろう。働きながら英語をしっかり覚えれば、これから、どこでも生きていける」

ありがとうございます、とジュリアーノはもう一度礼を言った。

「どうして、おれに、そこまでしてくれるんですか」

マッツォーラは、どうしてそんなことを訊くんだという顔で答えた。

「同じ、シチリア人じゃないか」

ジュリアーノの胸にこみ上げるものがあった。

「シチリアが、恋しくなることはないか」

マッツォーラが訊く。

「時々は」

「そんな時は、明治神宮に行くといい」

「明治神宮？」

「ああ。そこには、大きな樹がたくさんある。ふるさとのシチリアにある、オリーブの古木のような大きな樹だ。もし、働くことに疲れたら、どれでもいい。そこにある大きな樹の幹に、耳を当ててみろ。音が聞こえる。ザーッという、まるで海のさざ波のような音だ。しかし、その音は実際には、風が樹の葉や枝を揺らす音だ。私にはその風の音が、シチリアの海の音に聞こえるんだ」


ジュリアーノは東京にとどまり、マッツォーラの紹介してくれたホテルで働いた。そこで無我夢中で働いた。

すべての修業が苦にならなかった。自分で選んだ道だと思えば勇気が湧いた。

ダンスを踊っていると思えば、楽しかった。

時々は明治神宮に行って風の歌に耳を傾けた。

そして、二年後、イタリアに帰る決心をした。じゅうぶんに考えてのことだった。

イタリアに帰る。

父にそう言うと、父は短く答えた。

「おまえが決めたことだ。それでいい」

父には帰る理由を多くは語らなかった。

しかしマッツォーラには、千八百年前のローマ人が自分の背中を押してくれたんだ、と密かに打ち明けた。

†

六年前、兄を出迎えた神戸の埠頭に、エリオは父母と共に立っていた。

エリオは兄が日本にやってきた時の年齢と同じ、十五歳になっていた。

船に乗り込む直前、ゆいママはジュリアーノを長い間、抱きしめた。

父は、息子を抱きしめなかった。

しかし父の頰に冷たいものが光っていることを、エリオは見逃さなかった。

エリオは泣きそうになった。

泣き顔をジュリアーノに見られるのがいやで、歯をくいしばった。

一瞬、ジュリアーノと目が合った。

兄はウインクを返した。

真夜中の遊園地でエリオに見せた、とびきり素敵なあのウインクを。

ジュリアーノがイタリアに帰った後、エリオはたった一度だけ、ひとりで宝塚遊園地に行ったことがある。

夜ではなく、昼間の遊園地に入場料を払って入った。

動物たちはいつものようにやる気なくねそべっていた。

動物園から遊園地に通じるクジラの口のゲートをくぐる。

ジュリアーノと一緒にホテイアオイをつぶした噴水があり、メリーゴーランドがあった。

あの日、ふたりで落書きした木馬を柵の外から探した。

右の眼の黒目がない「ジュリアーノ」と、みんなより尻尾が少しだけ短い「エリオ」がいた。

係の人にお金を払う。順番が回ってきた。「エリオ」と「ジュリアーノ」はまだ後ろにいる。

「……すみません。これじゃなくて、あの、尻尾の短い木馬に乗りたいんです」

係の人は怪訝な顔をしたが、聞き入れてくれた。

やってきた木馬にまたがる。

ゆっくりと動き出す。

右眼に黒目のない木馬が、エリオの前にいた。上下に揺れながら宙を駆けている。

鞍上には誰も乗っていない。

エリオはそこに、兄の背中があるような気がした。

追いつこうとしても決して追いつくことができない兄の背中を、エリオは回転木馬の上で、いつまでも見つめていた。

II

歌　う
Cantare

第六章　夜明けのうた

1

十五の夏は甘かった。

映画館の暗闇（くらやみ）でエリオは女の乳房をまさぐっていた。

柔らかいブラジャーの下で彼女の乳首は固くなっていた。

小さな喘（あえ）ぎ声をあげて半開きになった彼女の唇に、エリオはキスをする。

マルチェロ・マストロヤンニというイタリアの有名な俳優が出ている映画が神戸の新聞会館で掛かっている。

京子（きょうこ）から電話でそう誘われたのは昨日のことだ。

主人公がローマの街で、富豪の娘と一夜を共にしたり、女優とデートしたりと、ひたすら享楽的な生活を送る、話の筋のわかりにくい映画だった。

エリオは映画に出てくるイタリア製の車やらスクーター（父親が乗っているのと同じヴ

エスパだ）やら飛行機やらのデザインがやたらとカッコいいと思った以外、途中で映画はどうでもよくなって彼女の身体に夢中になった。しかしその映画のタイトルだけは、はっきりとエリオの頭に刻まれた。

『甘い生活』。

イタリア語で『ラ・ドルチェ・ヴィータ』。

まさにエリオの今の生活がそれだった。

神戸のインターナショナルハイスクールはエリオと水が合った。アメリカ人やイギリス人、フランス人、ポルトガル人、トルコ人、インド人、華僑の中国人、台湾人、韓国人、インドネシア人。神戸近郊に住む外国人の子供たちやハーフの子供たちが集まっていた。

十三歳から十八歳まで、日本でいうと中学高校だが、その区別はなく生徒たちは学年の上下と関係なく交流していた。当然、学年の下の生徒はごく自然に上の生徒たちの日常に触れ、吸収する。ファッションも恋愛も。

金曜日の放課後は夜までダンスパーティーだ。パーティーには日本の学校の女の子も参加しにくる。京子ともそこで知り合った。クラブ活動も盛んだが日本の学校みたいな体育会的なノリはない。とにかく何につけても自由で風通しがいい。

エリオはサッカー部に入っていた。

神戸インターナショナルハイスクールのエリオといえば、知らない者はいなかった。

背番号10。センターフォワード。
チームの得点の半分以上はエリオが獲っていた。試合をすれば同世代の日本人の高校生チームは相手にならず、時に大学や社会人チームと対戦してしばしば勝った。もちろんエリオの貢献度が大きかった。前線にエリオひとりだけが残り、あとは守る。カウンターで奪ったボールをエリオにロングパスで流す。エリオは中世の勇敢なイタリアの騎士のごとく単独で敵陣に切り込み、何人もの敵をドリブルで抜いてゴールを奪う。イタリアのナショナルチームと同じ戦法だ。

サッカーを始めた最初のきっかけは単純なものだった。

女の子にモテたかった。ただそれだけだった。

さすがはイタリア人、とよくクラスメートから茶化されたが、それは関係ないと思っていた。世界じゅうの十五歳が何かを始める時のきっかけなんて、みんな同じだろう。

試合でゴールを狙うよりも、学校や街で出会った可愛い女の子をゲットする方にはるかに関心があった。

女の子の家に電話をかけると、親が出る。おまえ、誰だ、と聞かれる。

「神戸インターナショナルでサッカーをしているエリオです。今度神戸中央競技場で試合がありますので、ぜひお嬢さんに応援に来ていただきたいのです」

と礼儀正しい口調でいえば、ほとんどの親はつないでくれた。

地下にある映画館を出て、地上に上がった隣のビルの喫茶店で、赤いサマーセーターを着た京子はストローでアイスコーヒーを一口すすってから言った。

「あの男、作家になるって、ローマに出て来たのに、ほったらかして遊んでばっかりやん」

　男というのはスクリーンの中の主人公、マストロヤンニのことだ。作家になる？　あの主人公、そんなこと言ってたかな。あんな喘ぎ声をあげながら、女はエリオよりはちゃんと映画を観ていたようだ。

「イタリア人って、みんな、あんな感じ？」

「どうかなあ。おれ、イタリア人のこと、そんな知らん」

「エリオ、イタリア人やろ」

「半分だけ。父親の血が半分」

「お父さんは、どうなん？」

「少なくとも、おれの親父（おやじ）は、あんなんと違う。イタリアからなんもわからん日本に来て、毎日ひたすら真面目（まじめ）に働いて、イタリア料理のレストランを繁盛させた。日本人より、よっぽど真面目や」

　エリオは彼女にそう答えながら、はたしてほんとうにそうだろうかと心の中で自問した。父、ジルベルト・アリオッタはたしかに仕事に関して超がつくほど真面目だった。エリオは父が朝、部屋から起きてくるところをほとんど見たことがない。自分がどんなに早く起きても、目覚めた時にはすでに厨房（ちゅうぼう）で仕込みを始めていた。厨房で調理している時の父の集中力は子供心にも鬼気迫るものがあり、近づけなかった。客が引いた後も夜遅くまで働いた。そうして店が軌道に乗れば、二号店を伊丹に、三号店を岩国に出した。どこかに飲み歩きに行ったとか外で羽目を外したとか、浮いた話を少なくともエリオは聞いたことがない。いつも厨房の中にいて、ゆいママをずっと愛している。それは間違いない。

しかし、とエリオは思う。

父は、あの映画の中のマストロヤンニとも似ている。

父は最初、戦争が終わればすぐにシチリアの故郷に帰ろうと思っていたのだ。しかし父はシチリアに帰らなかった。むろん、故郷の家族が死んだと聞いたからだ。そして、ゆいママと出会い、日本で生きて行こうと決めたからだ。そうして、イタリアを忘れるぐらい、日本での生活に「夢中」になったからだ。

マストロヤンニと父は同じではないか。いったん何かに「夢中」になると、最初の目的を忘れてしまって、目の前のことに没頭する。いや、父の場合は「忘れなければならなかった」のかもしれない。

とにかく、「今」を懸命に生きる。それが、イタリア人というものなのかもしれない。

マストロヤンニと父は、コインの裏表だ。

「どのシーンが一番よかった？」

京子がまた映画の内容に話を戻した。

「キリストの銅像を吊るしたヘリコプターが、ローマの上空を飛び回るとこかな」

「それ、一番最初のシーンやん」

しかし実際に冒頭のそのシーンが、エリオにとっては他のどのシーンよりもとびきりかっこよかったのだ。

「なんでも一番最初が好きやねん」

女の子だってそうだ。最初のデートが一番燃える。もちろんそれは言わなかった。

「京子はどのシーンがよかった？」

成り行きで訊いてみた。

「真夜中の噴水、あれ、トレビの泉って言うの？　そこに男と女がじゃぶじゃぶ入って、じゃれ合うところ」

たしかにそんなシーンがあった。

エリオはそのシーンでジュリアーノのことを思い出していた。ふたりでしのび込んだ遊園地の噴水の中に入って、ホテイアオイを潰したあの夜のことを。

もう六年も前の話だ。気がつけば自分はジュリアーノが日本に来た時と同じ歳になっていた。

ジュリアーノは故郷のイタリアで、この映画を観ただろうか。

そして兄もまたあのシーンを観て、あの夜のことを思い出しただろうか。

「エリオ、将来、どうするつもり？」

彼女がエリオの茶色い目をのぞきこんで訊いた。

「お父さんのレストランは継がへんの？　私、あんなレストランの奥さんになりたいな」

まだ数回デートしただけなのに、もう婚約者気分だ。

「継ぐわけない」

「なんで？」

「おれはおれの人生を生きる。ただそれだけ」

「お父さんは、なんて言ってるの」

「船乗りになれ。おまえの船で、知らない海に船を漕ぎ出せ。小さい頃、そう言われた」

「知らない海？」

「おれの、人生ってことや」

「おれの人生って、だから、何なん？」

「それは……。考え中や」

答えはまだなかった。

「普通の会社に就職するの？」

「それは、たぶん、むずかしい」

「なんで？」

「純粋な日本人やないから」

「……混血って、ことやから？」

「日本の会社て、そういうのにうるさいんや」

「辛気くさいこと言うねんな。もう来年は、東京でオリンピックやで。世界じゅうの人が日本に来るんやで。どこの国の血が流れてようと、仲良うやったらええやん」

「口ではみんな、そんなこと言うねん。けどな、いざ就職する、結婚する、となると、途端にそれを問題にする。そんなこと言うねん。そんなもんや」

「私は、そんなことない」

ありがとう、と礼を言いながら、エリオは思った。きっと彼女の両親も、娘が自分と結婚するとなると同じことを考えるだろう。

「どこか、サッカーの実業団チームに入ったら？　神戸製鋼、三菱重工、八幡製鐵、東洋工業、サッカーの強いとこは、みんな一流企業やで。一流企業にもぐりこめるで」

「堅い会社ばっかりやなあ。それもええかな」

実業団のスカウトたちが試合を観に来ているという噂は聞いていた。

しかし本心ではなかった。サッカーも、自分の人生を捧げるほどのものではない。

いったい、自分が夢中になれるものって、なんだろうか。

父が日本でイタリア料理のレストランを作ることに夢中になったように、マストロヤンニが女と遊びほうけることに夢中になったように、「今」、そんな夢中になれるものに、この先、自分は出会えるのだろうか。

「音楽の方はどうなん？」

京子が訊いた。

「うち、エリオの歌う声、好きやなあ」

エリオはインターナショナルハイスクールのカントリー&ウエスタンバンドのメンバーでもあった。

たしかに音楽は子供の頃から好きだった。

いつもカンツォーネを歌っていた父の影響もある。しかしそれよりも母の影響が大きい。母は、いつも家でFENを聴いていた。米軍向けの音楽専門のラジオ放送だ。ラジオを聴く母の傍らで、いつも聞こえてくるアメリカの音楽を聴いていた。そのほとんどがカントリー&ウエスタンだった。父の趣味で家にはイタリアの歌手や演奏家のレコードがたくさんあったが、エリオにとってはイタリアの音楽より、FENから流れてくるアメリカの音楽の方がはるかに魅力的だった。

ある日、学校主催のダンスパーティーをのぞいたら、おまえも一曲歌えと誘われた。ステージに上がってハンク・ウイリアムスの『ジャンバラヤ』を歌った。歌い終わると即座にうちのバンドに入ってくれと誘われた。

「エリオの歌、好きや。ほんまうっとりするわ。プロになれるんちゃう?」

「まさか」

音楽で身を立てる?　夢のまた夢だ。エリオはそこまで夢想家ではなかった。

「あれは遊びや。あんなもんでプロになれるわけない」

「そうかなあ。お父さんも、歌、上手なんやろ?」

「親父はプロ並みや」

父がテレビの料理番組に出た時、予定より随分早く料理を作るのが終わってしまったことがあった。当時の番組はすべて生放送だったのだ。どうにも間が持たず、父は突然高らかに『サンタ・ルチア』を歌い出した。それが大評判になり、その後音楽プロダクションからプロにならないかと誘いが来たぐらいだ。父は料理人の人生を歩んだが、歌が父の人生を支えてきたのは間違いない。

「美味しい料理は歌い出す」

それが父の口癖だった。

父にとって料理を作ることは、歌を歌うことと同じだったのだろう。

「けど、おれの音楽の影響は、親父やないんや。母親や。母親は、もともと若い頃は、オペラが大好きやったらしい。戦前から、ずっと蓄音機で聴いてたらしいで。妊娠してから、おれが生まれる前も、ずっとオペラを聴いてたんやて。お腹の子供に聴かせて教えるんや、って」

「エリオ、お腹の中で聴いてたの覚えてるの？」

「覚えてるわけない。ただ、子供の頃、こんなことがあったらしい。五歳ぐらいのことかな。おれが熱を出して寝込んだんやて。母親は、息子をなんとか治そうと、その時もおれが寝ている横で、オペラのレコードを大音量でかけた。そのうち医者が往診に来た。医者は目をむいて『こんなもん大きな音で、かけてるから、熱出るんや！』言うてレコードを止めた。そしたら布団の中で寝込んでたおれが、急にぱちっと目を開けて言うたらしい。
『お医者さん、レコード、止めんといて』」

京子が笑った。

「やっぱり才能あるんちゃう？　これからの流行りの音楽やったら絶対ウケるよ」

「流行りの音楽？」

「ほら、さっき観た映画の中でも出てきたやん。ロックンロール」

アメリカからローマにやってきた色っぽい女優がアップテンポのビートに合わせて、スカートを翻らせて踊っていた。わざわざ「ロックンロールよ」と女優に言わせていた。もちろんＦＥＮで聴いて知っていた。日本でも江利チエミや小坂一也や雪村いづみがエルビス・プレスリーやチャック・ベリーの曲を歌っていた。平尾昌晃やミッキー・カーチス、山下敬二郎らが歌うロカビリーという音楽もよく耳にするようになった。

もちろん憧れはあった。時々テレビで観る、ステージに立つ彼らの姿がまぶしかった。しかしとても自分がその場に立てるなんて、思えなかった。

京子が店の柱時計を見た。

「今日、うちの親、家におらへんねん。家に遊びに来る？」

ふたりは店を出た。

見上げると三宮の空にアドバルーンが浮かんでいた。

『来年の東京オリンピックを成功させよう！』と大きな文字が躍っている。

エリオの新しい季節が始まろうとしていた。

2

須磨の海辺に近い山麓の学校から、繁華街のある三宮までは、私鉄電車で十分ほどだ。

サッカーの練習が終わって三宮に出るのがエリオの毎日の楽しみだった。

その日はいつものように、まずセンター街の高架下のカレー屋『ローレル』に寄り、空きっ腹を満たした。それから『マック』という洋服店をのぞく。正式の名称は『まからず屋』というのだが、アイビー・ファッション好きの仲間たちは『マック』と呼んでいた。

当時流行のＶＡＮやＪＵＮのボタンダウンのシャツがその店には揃っていた。その日もさんざん悩んだ挙げ句に、一番気に入ったボタンホールに赤いカラー糸を使った白のポロシャツを一枚買った。

そして、同じセンター街にあるレコード店の前を通った。

それは、突然やってきた。

街頭のスピーカーから流れる音が、エリオの耳を捉えたのだ。

その音は、最初、何か不思議な乗り物のエンジン音のように聞こえた。

見慣れた神戸の街が、その音を聞いた瞬間、まったく違って見えた。

今まで当たり前だったことが、くるりと反転していくような快感。

それはまさにエリオを未知の世界へひとっ飛びで連れ去った、音楽という名の乗り物だった。

音が身体中を駆け抜けた。

「ワーオ！」と叫びながら、そこらを走り回りたい衝動に駆られた。

店に飛び込んで、店の主人に訊いた。

「今、流れてるの、誰のレコードですか」

「ベンチャーズ」

「ベンチャーズ？」

「そう、アメリカのインストゥルメンタル・バンド。向こうではものすごい人気やで」

だとすればエリオがベンチャーズの曲を聴くのはこれが初めてではないはずだった。

ゆいママが聞いていたFENで必ずかかっていたはずだ。

しかし、おそらくはその日のエリオの精神状態の波長が、その音楽と絶妙に合ったのだろう。今までも会ったことのある女の子が、ある日、突然魅力的に見えて恋をする。恋と音楽は似ているのだ。

「このLPレコード、ベンチャーズが日本で初めて出したアルバムやで。エレキサウンドとかいうてな」

主人から手渡されたレコードジャケットの中で、片手に風船を、片手にエレキギターを持ったふたりの白人が微笑(ほほえ)んでいた。

アルバムのタイトルは、

『THE COLORFUL VENTURES』

財布の中をのぞく。ありったけをはたけば、なんとか買えそうだった。エリオはアルバムを購入した。

家に帰って父親の部屋からポータブルの蓄音機を持ち出し、レコードに針を落とした。

その日から世界が変わった。

毎日、部屋にこもってレコード針が擦(す)り減るまで聴いた。

リードギター、サイドギター、ベース、ドラムの四人編成のバンドだった。

エリオが夢中になったのは、一曲目の『ウォーク・ドント・ラン』という曲だった。あの三宮のレコード店から聞こえてきた曲だ。いきなりドラムのタタタタタタタツツタタツッタと叩(たた)き付けるようなビートで始まる。そこからギターの音。何度聴いても飽きなかった。曲が終わるとアームを上げて、息を殺しながらもう一度はじめから針を落とした。

そうして何時間も過ごした。

エリオだけではなかった。今まで聴いたことのない彼らの音楽は、確実に日本の若者の心をとらえはじめていた。

九月の新学期が始まったばかりのことだ。

同じ神戸にある甲南大学のバンドが、エリオのハイスクールのダンスパーティーに呼ばれた。

『ボードウォークス』という名のバンドだった。

エリオたちが、まずいつものようにカントリー&ウエスタンをやった。

ステージの袖で見ていた男たちが、げらげらと笑っていた。ボードウォークスの連中だ。

なぜこいつらは笑ってるんだ。意味がわからなかった。

何組か他のバンドがやった後、彼らが登場した。

演奏が始まるや、観客たちが一斉に立ち上がった。

ベンチャーズの『ウォーク・ドント・ラン』だ。

彼らはあの曲を完璧にコピーしていた。

エリオが街頭でベンチャーズを聞いた時の衝撃が、そのままそこにあった。まるでレコードそのままだ。いや、違う。レコードの音にはない何かが、彼らの演奏にはあった。

エリオたちの演奏を見て、彼らがげらげら笑っていた理由がわかった。

演奏のレベルが違い過ぎるのだ。

恥ずかしくて恥ずかしくて、逃げ出したくなった。

そして同時に、あらためてベンチャーズの魔力にとりつかれた。

気がつくとエリオはステージの最前列でかぶりついていた。

彼らの演奏が終わると、思わず叫んだ。

「すごいな!」

リードギターを弾いていた男がエリオの顔を見た。

「君らはひどいな」

男が笑った。

「おまえんとこのギター、コードいくつ知ってるんや？」

エリオは顔から火が出そうだった。おそらくCとFとGの三つしか知らない。それでも学生相手のステージなら十分にごまかせた。しかし、彼らはまるきり違った。

「けど、おまえのボーカル、イイ線、いってるで」

お世辞としか思えなかった。

「ベンチャーズ、好きなんか？」

「はい」

「三宮の『リーベ』に来いよ」

『リーベ』は東門を越えた北野坂にある三宮では有名なジャズ喫茶だ。

その日からエリオは毎週末、『リーベ』に通った。ボードウォークスのステージを観るためだ。

観るたびに新たな発見があった。特にリードギターとドラムの腕前が群を抜いていると思った。

ふたりは今すぐプロになっても十分にやっていけるはずだ。

「おお、イイ線いってる兄ちゃん。また来たんか」

ステージがあるたびに顔を出しているエリオに、いつも気軽に声をかけてくれる男は、桐谷（きりたに）といった。あの夜、リードギターでエリオをシビれさせた男だ。まだ大学生だが、どこか飄々（ひょうひょう）とした雰囲気が、人気絶頂の、クレイジーキャッツの植木等（うえきひとし）に似ていなくもない。

「兄ちゃん、次からは入場料いらんよ。おれらの友達って言うて、ロハ（ただ）で入ったらええから」

「ええんですか」

「イイってことよ」

桐谷は、今流行っている植木の流行語で返した。やはり桐谷も植木等が好きらしい。

そこからエリオはバンドのメンバーと急速に親しくなった。

ベースの高中（たかなか）は、桐谷と小学生からの友達で、桐谷とはツーカーの仲だ。サイドギターは小島（こじま）。一番年上で、バンドマスターのドラムの遠山（とおやま）はボードウォークスとしての活動以外にも、時々プロ・バンドのトラ（助っ人）で呼ばれ、大きなステージでやっていた。

みんなエリオより二歳から三歳年上だった。

ある日、遠山がエリオに言った。

「エリオ、ドラム叩いてみぃへんか」

「ドラム？　おれがですか？」

ギターは家にあったので多少は弾けたが、ドラムなど一度も叩いたことがない。

「叩いたことありません」

「おまえなら、できる。おまえにはリズム感がある。おれがイロハから教えたる。毎日、店が開く前に、ここに来い。ここのドラムで教えたる」

そこまで言われて断る理由はなかった。

学校をサボって『リーベ』に直行した。

やってみるとドラムは奥が深く面白かった。

ドラムを叩く。リズムが弾む。その快感に酔った。

ドラムの音はどの楽器よりも身体の奥深いところを震わせる。

レコードで聴く楽器と生で聴く楽器との音の差が最も大きいのが、ドラムだと気づいた。

ボードウォークスの演奏を初めて聴いた時、レコードと違う何かがある、と感じたのは、このドラムの「生鳴り」の音だったのだ。

そこにはきっと、音楽の根源がある。

遠山は厳しかったが、教え方がうまく、エリオのドラムの腕はみるみるうちに上達した。

しかしある程度から先は、理屈ではなく、自分の身体感覚で会得していくしかなかった。

「自分の心臓の鼓動をメトロノーム代わりにしてビートを叩け」と遠山は言った。

ドラムはごまかしのきかない楽器でもあった。エフェクターやアンプで音を変化させることができない。叩けば叩いた音がそのまま出る。ミスがわかりやすい。しかしいい音が出た時の快感は言葉では表せない。鳴らした人間の個性がこれほど出る楽器はない。

ドラムを叩くと、自分の表面の余計な部分が消えて裸になった気がした。それが心地よかった。

エリオを初めて音楽の虜にしたベンチャーズの『ウォーク・ドント・ラン』も、なんとか叩けるようになった。

やってみるとよくわかった。ベンチャーズはギターの音ばかりが注目されるが、バンドとしての屋台骨を支えているのは、正確で力強く、それでいてグルーヴ感のあるドラムの音だった。

もっともっとうまくなりたかった。

サッカーはやめてドラムに没頭した。

『リーベ』だけでは練習量が足らなかった。

こわごわ、父に頼んだ。

「ドラムセットを買ってほしい」

父はエリオを一瞥(いちべつ)し、言った。

「オーケー。一番欲しいのを買いなさい。ただし、バンスね」

バンスとは音楽業界用語でギャラの前借りのことだ。

やるならドラムで稼ぐぐらいになれ。それぐらい真剣にやれ、と言う代わりに、父はそう言ったのだった。

エリオはパールのバレンシアという入門用のドラムを買った。サラリーマンの初任給が四万円ぐらいの時代に、十二万円近くした。決して安くはない。

エリオはますますドラムに夢中になった。

寝ても覚めてもドラムのことしか考えなかった。

これやったんか。

初めて自分が心底夢中になれるものを見つけた気がした。あの映画の中のマストロヤンニのように、エリオは音楽という噴水の中にざぶざぶとのめり込んだ。


年が明けた冬のある日、エリオの家に桐谷から電話がかかってきた。

「遠山さんが、ボードウォークスを抜けるって言いだしたんや。今度の土曜日のステージも行かへんて。そんなん困りますって言うたら、エリオに叩いてもらえって。そのために、あいつに今まで教えてきたんやって。エリオ、詳しい話は後や。土曜日、うちのバンドでドラム叩いてくれ」

「なに言うてるんですか！　おれなんか……」

「そういうことでよろしく！」

自分が人前でドラムを叩く。しかも、ボードウォークスのメンバーとして。

心斎橋（しんさいばし）の三木（みき）楽器がその日のステージだった。

ボーカルでは何度もステージに立ったことがあったが、ドラムとして上がるのは初めてだ。緊張感がまるで違った。曲は『ウォーク・ドント・ラン』。うまく音が出るだろうか。

ステージの上で、一瞬、メンバー全員の目が合う。

「行こうや！」とみんなの目がエリオを促した。

ゆっくりと深呼吸をひとつした。

スティックをクロスさせ、カウントを四つ取る。そしてスネアドラムを思い切り叩いた。

目に見えない何かが破れ、何かがそこから吹き出した。

あとは無我夢中だった。

気がつくと観客の拍手が聞こえた。

遠山のレベルを超えたわけではもちろんないが、少なくとも今日一日はカバーできた。

それは演奏後のメンバーの表情を見てわかった。

「エリオ、超イイ線いってるやないか！　これからも頼むで」

桐谷がエリオの肩を叩いた。

十六歳の高校生が、初めて人前で演奏する快感を覚えたのだ。

それは何ものにも代え難い快感だった。

音楽で生きて行きたい。夢のような淡い願いが、ほんの少し輪郭を持ってエリオの頭に浮かんだ。

3

「大阪に、世界一大きなスケートリンクができたんやって。行ってみぃへん？」

京子からそう誘われたのは、一九六四年の春のはじめだった。京子とはもう付き合って一年近くになる。

スケートなら心得があった。子供の頃から父に連れられて冬の六甲山の天然スケート場に何度も行った。

「大阪の札付きの不良が、いっぱい集まってるらしいで」

阪神淀川駅を降りると工場群が広がっていた。川沿いにカマボコ型の屋根を持つ巨大な建物があった。そこが『ラサ・スケートリンク』という名のスケート場だった。周囲に娯楽施設のようなものは一切なく、昼間なのに人通りはほとんどなかった。時々トラックが走り抜けた。どこかの工場から漂う薬品臭い匂いがつんと鼻についた。広大な敷地にスケート場だけがぽつんとあった。

「なんでこんな殺風景な場所に、スケート場があるんや」

「ここはもともと、工場があった場所やねんて。ラサ工業っていう会社の工場。それでラサ・スケートリンクや」

「ラサって、ヘンな名前やな」

「沖縄あたりのどこか南の海に、ラサ島っていう小さな島があるらしいわ。その島は、鳥の糞でできてるねん。鳥の糞が何万年も積み重なってできた島や。それが肥料か燃料に使えるのを見つけて、大儲けしはったらしい」

「南の島の鳥の糞か。日本人は、なんでも金にするのが上手やな。それで今度は工場潰して、世界一のスケートリンクか。変わった会社やな」

「創業者は芥川龍之介の一番の親友のお義父さんやって」

「アクタガワリュウノスケ？　誰や？」

「昔の有名な歌手やで」

「どんな歌、歌うてる？」

「『羅生門』とか『蜘蛛の糸』とか。昔の人の割りにはけっこうビートが効いてるで」

「いっぺんドラム叩いてみたいな」

スケートリンクは中に入ると、驚くほど天井が高く、冷え冷えとしていた。

世界一というだけあって、さすがに広い。

「ひやあ、さぶっ！」

京子が身を縮めた。

リンク脇にジュークボックスがあった。

エリオはジュークボックスに近づき、曲目リストをながめて、コインを入れた。

軽快なイントロが流れた。

ベンチャーズの『ウォーク・ドント・ラン』だ。

エリオがスケート靴をはいてリンクに飛び出した。

「ヒャッホー！」

ターン、スピン、バック、クロス、ジャンプ。なんでもお手のものだ。

「エリオ、かっこいい！」京子が叫んだ。

周囲の客が滑るのを止めてエリオにみとれた。
滑るリズムがベンチャーズの曲に絶妙にマッチしているのだ。
エンディングに合わせて、スケート靴のエッジで派手に氷を削ってストップ。
粉々になった氷片が飛び散る。
拍手が起こった。
「京子、もう一回！」
京子がジュークボックスにコインを入れる。
再び『ウォーク・ドント・ラン』。
エリオはまた滑り出した。
みんなが歓声をあげた。広いスケートリンクがエリオの独壇場になった。
曲が終わると、また京子にリクエストした。
「今度はスローな曲にしてくれ」
京子がコインを入れると、ベンチャーズの『スリープ・ウォーク』が流れた。
スローな曲に合わせて優雅に氷上を舞った。また拍手喝采。
「よーし！　最後にもう一回！　最初の曲で」
京子に頼んだ。
しかし、流れた曲は別の曲だった。
ビートルズの『プリーズ・プリーズ・ミー』だった。

「あいつが、横から入ってきて、コイン入れた」

京子は、のっぽで長髪の若い男を指差した。

男は不敵な笑いをうかべて、エリオと京子を眺めながら滑っている。

「ベンチャーズの方が断然いいやん」

京子が頬をふくらませる。

男はしばらくひとりで滑っていたが、曲が終わると、エリオと京子に近づいてきた。

「おまえ、このへんで見かけんな。どこのもんや」

エリオをにらみつける。

「神戸や」

「あんまりここでデカい顔すんなよ」

「神戸の人間が、大阪でスケート滑ったらあかんか」

男の眼の奥が光った。

「大阪の人間が、鳥のクソで作ったスケートリンクで偉そうにするな」

その言葉に間髪を容れず男の右の拳が飛んできた。

エリオは上半身を右にそらし、男の腰をつかんでみぞおちに膝を入れた。男は氷の上に崩れ落ちた。崩れ落ちた男に馬乗りになってさらに数発拳で殴った。

「ビートルズよりベンチャーズの方がイカしてるんじゃ！」

起き上がらない男を残してエリオはリンクの外に出た。

スケート場の外に出ると春にしてはまだ冷たい風が吹いていた。

京子が腕を組んで身体を寄せる。声の調子がいつもと違った。

「私、エリオのこと、心配やわ。エリオ、時々、今日みたいなことあるやろ」

「親父からの教えや。売られたケンカは絶対負けるな」

「それはええねんけど、なんていうのかな。あんたは、ある一線を越えたら、あと先考えんと爆発するっていうか。私、そういう時のエリオが、なんか、ちょっと怖い。お願いやから、命取りになるようなことだけは、せんといてな」

4

一九六四年の夏は、日本人みんながどこか浮き足立っていた。

もうすぐ東京で、オリンピックが始まる。

学校は夏休みに入っていた。

「どこかで強化合宿やろうや。思い切り、音出しても怒られへんような、ええ場所ないかな」

「それやったら、ええ場所があります」

桐谷の提案に、エリオが即座に答えた。

「母親の里で、武田尾っていうとこがあります。宝塚のちょっと先の山奥です。実家がそこで旅館をやってまして、奥に離れがあります。そこ、夏でも、ものすごい涼しいんです」

「ええやん！　そこで決まりや！」

エリオの言った旅館の奥の離れは、『冷風亭』といった。

氷ヶ谷という山腹の大きな岩と岩の間に造られ、窓を開けると夏なのに冷たい風が吹き抜けた。

風には山の匂いがした。

一九四五年の夏、父が母にこの離れで『サンタ・ルチア』を教えたことを、エリオは知らない。

かつてこの渓谷に、恋をしたふたりの歌声が流れた。そして一九六四年の夏、息子が奏でるベンチャーズのサウンドが、武田尾の風に乗って渓谷に鳴り響いた。

アオサギやカケスやカワセミたちが、彼らの最初の聴衆だった。

物真似（ものまね）上手のカケスは、テケテケテケテケとベンチャーズサウンドを真似して鳴きながら谷を渡った。

武田尾でエリオたちはベンチャーズのレパートリーを徹底的に練習した。

特に念入りに練習したのは『十番街の殺人』だ。

最初にギターがジャーンと鳴る。その後、ドラムがダダッツッタツッタジャンと続く。

しかしこのドラムの出だしが難しい。一小節のわずか数秒なのだが、お決まりの8ビートではない、奇妙な変拍子で始まるのだ。エリオのリズム感は悪くないはずなのに、頭も身体もついていけず、手はスムーズに動かない。ここでうまく乗れないと、最後まで乗っていけない。縄跳びの最初のひと飛びに、いつもひっかかる。そんな感じだ。

何度も何度も練習する。しかしうまく行かない。

桐谷は絶対に怒らない。

ギターを弾くのを途中でやめ、ただひと言、こう言うのだ。

そこに普段の飄々とした桐谷はいなかった。音楽に関しては誰よりも厳しかった。

「もう一回」

練習は果てしなく続いた。

練習に疲れると、皆で武庫川に飛び込んで水浴びをした。

一番はしゃいでいるのは高中だった。中学まで野球部でピッチャーをしていたという高中は、河原の平たい石を拾って石投げをした。投げた石が水面をホップして向こう岸まで届き、みんなは拍手喝采した。

喉が渇くとサイダーを瓶のままラッパ飲みした。

サイダーの瓶は水に浸けなくても、『冷風亭』の日陰に置いておくだけでじゅうぶんに冷えた。

サイダーを飲みながら、メンバーたちはベンチャーズの音楽について語り合った。

口火を切るのはいつも、遠山が抜けてからバンドマスターになった桐谷だ。

「ベンチャーズの音楽の魅力って、どこにあると思う？」

高中が答える。

「そりゃあ、演奏力やろ。あれだけ、メンバー全員が見せ場を作れるバンドってないやろ」

桐谷がそれを受ける。

「たしかに演奏力はすごい。けどな、ベンチャーズの演奏って、どこかアマチュアっぽいとこがあるんや。危うい感じの、スリリングな素人っぽさっていうかな。だから、みんな、自分でもできるって思うんや。やってみよう、ってな。けど、実際やってみると、あんなふうな独特なグルーヴはとても醸し出せん。おれらがどんなにコピーしても、たどりつけん、何かがあるんや。そやからこそ、どんどん深みにはまる」

高中が続ける。

「おれら、ベンチャーズの深い谷に迷い込んだ、冒険者（アドベンチャーズ）たちやな」

「それ、ちょっと、カッコよう言い過ぎ」

みんなで笑い合った。

「そうや。遠山さんが抜けてエリオが入ったし、おれらはもう、甲南のバンドやない。ボードウォークスってバンド名は、返上しよう。新しいバンド名をつけようや」

桐谷の提案にみんなが乗った。

「サイダーズっていうのはどうやろう?」まず小島が口火を切った。「サイダーみたいに喉越しさわやかなバンドってことで」

「それも悪うないけど、しゅわーっと、すぐに消えてしまいそうやな」と桐谷。

すかさず桐谷が提案する。

「イイ線いってるってのを英語にして、グッドライナーズってのはどうや?」

「お呼びでないね」と小島。

小島が続ける。

「『鉄腕アトム』が去年からアメリカでも放送されて、えらい人気やそうやで。アメリカでは『アストロボーイ』っていうらしい。アストロボーイズって、どうやろ」

「うーん。百万馬力で力強いけど、なんか、もうちょい、おれらの原点を表してるような名前は、ないかなあ」

桐谷が急にハードルを上げたので、みんな黙った。

すると、ずっと黙っていた高中が口を開いた。

「エリオのおかんの里の、この武田尾いうとこ、おれ、生まれて初めて来たんやけど、すごいええとこやん。おれ、武田尾が気に入った。新しいバンドが生まれた、この武田尾の渓谷にちなんで、『キャニオンズ』はどうや」

「キャニオンズか」

「キャニオンズ。響きもええし、ええ名前やな！」

高中の提案に全員が乗った。メンバー全員で、冷えたサイダーで乾杯した。

夏休みが終わると、キャニオンズは毎週末、声がかかればどこででも演奏した。キャバレー、ダンスホール、ジャズ喫茶、どこに行っても人気があった。神戸にはもうひとつ、ヤングブラッズというバンドがあった。このふたつが神戸のバンドの双璧だった。ヤングブラッズには趙という中国人のギタリストがいて、とびきり巧かった。趙は三宮の『暁』というジャズ喫茶の息子で、そこをホームグラウンドにしていた。エリオはそこにも顔を出し、時々ドラムを叩かせてもらった。

『暁』は『リーベ』より猥雑な雰囲気で、神戸港に外国船が入港した夜は、水兵たちがやってきて必ず大騒ぎになる。

彼らが運んでくる海の匂いとアルコールの匂いの中で演奏するのが好きだった。

二十四時間、音楽のことを考える日が続いた。

気がつけば、東京オリンピックが始まり、終わっていた。

さすがに開会式はテレビで少しだけ見たが、エリオは競技をほとんど見なかった。

練習と演奏活動に明け暮れていたのだ。

サッカーでイタリア代表が日本と同じグループリーグに入っていたのでそれだけは対戦

を楽しみにしていたが、直前にイタリア代表にプロ選手がいることが発覚し、イタリアは棄権した。いかにもイタリアらしいエピソードだった。イタリアのおかげで日本はグループリーグ三位なのに棚ボタで決勝トーナメントに進んでベスト8に入った。エリオはその夜、サッカー好きの日本人の仲間から晩飯とビールをおごってもらった。

競技をきっちりと見た記憶があるのはマラソンだけだ。アベベというエチオピアの選手が圧倒的に速くて独走し、後半はほとんど、他の選手はテレビの画面に映らなかった。日本の円谷幸吉という選手が歯を食いしばりながら国立競技場に二位で入ってきた。

あと半周ほどでゴールという時に、イギリスのヒートリーという選手に抜かれた。

ゴールした瞬間に毛布をかけられ、芝生の上に両手をついて倒れこんだのが印象的だった。

翌日の新聞に、四年後のメキシコオリンピックでは必ず金メダルを獲ります、という円谷のコメントが載っていた。

四年後。

一九六八年。自分は、二十一歳だ。

その時、おれはいったい、どこで何をしているのだろうか。エリオは考えた。

それはずっと遠い先の未来のようでもあり、すぐそこにある未来のような気もした。

5

一九六四年の秋の終わりとともに、キャニオンズに大きなチャンスがめぐってきた。

「『フナト楽器』の船戸さんが、おれらに話あるって言うてはるんや。明日の午後三時、店に来てくれへんか」

『フナト楽器』はキャニオンズのメンバーが出入りしている三宮の楽器店だ。店長兼オーナーの船戸は桐谷と同じ甲南大学出身で、キャニオンズに店内に設備してあったスタジオをバンドの練習場として提供してくれていた。当時、店内に練習スタジオを設備している楽器ショールームはほかになかった。そこに目をつけた桐谷が、使わせてほしいと交渉したのだ。船戸は店でギターを試し弾きする時に、桐谷がテケテケテケという不思議な音を繰り出すことに興味を持った。スタジオを貸してほしいという桐谷の提案に、格安料金で貸すことにした。桐谷らのバンドに新しい可能性を感じたのだ。

ところが彼らの演奏は想像を絶する大音量で、軟弱な防音設備をいとも簡単に通り抜けた。その轟音に驚いて、ほかの客は店を飛び出してしまう始末だった。しかし船戸は気にしなかった。

船戸もまた、ベンチャーズのレコードを聞き込んで、ベンチャーズサウンドの音作りのためのアンプの出力やアンサンブルの音量のバランスなどをアドバイスした。

「ノーキーの弾くギターの音は、中音域に快い歪みがある。これがベンチャーズサウンドの肝やと思う。この歪みを創り出すには、ギターの出力とアンプの受け入れ側のアンバランスなイコライジングが必要なんや」

船戸の助力は大きかった。キャニオンズのスキルはどんどん上がっていった。最初は真似できないと嘆いていたベンチャーズ独特のグルーヴも出せるようになった。キャニオンズの名は、関西の音楽好きの若者の間では知らない者はいないほどに有名になっていた。

そんな折の、船戸からの呼び出しだった。

船戸は、単刀直入に、話を切り出した。

「うちの親会社が、国産楽器メーカーのダーツっていうのは知ってるやろ」

もちろんだった。音楽をやっていれば的に矢が刺さっているマークを知らない者はいなかった。

ダーツは戦時中、日本軍で電気音響技術の研究にたずさわっていた木部勇一という人物が、米軍の捕虜収容所からの復員兵たちと戦後に作った日本の楽器メーカーだ。復員兵が米軍の捕虜収容所で見たハワイアンギターを、木部が改良して売り出した。これが当たり、ハワイアンブームの波に乗って軌道に乗った。さらに一九五〇年代初めから、他の国産楽器メーカーにさきがけてエレキギターの生産を始めていた。『フナト楽器』は神戸のダーツ直営の楽器販売店だった。

「ここに来て、エレキギターのブームの兆しが確実にある。そこで、今度、ダーツが、新機種のエレキギターを発売することになったんや。もちろん音は最高や。このエレキの魅力を知ってもらうには、高出力のアンプが不可欠や。そこでエレキギターと一緒に、高出力のアンプも売り出す。ダーツは、この売り出しに社運を賭けてる。そこでや。君らに、この商品を売り出すためのデモンストレーションバンドになってもらいたいんや」

「デモンストレーションバンド？」

「つまり、宣伝に一役、買うて欲しい。新機種のギターとアンプはもちろん無償で提供する。これから君らがステージに上がるたびに使うてくれ」

　つまりは、プロ・バンドとしてやっていこうという話だ。

「念のため言うとくと、これはダーツの本社が考えたことやない。おれが考えて、ダーツの幹部を説得した。おれは、この新製品を売り出したいというよりも、君らを売り出したいんや。君らはきっとこれから、日本一のバンドになる。どや、おれと一緒に、思い切り、ひと暴れしようやないか」

　メンバーに異論があろうはずはなかった。

　しかし、船戸の話はそこで終わらなかった。

「ただし、条件があるんや」

「条件？」

「バンド名を、変えてほしい」

「キャニオンズを変える？」

高中が聞いた。

「そうや」

「なんでですか？　おれら、この名前に愛着あるのを知ってるでしょう」

「百も承知や。けどな、ダーツのデモンストレーションバンドとして活動する以上、名前は『ヤングダーツ』にしろっていう、上層部からのお達しなんや」

「ヤングダーツ？　キャニオンズの方が絶対カッコいいですやん」

「そこを、なんとか堪（こら）えてくれんか」

「おれらは武田尾の谷でプロになろうと誓った仲や。その誓いの気持ちを、おれは名前に残しときたい」

キャニオンズの名付け親の高中の言葉に、メンバー全員が黙ってしまった。船戸も黙った。

「あの……」

エリオが口を開いた。

「ダーツの前に、テイクをつけて、テイクダーツにしたらどうでしょう。矢を手に取る、という意味です」

エリオは新聞のチラシの裏にマジックでスペルを記した。

TAKEDARTS
「こうしたら、武田尾の武田が、バンドの名前に残ります。どうですか？　高中さん」

「なるほど！　テイクダーツか。それやったら、おれは賛成や」

高中が賛同した。

桐谷がメンバーたちの顔を見回した。

「どうや。みんなは」

「おれもええと思う。矢を手に取る者たち。まさにおれらや。ええ意味やないか」

小島も乗った。

「どうですか？　船戸さん」

「よし！　それで掛け合ってみるわ！　君らの望み通りになるよう、上を説得する！」

船戸が声を張った。

「さあ、そうと決まれば、目指すは、的のど真ん中や！　これから、忙しなるぞ！」


船戸の言ったことは本当だった。

テイクダーツの仕事はどんどん入った。ギャラも入り、エリオはドラムセットのバンスを父に返すことができた。三宮高架下の『マック』で、もう何時間もかけて買いたい一着を選ばなくてもよくなった。

文字通り、若者たちがダーツのエレキとアンプを手に取った。テイクダーツを真似て、ベンチャーズのコピーバンドがいくつも現れた。デモンストレーションバンドとしてのテイクダーツが、船戸の期待通りに貢献したのだ。

製品の売れ行きと共にバンドの知名度もさらに上がった。

翌一九六五年の一月、大ニュースが飛び込んだ。

「ベンチャーズが来日する！」

関西公演の初日は、神戸国際会館大ホール。

メンバー全員のチケットを船戸が手配してくれた。

コンサートの間じゅう、エリオはドラムのメル・テーラーだけを見ていた。

演奏する前に彼が発するカウントやかけ声に耳を傾けた。

首を縦に振ってリズムをとったり、横に振りながら鼻に皺(しわ)を寄せる癖を凝視した。

コンサートが終わり、興奮ぎみのメンバーに船戸がやって来て言った。

明日は大阪のフェスティバルホールだ。君たちの明日のチケットも取ってある。びっくりすることが起こるから、必ず観に来るように。

観に行くと、ベンチャーズのメンバーのアンプが、すべてダーツになっていた。

当時のベンチャーズはライバル社のアンプを使用していた。

船戸はこれを、ベンチャーズとかけあってダーツのアンプに替えさせたのだ。

どうしてそんなことができたのかと訊くメンバーに船戸は種明かししてくれた。

まず神戸のコンサートの開演前、ベンチャーズの専属司会をしていたフィリピン人をうまく抱き込んでベンチャーズのリードギターのノーキーに楽屋で会うことができた。

そこでノーキーにもっと出力の大きいアンプを使ってみてはどうかと持ちかけた。ノーキーは難色を示したが、今からすぐに店から運ぶからどうかと提案すると、ノーキーはそれなら一度試してみたい、と乗ってきた。

ノーキーはダーツのアンプをすぐに気に入った。しかし、開演には間に合わない。しかし明日の大阪では、メンバー全員のアンプを入れ替えようと彼は約束してくれたのだという。

エリオたちはそんな短期間でベンチャーズに食い込む船戸の営業手腕に舌を巻いた。

しかし、驚くのはまだ早かったのだ。

6

マサユキさん。何度も何度も熱心に宝塚のお店に足を運んでくださって、どうもご苦労さんです。

さて、今日は、何の話をいたしましょう。

ああ、ベンチャーズが来た時の話？

あの夜は、私にも忘れられません。

きっと、音楽をやってはるマサユキさんにとっても、興味のある話でしょうね。

あの日、息子のエリオから電話がかかってきた時、私は、ほんまに飛び上がって天井に頭打ちそうになりました。

「ママ、びっくりせんといてや。今晩、ベンチャーズのメンバーが大阪のコンサート終わった後、宝塚のうちの店で、食事したいって言うてるんや。すぐに準備して！」

ベンチャーズのメンバーが、うちのレストランにやって来るって言うやないですか。

「ベンチャーズって、あのベンチャーズ？　どういうこと？」

「船戸さんがベンチャーズのメンバーに、うちの親父のことを言うたんや。今、面倒を見てるバンドのメンバーの父親が、イタリアから日本に来て、近くでイタリアンレストランをやってるって。そしたら、今夜はぜひともそこでイタリア料理を食べたいと言い出したそうや。イタリア公演で食ったスパゲッティが、めちゃくちゃ美味(うま)かったって。スパゲッティを食いたいって」

　電話の向こうのエリオの声も、かなり興奮してました。

ええ。ベンチャーズのことは、私も、よう知ってました。もともと洋楽が好きで、FENでも流れてたんを聴いてましたから。当時はもう、アメリカやヨーロッパでも人気絶頂やったはずです。

「今日は貸切にしてや！　ぼくらも一緒に行くから」

　ベンチャーズのメンバーが宝塚に来る。宝塚に来て、アリさんのスパゲッティを食べる。ドン・ウイルソンだけは別の用件があって食事に出られんけど、ほかの三人は一緒に出てくるって言うんです。すぐにアリさんに知らせました。

アリさんは顔色ひとつ変えず、オーケー、とウインクするだけ。

「あるもんで、作りましょう」

後から聞いた話ですけど、大阪のフェスティバルホールからベンチャーズのメンバーがうちの店まで来るのは、なかなか大変やったみたいです。そりゃそうです。世界的な大スターのベンチャーズが宝塚の店にやってくることがバレたら、大変な騒ぎになります。

公演がはねた後、ホールの出入り口全部に、大勢の追っかけがサインを求めて帰らずに群がってたそうです。このまま出たら、追っかけられて、店に行くのがバレてしまう。

そこで船戸さんが一計を案じはったんです。

船戸さんとベンチャーズのメンバー三人は、地下駐車場の車に乗り込んだんですが、もちろん地下駐車場の出入り口にも、大勢のファンが待ち伏せてます。

その時、スタッフに大声で叫ばせたんです。

「ノーキーが、ホールの正面玄関におるで！」

その声でファンたちが一斉に正面玄関に殺到した隙（すき）に、誰もおらんようになった駐車場の出口から、悠々と抜け出して来たそうです。

メルが、ノーキーが、ボブが、アリさんの作ったミートボール・スパゲッティを食べてるんです。ほんま、夢、見てるのかなと思いました。

「イタリアで食べたスパゲッティより美味い」

「子供の頃にママが作ってくれた味に似てるよ」

ベンチャーズのメンバーたちが口々に味を褒めてくれるんです。ほんまに、嬉しかったです。アリさんは意外なほど淡々と料理に専念してました。けど、ベンチャーズと同じテーブルに座ってるエリオはもちろん、桐谷さんも高中さんも小島さんも、まあ、かわいそうなぐらい、ガチガチに緊張してました。そりゃあ、そうですわなあ。神様みたいに思うてる人たちが、今、同じテーブルの、目の前におるんですもん。

緊張が伝わったのか、最初はノーキーたちも、よそ行きの感じでした。

けど食事が終わると、ノーキーが、急に打ち解けた雰囲気で言いはったんです。

「Let me hear your play !」

君らの演奏を聴かせてくれ、とエリオたちにリクエストしたんです。

船戸さんの手配であらかじめセッティングしておいた楽器を持って、エリオたちが演奏を始めました。

『ウォーク・ドント・ラン』ていう曲でした。

最初はにやにや笑いを浮かべながら見ていたノーキーたちの顔が真剣になりました。

それから『パイプライン』、最後は『十番街の殺人』で締めました。

ベンチャーズのメンバーたちが眼を見張るのが、私にもはっきりとわかりました。

「どうしてこんなあどけない少年たちが、おれたちの曲をこんなに完璧に演奏できるんだ」

ノーキーが言いました。

リードギターとサイドギターとベースのアンサンブルも素晴らしい。特に素晴らしいのは、キリタニだ。ノーキーはそう言って桐谷さんのギターテクニックを絶賛しました。

「キリタニ、君の指をみせてくれ」

ノーキーが桐谷さんに近づいて、その手を取りました。

一般の人間よりかなり太くがっしりとしているその指を見て、ノーキーは言いました。

「君は日本のノーキー・エドワーズになれるよ」

そう言われた桐谷さんは、湯気が出そうなぐらい、顔を真っ赤にしはりました。

あの時の、桐谷さんの嬉しそうな顔、今でも忘れられません。

そしたら今度は、ドラムのメル・テーラーが、エリオに近づいて肩を抱きました。

そしてドラムセットに座ったかと思うと、スティックを持って、ドラムを叩き出したんです。

『十番街の殺人』のドラムの、出だしのパートでした。

メルは同じパートを何度も何度も繰り返して叩きました。きっと、さっきのエリオの演奏を聴いて、エリオのドラムの弱点を正確に見抜いて、こう叩くんや、と教えてくれてるんやと思いました。

エリオはメルの手の動きを、食い入るように、ただじっと見つめていました。

やってみろ、というふうに、メルはエリオにスティックを渡しました。

エリオが無我夢中で叩きました。

「It's almost perfect !」

メルが、エリオにウインクして親指を立てました。

みんな大拍手です。

宴はますます盛り上がりました。

「キリタニ、ちょっと君のギターを貸してくれ」

今度はノーキーが、アドリブでギターを弾き出しました。

もう、びっくりしました。今までラジオで聴いてたベンチャーズのギターの音とは、全然違うてたんです。思いのまま、自由奔放に弾いてる感じです。

ご機嫌にギターを弾いていたノーキーが、急に私の方を振り向きました。

「ママ、リクエストをどうぞ」

突然、私にそう言うやないですか。

「何でもいいですよ。ママの一番好きな曲を」

私はどぎまぎしながらも、咄嗟に、『ホンキー・トンク・ブルース』と言いました。

ハンク・ウイリアムスのカントリーの名曲です。

するとノーキーはエレキギターを置き、店にあったアコースティック・ギターを手にとって、アルペジオでイントロを弾きながら歌い出しました。

お店の中は大拍手です。

「すごい！」

「ノーキーさん、カントリーもできはるんや！　歌も上手やし！」

私が日本語で叫ぶと、その意味がわかったのかどうか、

「アイム・フロム・カントリーミュージック、ユースト・トゥ・プレイ・ミュージック・アット・ザ・ホンキー・トンク（おれはカントリー出身だぜ、よく安酒場（ホンキー・トンク）で演奏したもんさ）」

そう言ってノーキーは私にウインクしました。

私は卒倒しそうになりました。

ノーキーが、お返しに誰か、何か歌ってくれないか、と言い出しました。

誰もが顔を見合わせて尻込みしました。

「パパ！」

私は咄嗟に、厨房にいたアリさんに声をかけました。

「ベンチャーズのみんなが、パパの歌を聴きたいって」

すかさず、エリオが言いました。

「プローヴァ・ア・カンターレ（歌ってみてよ）！」

その声で、アリさんが厨房から出てきました。

「私でよければ」

そしてうやうやしく一礼して、ゆっくりと歌い出しました。

小畑実の『勘太郎月夜唄』でした。

「オー！　ジャパニーズ・カントリー・ソング！」

アリさんが朗々と歌う日本の歌に、ベンチャーズのメンバーたちは大喝采です。

「ワン・モア・ソング！」

面々が囃しました。

「それではもう一曲だけ。私の、故郷の歌を歌いましょう」

そうして、アリさんは、ゆっくりと歌い出しました。


『シチリアの朝の歌』でした。

戦争中、救命ボートの上で、仲間と自分を励ますために、この歌を歌ったと聞いていました。

私の大好きな歌でした。最初は朝の目覚めのように静かに始まるのですが、途中で転調して、まるで朝焼けの中で鳥が羽ばたくような開放感が広がって……。世界が、ぱあっと明るくなる。そんな歌です。何度私は、アリさんが歌うこの歌を聴いたことでしょう。けど、その夜のアリさんの歌声は、とびきり素晴らしかった。今まで聴いた中で、一番良かった。惚(ほ)れ直しました。

ベンチャーズのメンバーたちもアリさんの美声に聴き惚れていました。

「よし！　エリオも歌え！」

ほんの思いつきだったんでしょう。アリさんが歌い終わると、桐谷さんがエリオを囃しました。

「歌ですか⁉」

「ウエスタンバンドやってた時、イイ線いってる歌、歌うてたやないか。何かウエスタン歌え」

「勘弁してください。ノーキーのハンク・ウイリアムスの後で、とてもよう歌いません」

「そしたら、親父さんと一緒で、日本の歌、歌え」

するとエリオはしばらく考えて、こう言いました。

「『夜明けのうた』なら」

それを聞いた時、私はハッとしました。

エリオがその時、歌うと言い出した『夜明けのうた』は、当時、岸洋子が歌うて大ヒットしていた曲ですが、もともとは坂本九さんが歌うてはりました。

作詞は、岩谷時子さんです。

そう。エリオが子供の時分に、いつもこの店に来てはエリオを可愛がってくれた、トキ姉ちゃんです。

越路吹雪のマネージャーをしていたトキ姉ちゃんは彼女と一緒に上京してから、売れっ子作詞家になってはったんです。

ザ・ピーナッツの『恋のバカンス』や、和田弘とマヒナスターズの『ウナ・セラ・ディ東京』を作詞して、大ヒットを連発してました。

『ウナ・セラ・ディ東京』のウナ・セラ・ディっていうのは、イタリア語ですよ。「ある黄昏時の」という意味なんです。

森山加代子のデビュー曲『月影のナポリ』も彼女の作詞です。

何しろトキ姉ちゃんは、イタリアが大好きでした。宝塚にいてはった頃、うちの店に通い詰めるうちに、イタリアが好きにならはったんかもしれません。

トキ姉ちゃんが作詞した『夜明けのうた』を初めてラジオで聴いた時、すぐに頭に浮かんだのが、アリさんが歌う『シチリアの朝の歌』でした。

宝塚にいてはった頃、そして東京に行きはってからも宝塚に帰ってくると、トキ姉ちゃんはアリさんに、この『シチリアの朝の歌』を歌ってほしいとせがんではりました。そのたびに、アリさんはいつも機嫌よく、トキ姉ちゃんのために、この曲を歌うてあげてました。

坂本九さんの『夜明けのうた』は、こんな歌詞で締めくくられるんです。

夜明けの唄よ　僕の心に
想い出させる　ふるさとのこと

トキ姉ちゃんは、アリさんの故郷を思いながら、この歌を作りはったんやないやろか。アリさんが決して言葉に出さない故郷への思い。それをトキ姉ちゃんは、この歌に託しはったんや。

私は、ずっと密かにそう思ってました。

ですから、アリさんがベンチャーズの前で『シチリアの朝の歌』を歌った後に、エリオが『夜明けのうた』を歌う、と言い出した時、ほんまにハッとしたんです。

エリオもこの歌に、きっと私とまったく同じ思いを抱いてたんや。

私は、なんや嬉しゅうなって、涙が出てきました。

テイクダーツのメンバーが楽器を持って『夜明けのうた』のイントロをやりだしました。

エリオは、ゆっくりと歌い出しました。

店内がしんとなりました。

それは奇妙なほどの静けさでした。

エリオが、歌いながら全身にじっとり汗をかいているのがわかりました。

歌い終えたその時、一瞬の間が空いて、ベンチャーズのメンバーたちの歓声と拍手が起こりました。

「グッド・ソング！　グッドボイス！」

「サ、サ、サン……キュー！」

エリオの声が裏返っていました。

あのトキ姉ちゃんが、エリオの晴れ舞台を、お膳立て(ぜんだて)してくれたんです。

幸せな宴は、夜更けまで続きました。

ベンチャーズのメンバーたちとテイクダーツのメンバーたちが帰った後も、エリオは、たったひとりで夜が明けるまで、メルに教えてもらったドラムラインを叩いてました。

ああ。エリオはきっとこのまま、音楽の道に突き進むんやろな。

そんな息子の姿を、私はなんやものすごく嬉しいような、どこか少し寂しいような、複雑な気持ちで眺めていました。

ある日、そんな気持ちをアリさんに打ち明けました。

アリさんは、こう言いました。

「自分の船を見つけたんです。音楽という船をね。見守りましょう」

7

一九六五年のベンチャーズの来日は、日本の音楽の風景を完全に塗り替えた。

空前のエレキブームが巻き起こったのだ。

ベンチャーズのレコードは爆発的に売れ、ヒットチャートの上位のほとんどをベンチャーズの曲が占めた。中高生の間ではエレキを持つことがステイタスになった。ロックは「聴くもの」から「演奏するもの」になったのだ。どこに行ってもエレキの演奏会が開かれていた。ブーム直前にベンチャーズがアンプを使用したダーツの売れ行きはこれまでとは桁違(けたちが)いに急カーブで上昇した。エレキは作った先から売れて行く。朝、店に陳列したエレキが、夕方にはすべて売れた。小遣いでエレキを買えない若者が窃盗事件を起こす騒ぎが頻発した。

作用があれば反作用がある、その力も凄(すさ)まじかった。秋になると、中学生のエレキ禁止令を出す自治体が現れた。エレキは子供たちを勉学から遠ざけるという理由だ。この動きは全国に波及し、中学や高校でのエレキ演奏禁止が発令された。

「えらいことになったなあ」

小島と高中が嘆いた。

しかし桐谷はどこ吹く風だった。

「それだけ世間が注目してるってことよ。加山雄三(かやまゆうぞう)の『エレキの若大将』がもうすぐ封切りや。若大将のおかげで、これでまた、ブームに拍車がかかる。むしろこれからもっと忙しくなるぞ。実は、おれにはひとつ、計画があるんや」

「なんですか」

メンバーたちが身を乗り出した。

「オリジナルの曲を作ろうやないか」

「オリジナル？」

「そうや。曲はおれが作る。しかも、ボーカルつきのオリジナル曲や」

桐谷の口調が熱を帯びた。

「最近売り出し中の、ビートルズを見ろ。日本ではまだベンチャーズの陰に隠れて、人気は足もとにも及ばんけど、イギリスやアメリカでは大変な人気や。彼らはボーカルバンドや。これからは、日本にもボーカルバンドの時代が来ると、おれはにらんでるんや」

「けど、誰が歌うんですか」

「エリオがおるやないか」

「はあ？　おれ？　ですか？」

エリオはすっとんきょうな声をあげた。

「みんな、あの夜のこと覚えてるやろ。『夜明けのうた』の夜や」

「ああ」とみんながうなずいた。

「エリオの声はイケる。ノーキーのお墨付きや。ベンチャーズのコピーバンドはもう卒業や。次は、オリジナルの曲と歌で勝負や。おれはあの時、そうひらめいたんや。さあ、来年はレコードデビューも夢やない。気合い入れて行こうぜ！」

しかし、「夜明け」は、意外に遠かった。

一九六六年の三月だった。

その日は神戸で、東京のエレキバンドを招いてのエレキ合戦のステージだった。船戸は東京出張で不在だった。

「東京からレコード会社の人間が観に来るらしいで」

楽屋で桐谷がささやいた。

エリオはまずひとりでリハーサルの舞台に立った。

所定の位置にセットされたドラムセットに座ってみる。

違和感を感じた。

シンバルの位置が微妙にずれている。

自分の叩きやすい位置に直す。スネアドラムの位置もわずかな違和感があった。いつもの位置に直す。エリオにとっては儀式のようなものだ。

そうして準備を整えながら、自分の精神も整えていく。それは料理人の父から教わった心得だった。いつだったか、子供の頃、厨房に入って調理道具を触っていたエリオを、父は激しく叱った。

「いいか。エリオ、覚えておけ。料理人の命は、道具だ。包丁、鍋、フライパン、ボウル。どの道具も、いつも一番使いやすい位置に置いて準備しておく。一ミリでも狂っては、いい料理はできない。リズムが狂うからだ。そうしてこそ初めて、いい料理が作れるんだ」

ドラムを正確な位置にセットするのは毎日毎日の日常の行動だった。

その時、ステージ袖から、見知らぬ男が入ってきた。

「おまえか。テイクダーツとかいうバンドのドラマーは」

男の口調は馴れ馴れしい。かたぎの人間ではない。すぐに判った。

音楽を演る会場に出入りしていると、時々この種の人間がやってくる。

たいていは楽屋にやってきて好きなだけしゃべって帰っていく。

エリオに声をかけた男は、ずかずかとステージに上がってきた。

「ほう、なかなかええドラムやないか。さすが、ボンボンバンドは、違うのう」

「ありがとうございます」

エリオは冷静に答えた。ボンボンバンドと言われるのには慣れていた。実際、楽器の値段は普通の会社員や学生が買えるようなものではなかった。しかしエリオたちの演奏が始まると、そうしてナメてかかった連中の誰もが、目を見張って音に引き込まれるのだ。

「これ、なんぼぐらいするねん」

男は、いやにしつこい。

「すみません。今、リハーサル中なんです。降りてもらえますか」

男はにやけた顔でステージに立ったままだ。

「堅いこと言うな。ちょっと、おれにもこれ、叩かせてくれや」

男は近づいて、右の掌でシンバルを無造作にぽんと触った。

「触るな！」

その瞬間、エリオは立ち上がって男の手を払いのけた。

「なにさらしとんじゃ、コラァ！」

男の形相が変わり、エリオに殴りかかった。

エリオの右腕が伸びた。拳がこめかみを打ち、男はその場に倒れこんだ。

男の口から血が流れている。

「ワレェ！　おれを誰やと思とんじゃ！　ぶっ殺したる！」

男は懐からドスを取り出し、振り回した。

メンバーたちが男を羽交い締めにして制止した。

桐谷が叫んだ。

「エリオ、今日は帰れ！」

エリオは男を睨みつけて立ち尽くした。

「エリオ、ええから帰れ！」

「この男に、絶対におれのドラムを触らせるな」

エリオはそれだけ言い残してステージを降りた。


ドラマー急病のため、テイクダーツの演奏は中止と発表された。

騒動はこれで収まらなかった。

男は楽屋にねじ込み、桐谷にエリオを出せと詰めよった。この界隈(かいわい)を仕切る暴力団の構成員だった。凶暴な性格で、頭に血が上ると見境がなくなり、ヤクザ仲間からも「狂犬」と恐れられていた。

エリオは帰って、もうここにいない、の一点張りで桐谷は突っぱねた。

男は必ず見つけ出して殺してやる、と言い捨てて帰った。

あいつなら、本気でエリオを殺す。その筋に詳しい関係者が桐谷に言った。

桐谷はすぐに宝塚のエリオの父親に電話を入れた。

エリオがヤクザを殴った。相手は殺してやると息巻いている。エリオの行方を教えろとそちらにねじ込むかもしれない。絶対に教えないように。そう告げて電話を切り、トアロードに向かった。エリオの居場所の見当はついていた。インターナショナルハイスクールで仲が良かった李のアパートだ。エリオはバンドの活動が忙しくなってからほとんど家に帰らず、華僑の息子の李のところに転がり込んでいた。

エリオはやはりそこにいた。

ヤクザがおまえを殺すつもりで探している。しばらくここを動くな、と言い残して、宝塚のレストランに向かった。

桐谷がレストランに着くと、父親のジルベルト・アリオッタは驚くほど冷静だった。

「慌てても仕方ないです。こういう時に、イタリア人が使う言葉がありますよ。『Vediamo come andrà a finire』。様子を見ましょう」

しばらくはどこか安全な場所に身を隠していた方がいい。桐谷の提案に、ジルベルトの対応は早かった。

「日本のヤクザ、しつこいです。日本にいるかぎり、ヤクザ、追いかけてきます」

「では、しばらく東京にでも」

「いや、いっそ、ローマにやりましょう」

「ローマですか？」

「そうね。一年ほど」

　桐谷が驚いた。

「一年も、ですか」

「待てませんか？」

「……いえ。待ちます」


　数日後、エリオはローマ行きの飛行機チケットを持って、大阪駅から東京行きの列車に揺られていた。

　日本を発つ前、父はエリオに言った。

「エリオ、これは神様が与えてくださったチャンスだと思え。一年間、ローマにいる間、自分がほんとうに何をやりたいのか、じっくり考えてみろ。ローマは、きっとおまえに何かを与えてくれる。一年後、必ず帰って来いとは言わない。ローマで何かやりたいことが見つかって、そのままいたいと思うなら、それでいい。おまえの人生だ。ただし生活は自分でなんとかしろ。日本にいる私たちのことは心配するな。ただ、これだけは絶対に忘れるな。おまえには、シチリアの男の血が流れている。地面を見るな。太陽を見ろ。今こそ、自分の船で、漕ぎ出しなさい」

第七章　ツイン・ボーカル

1

フェリーニの映画で観たローマがエリオの目の前にあった。

コルソ通りにあるそのバールには見覚えがあった。京子と一緒に観た『甘い生活』にも登場した老舗だ。トレビの泉はここから歩いてすぐのはずだ。

エリオはその店のテラスに座って行き交う人々を眺めていた。

広場の向こうから歩いてやってきたその男が、エリオは最初誰なのかわからなかった。

淡いベージュの麻のスーツに、茶色のメッシュの革靴。そして真っ白なシャツをパリッと着こなし、紺に黄のストライプのレジメンタル・タイを締めている。

「よく来たな、エリオ。パパとゆいママは元気か」

懐かしい、シチリア訛りのイタリア語だった。

その一言で、兄のジュリアーノだとわかった。

約束の時間から一時間が過ぎていた。

兄の容貌は大きく変わっていた。

いつも何かを睨みつけているような荒んだ顔つきは跡形もなく消え、凪いだ海のように穏やかな表情を湛えていた。

「ヤクザを殴ったそうだな。まるであの日のおれと同じじゃないか。やっぱりおまえにはおれと同じ血が流れている」

ふたりは抱き合って頰ずりした。

四年ぶりの再会だった。

兄は二十五になったはずだ。

兄は給仕にシチリア産の白ワインをふたつ頼んだ。

「伊達男ぶりが上がったね」

エリオもイタリア語で返した。

「おまえの方こそ」

そう言って兄は煙草をふかした。

「ローマはどうだ」

「まだ来て間もないんで、よくわからないよ」

名目は「留学」だった。

通っていた神戸のインターナショナルハイスクールを通じて、ローマにある提携の学校を斡旋してもらった。父が手配したのだ。そこでイタリア語を学ぶ、というのが建前だったが、すでに日常会話に不自由のないエリオにとって、さほど興味のあることではなかった。

クラスルームでは、女学生たちがあからさまに扇情的な目と仕草でエリオを誘ってきた。しかしエリオは彼女たちにも興味がなかった。

とにかく早く日本に帰りたかった。

日本では空前のエレキブームが巻き起こっている。

桐谷と船戸がテイクダーツをボーカルバンドとして売り出そうとし、大きなチャンスを掴んだ矢先のあの出来事だった。

「兄さんの仕事はどうなの」

「毎日、世界じゅうを飛び回ってるよ。すぐにおまえに会いに来られなくて悪かった」

兄がイタリアに帰ってからアリタリア航空の上級客室乗務員になったことは知っていた。

「すごいね。アリタリアのパーサーか」

「東京でホテル・ボーイの見習いをやっている時に、必要があって英語を勉強した。必死で勉強したよ。ホテルの仕事が、おれにとってのダンスホールだったんだ。英語の勉強はやってみると面白かった。勉強しているうちに、おれは、小さい頃の夢を思い出した。飛行機に乗る仕事に就きたいってね」

そうだった。

ふたりでしのび込んだ、あの夜の遊園地で、悔しそうに飛行機を眺めていた兄を思い出した。

「ホテルの仕事は十分にうまく行っていた。このまま日本にいようか、どうしようか、ずいぶん迷ったよ。けど、結局、イタリアに帰ることに決めた。もっとしっかりと英語の勉強に打ち込もうと。それで、航空会社の試験を受けてパスした。英語の成績もさることながら、日本語ができる、ということが有利に働いたんだ。ただし、おれの場合、バルボンさんのおかげで、関西弁の日本語だけどな」

兄は笑った。

「バルボンさんは元気か」

「兄さんがイタリアに帰ってから、300盗塁と1000本安打を達成したよ。両方とも、日本でプレイした外国人選手で初めてだ」

「素晴らしい。ローマの空の下から、バルボンさんに乾杯しよう」

二人はグラスを合わせた。

「あれから、父さんの調子はどうだ」

兄は二年前の東京オリンピックの年に、再来日を果たしている。

新設された東京―ローマ便のチーフパーサーに抜擢(ばってき)されたのだ。

皇居の隣に新しくできたホテルのロビーで、父、ジルベルト・アリオッタと兄は再会した。

　父はただ一言だけ、「よくやった」と言ったきり、あとは言葉にならずに、ただ抱き合って泣いていたという。

「不思議なものだな。日本にいた頃は、一度も抱き合ったことなかったのに。あの時、父さんは、いつものように言葉は少なかったが、おれは肌で、父さんの喜びを感じられた。その時、今までのわだかまりが、全部、すうっと消えて行ったよ」

　兄は振り返る。

「ただ」

「ただ？」

「あの時、抱きしめた父さんの身体が、少し小さく感じられたんだ」

「それは、兄さんが大きくなったからだよ。日本にいた頃より、上背が伸びたように感じるもの」

「そうだといいんだけど」

「大丈夫。父さんは元気だよ」

　そう答えたものの、時々会う父には、最近疲れが見えていた。忙しすぎるんじゃないか、と母に言うと、放蕩息子がふたりで、そりゃ疲れるよ、と笑って答えた。そして、小声で、こう付け加えた。パパは、絶対に口に出して言わないけど、ほんとうは、おまえに宝塚の店を継いで欲しいんだよ。

母の言葉は意外だった。父の口からそのことを一度も聞いたことがない。父の性格からすれば、ほんとうにそう思っているなら、はっきりと口に出して言うはずだ。それに正直、継ぐ気はなかった。今は目の前の夢で頭がいっぱいだ。その夢も、自分の不覚で今は頓挫(とんざ)してしまったが。

「ところで、エリオ、これからおまえはどうするんだ」

「日本に帰りたい。帰って音楽をやりたい」

「音楽か。やっぱりそこも父さんの血を引いてるんだな。父さんは何と言ってる?」

「ローマでゆっくり自分の未来を考えろ、と」

「おれもその意見に賛成だ。おまえは子供の頃、船乗りになりたいって言ってたじゃないか。おれみたいに、世界じゅうを飛び回る人生も面白いぞ」

「ミュージシャンになっても、それはできる。ベンチャーズは世界じゅうを飛び回ってる」

「なかなか目標が高いね」

兄は時計を見た。

「昼メシはまだだろう」

エリオはうなずいた。

「いい店を知っている。食いに行こう」

リストランテはトレビの泉を通り過ぎたさらに先の、パレルモ通りの路地の中にあった。入ると店主らしき人物が兄を抱擁する。マルキジオです、とエリオに自己紹介して握手を求め、やはり抱擁した。

「この店は、若い頃の父さんが働いていたリストランテだよ」

そうだったのか。

「おれと母親がシチリアで生きている、と、日本にいる父さんに手紙で知らせてくれたのが、マルキジオさんだ」

「戦争中、お父さんと同じ船に乗っていて、今はローマに住んでいるカンナバーロさんが店にやってきて教えてくれたんだよ。その後の顛末(てんまつ)は全部ジュリアーノから聞いている。あなたがエリオだね。会えて嬉しいよ」

そう言ってマルキジオはまたエリオの身体を抱擁した。

「君たちが、こうしてふたり揃(そろ)って私の店にやって来てくれるなんて、まるで夢のようだ。ふたりとも、ジルの息子なんだね。今日はどうか、いっぱい食べてってくれ。私の奢(おご)りだ」

「ありがとう、マルキジオさん、では、メニューはお任せします」

「では、うちの自慢の料理を」

テーブルにたくさんの料理が並んだ。

マルキジオが説明してくれる。

「アンティパストは『ホロホロ鳥のテリーヌ』。ホロホロ鳥は古代ローマ人が愛した食材ですよ。野菜は『カルチョーフィのガーリック・ソテー』。やはり春のローマはカルチョーフィを召し上がっていただかないとね。

そしてパスタは『スパゲッティ・アマトリチャーナ』。ローマっ子はこのベーコンと挽(ひ)き肉(にく)とトマトソースのパスタが好きでしてね。名前はアマトリーチェという町の名前からきています。八月の最終週はローマのすぐそこの広場でスパゲッティ・アマトリチャーナ祭りが行われるぐらいです。

肉は『仔牛ロール肉の串焼き(ウッチェッリーニ・スカッパーティ)』です。そう、『逃げた小鳥』っていうんです。なんで肉料理なのに逃げた小鳥かって？　もともとは鳥料理だったのを、肉で代用して作ってるんで、ローマ人が冗談めかしてそう言ってるんです。

そして、日本人は、お米が好きでしょう。当店の自慢の『米のコロッケ(スップリ・アル・テレフォーノ)』です。なんで電話風(テレフォーノ)、というかと言えば、溶けたモッツァレッラが糸を引いて、電話のコードみたいだからです」

エリオとジュリアーノはマルキジオの腕によりをかけた料理に目を見張った。

そしてその命名の由来に感心した。

アマトリチャーナは宝塚の父親の店のメニューにもある。人気メニューのひとつだ。

しかし口にしてみると、父親の作るアマトリチャーナとは味が違う。

兄にそう言うと、彼もうなずいた。

「そうなんだ。おれも最初この店に来て食べた時にびっくりした。父さんの味と全然違う。父さんのはここまで味が濃厚じゃない。若い頃、ローマのこの店で働いてたんだから、本来なら似た味になっても不思議はないのにね。もちろん手に入る食材の違いはあるだろう。でも、それだけじゃないと思う。きっと父さんは、最初はアメリカ兵の口に合う味を研究し、それから日本人の口に合う味を必死になって研究したんだと思う」

きっとその通りだとエリオはうなずいた。

「今まで普通に宝塚で食べていた時には何も思わなかった。こんな遠いローマまで来て父さんの料理のことを考えるなんて、不思議だね」

「いや。ローマまで来たからこそ考えたんだ」

兄が言った。

「エリオ、おまえには、イタリア人と日本人の血が混じっているだろう。父さんの作る料理も同じだ。イタリア、アメリカ、日本。いろんな要素が混じっているからこそ、愛される。おまえも同じだ。だから面白いんだ。おまえは、みんなから愛される人間になれるんだ」

そんな風に言われたのは初めてだった。

料理はどれも美味（うま）かった。

デザートが出てきた後も、ジュリアーノとマルキジオと三人で話に花が咲いた。

三時間はいただろうか。

ふと時計を見て、こんなに遅くまですみませんとエリオはマルキジオに謝った。

マルキジオはキョトンとした顔をした。

「何言ってるんだ。料理はこうして時間をかけて食べるもんだ。日本は違うのか？」

また父の言葉を思い出した。

《いいか。エリオ。料理というのは、時間をかけて楽しく食べるもんだ。歌い出す料理に耳を傾けて、みんなで楽しい時間を食べるもんなんだ》

「そうだ。ちょっとお待ちください」

マルキジオが店の奥に引き込んで、また出てきた。

「ジルの若い頃の写真です」

写真の中で、おそらくはまだ十代の頃の父が、コック姿で腰に両手を当てて笑っている。

「エリオ、君にあげるよ」

エリオはマルキジオから写真を受け取り、兄と店を後にした。

兄はこれからローマ郊外に所用があるというので、ローマ中央駅まで歩き、それから列車が来るまでプラットフォームで一緒にいた。

列車を待つ間、兄は言った。

「とにかくこの一年、何かあったらいつでも連絡してきてくれ。おまえのためにすぐ飛んで行く」

「ありがとう」

「礼なんか言うな。兄弟じゃないか」

　エリオはなんとなく照れ臭くなって話題を変えた。

「兄さん、彼女はいるの？」

「ああ。もうすぐ結婚しようと思っている」

「覚えてる？　遊園地に忍び込んだ夜。熱帯魚をヅカ・ガールにプレゼントしただろ？　あれから彼女とはどうなったの？」

　ジュリアーノは爆笑した。

「おまえ、あれ、本気で信じてたのか？　バカだな。イタリアの不良少年が、清く正しく美しいヅカ・ガールなんかと付き合えるわけないだろ」

「じゃあ、あの熱帯魚は？」

「プレゼントしたよ。バルボンさんに」

「なんやねん！　それ！」

　思わず関西弁が飛び出した。

　列車がホームに入ってきた。列車に乗る前にジュリアーノは一冊の本をくれた。

　マルクス・アウレリウスの『自省録』という本だった。

「マッツォーラの伯父さんを知ってるだろ。おれが東京に行った時、伯父さんからもらった本だ。おれはもう全部覚えたほど読んだから、おまえにやるよ。何かの時に役に立つかもしれない」

そうしてふたりは握手をして別れた。

走り去る列車を見送って、エリオは駅を出た。

2

夜中にアパートメントでひとりでいる時、エリオはジュリアーノからもらった本を開いた。

多くの断章で成り立っており、日々の行いに対する自分への戒めから宇宙的な考察まで、内容は多様だった。中にはたった一行の簡潔なものや、ぶっきらぼうな感じのものもある。誰かに読んでもらおうとは想定せず、自分自身に向けて書いたものなのだろう。そこには厳しさと美しさがあった。そして力があった。読んでいる間、エリオの頭に浮かんだのは、音ひとつしない、静かな部屋だった。静かな部屋で、ひとりの男が瞑想(めいそう)にふけっている姿だった。

この本を読んでいる間、エリオの心の針もまた、内面に向いているのだった。

一箇所だけ、赤い線が引かれている箇所があった。

第十巻のエピグラフ二十二だった。


ここで生きているとすれば、もうよく慣れていることだ。

またよそへ行くとすれば、それは君のお望み通りだ。

また死ぬとすれば、君の使命を終えたわけだ。

以上のほかに何ものもない。

だから勇気を出せ。


傍線はマッツォーラが引いたものなのか、ジュリアーノが引いたものなのかはわからない。

千八百年前のローマに生きたひとりの男がおそらくは自分自身に発した言葉が、今、エリオの心にも響いた。

エリオは本を閉じ、キッチンに向かった。

夜食にブルスケッタを作ろうと思いついたのだ。

子供の頃、父がおやつ代わりによく作ってくれた。

パン切れをオーブンで五分間、途中で一度裏返してトーストする。ニンニクの皮を剝き、一かけをそれぞれのパンの片面にこすりつける。トマトを薄切りにしてパン切れに均等に置き、塩と胡椒、ケーパーと一緒にみじん切りにした残りのニンニクで味付けし、オリーブオイルをかける。それだけの軽食だ。

ひとりのテーブルでブルスケッタをかじっていると、ふとある人物のことが頭に浮かんだ。

ジュゼッペ・カンナバーロ。

戦争中、父が乗っていたリンドス号の同じ乗組員で、大砲の射手だった男だ。

彼は終戦の二年後にアメリカ経由でイタリアに帰っていた。父と仲が良かった彼はイタリアに帰ってから、父がかつて働いていたローマのレストランを訪ねている。それがきっかけになって、父は日本で死んだことになっており、シチリアで死んだと聞かされていた妻と子が、実は生きていたということがわかった。

先日兄と行ったレストランの店主が手紙でその事実を教えてくれたのだった。

店主のマルキジオは、彼は今もローマに住んでいる、と言っていた。

父と一緒に父の時代を生きた人々が、今、ローマに住んでいる。

彼は今、どんな人生を歩んでいるのか。

エリオはそれが知りたいと思った。

なぜそのような心持ちになったのか。

あの店で、まだローマにいた頃の父の写真を見たからだろうか。

マルクス・アウレリウスの箴言(しんげん)を読んだからだろうか。

深夜にひとり、ブルスケッタをかじったからだろうか。

とにかくその夜、何かがエリオの心の針をジュゼッペ・カンナバーロに向かわせたのだった。

エリオは再びマルキジオの店に行った。

カンナバーロさんのご住所をご存知ですか？

マルキジオは彼の住所を教えてくれた。

カンナバーロの家はローマ郊外のアパートの五階だった。

訪ねると、初老の夫婦が出迎えてくれた。

「初めまして。エリオ・アリオッタと申します。ジルベルト・アリオッタの息子です」

「こんなところまで、ようこそ訪ねてくださいました。こちらは妻のマリアです」

カンナバーロは恰幅（かっぷく）のいい紳士で、趣味のいい黒の背広を着こなしていた。水兵時代は「鉄の軍曹」と呼ばれていました、と強面（こわもて）の顔を崩して笑った。奥さんは小柄で水色の花柄のワンピースが似合っていた。

ポインセチアが飾られた日当たりのいいアパートのテラスで、三人は話した。

カンナバーロはイタリアが連合国軍に全面降伏した後の自分たちの去就について詳しく教えてくれた。船を自沈させ、日本軍の捕虜になったこと。その後、駐日イタリア名誉領事のアイディアによって、ヒトラーの支援で樹立したムッソリーニの『イタリア社会共和国』を支持する宣誓書にサインすることを条件に収容所から解放されたこと。その後日本軍に協力して船に乗った多くの仲間たちが米軍の攻撃で死んだこと。そして自分と数人の仲間は何とか日本の敗戦まで生き延びたこと……。父も自分が幼い頃に、同じことを話してくれたはずだ。父が感情の起伏を表さず静かに語るその話を、幼いエリオはどこかおとぎ話を聞くような感覚で受け取っていた。しかし父が兵役についた年齢に近くなった今、父以外の口からそれを聞くと、その事実は圧倒的な現実感を伴ってエリオの胸に迫ってきた。そして父が生きるか死ぬかの危機を何度もくぐり抜けた末、今、息子の自分がこうして生きていて、ローマの郊外の一室で、父の戦友と話をしているということの方が、逆に何か夢を見ているような感覚がして現実感が希薄だった。

カンナバーロは終戦二年後の一九四七年四月にアメリカ経由でイタリアに帰ってきたのだという。

エリオはカンナバーロに仲間が帰った後の父の人生と、父がジュリアーノを日本に引き取った後の顚末を語った。

「ジルの始めたあの店がうまく行くのはわかっていたよ。イタリアの男が成功する条件は、たったひとつだ。奥さんがしっかり者なこと。ジルは様々な幸運に恵まれたが、あの奥さんと出会って結婚したことがジルにとっての最大の幸運だ」

エリオはカンナバーロがあまりにゆいママのことを褒めるので、傍に座っている彼の奥さんに気兼ねした。しかし奥さんはその話をニコニコ笑って聞いている。

「妻と私とは、幼馴染（おさななじみ）の、いいなずけでね。私が六年ぶりにイタリアに帰ってきた時、妻は、泣いて喜んでくれたよ。それで、すぐに結婚した。妻は、ジルの奥さんより、ずっとしっかり者だがね。しかし、世の中には、何事にも例外というものがある。どんなに妻がしっかり者でも、どうにもならないことというものが、世の中にはあるんだ」

エリオは訊いていいものかどうか迷ったが、思い切って訊いてみた。

「カンナバーロさん、今、お仕事は？」

「なかなか、難しくてね。君も知っていると思うが、イタリアは一九四六年の国民投票で王政から共和制へと政治体制が激変した。われわれ乗組員たちは、あの捕虜収容所でムッソリーニを支持する宣誓書にサインしていた。でなければ、あの収容所で死ぬしかなかった。現実に、仲間は死んでいった。しかし、あの宣誓書にサインしたことで、私は新政府の役人から厳しく尋問された。日本で、なぜムッソリーニを支持する宣誓書を書いたのだ、とね。そしてファシスト政権にくみしたとして私は軍から追放され、軍を出てからもそれが後々まで問題視されて、祖国では不遇を強いられた。あの時署名した私の仲間の乗組員も皆同じだ。私は日雇いのいろんな仕事でしのぎながら、簿記を習って、今は何とか小さな貿易会社で糊口をしのいでいます」

カンナバーロの年齢は、おそらく父と同じぐらいだろう。

捕虜収容所を出るための一種の「踏み絵」が、彼らのその後の人生の重い鎖になったのだ。

「私たちの人生は、政治の変化に振り回されました。結局、日本に残ったジルが一番幸せだったのかもしれません」

エリオは何も言えなかった。

「いいえ。私たちは幸せです」

気まずい沈黙を破ったのは、奥さんだった。

　奥さんは微笑みながら言った。

「あの船で日本に行った大勢のイタリア人が、終わらぬ戦争に巻き込まれて命を落としました。でも、私の大好きな人は、生きて帰って来てくれたんですもの。そして、こうして、結婚できたんですもの。AMORE。それ以上の幸せがありますか」

　そろそろ潮時だった。丁寧に礼を言って席を立った。

「日本に帰ったら、ジルによろしくと」

「もちろん伝えます。ずっとお元気で」

「そうだ。もうひとつ、ぜひあなたにお願いがあります」

　カンナバーロがエリオに言った。

「何でしょう?」

「あなたがお越しになると聞いて、手紙を書きました。あの、日本の捕虜収容所でお世話になった看守長に宛てたものです。あの時、看守長が私たちが亀を獲ったりすることを許してくれなければ、私たちは生き延びていたかどうかわかりません。まだ元気でいらっしゃるならば、ぜひこの手紙を彼に。心から感謝の言葉をお伝えしたいのです。ただ、私は、イタリア語しか書けません」

「わかりました。差し支えなければ、私が訳して日本語に書き直しても構いませんか?帰国しましたら、消息を尋ねて、必ずお渡しします」

「アリガトウゴザイマス」

彼の最後の言葉は、日本語だった。

握手をして別れようとした時、カンナバーロの上着の襟元に光っているものがあることに気づいた。

海軍時代の従軍バッジだった。

カンナバーロの戦争は、まだ終わっていない。

3

夜中、ローマのアパートメントにひとりいる時、エリオは机に向かってノートを開く。

ローマに来てから、心に浮かんだことを書き留めているノートだ。

ノートは、自分なりの「自省録」のつもりだった。

頭に思い浮かぶ言葉のかけらを、そこに書き付けた。

ノートを付け出すと、ローマの街や人々を観察するのが面白くなってきた。不思議な精神作用だった。内面に向けた心の針が、外側に向き出したのだ。

夜のローマの街をひとりで歩く。

着飾った紳士や淑女。信号を待ちながら愛を囁(ささや)くカップル。サンドイッチマン。退屈げなタクシー運転手。刺青(いれずみ)を入れたダフ屋。街角に立つ女。演説をする者。ただ怒鳴っている男。かっぱらい。街灯の下のベンチで眠る老人。

生きるということの生身の姿がエリオの目の前にあった。

そこはまるで夜の動物園だった。

ひとりでリストランテやバールの片隅に座り、他の席で交わされる客たちの会話に耳を傾けた。

彼らの溜め息や笑い、息を潜めた声の中に、名もない人々の小さなドラマがあるのだった。

リストランテを出ると、帰り道に深夜まで開いている古書店が一軒あった。

なんという目的もなく、エリオはその店に入った。

うずたかく積まれた古書の山の片隅に、シチリアの写真集があった。

ずいぶん古い時代の、モノクロの写真集だった。

ページをめくる。

ジェーラの街の写真が三枚あった。

父の生まれ故郷だ。

一枚は、海辺の丘に建つ、風化した石造りの古い要塞の写真。

二枚目は古代の神殿の遺跡で、荒涼とした土地に一本の柱だけが空に向かって屹立していた。

そしてもう一枚は、港の桟橋の写真だった。

木造りの艀（はしけ）の上から、青年たちが海に飛び込んでいる。

三枚の写真には撮影された年が記されていた。

1931。

計算してみる。

父は十八歳だった。

この写真が撮られた年、今の自分とほぼ同じ年齢だったのだ。

父はこの風景を見ただろうか。見たに違いない。

桟橋から海に飛び込んでいる青年は、父ではないか。

エリオは写真集を置いて店を出た。

そして家に帰り、部屋の窓から見えるローマの夜を眺めた。

エリオは、まだずっと子供の頃に、父が言った言葉を思い出していた。

「おまえが五十歳を超えるまで、ジェーラには帰るな」

父はその理由を言わなかった。

ローマからシチリアまでは、飛行機に乗ってしまえば、一時間だ。ローマにいる今なら行こうと思えばいつでも行ける。

なぜ父は、自分の故郷には帰るな、と息子に言ったのだろう。子供の頃には漠然とした憧（あこが）れがあった父の故郷を、大人になってから考えたことは一度もなかった。ただその日の享楽を貪（むさぼ）るのに忙しく、あるいは音楽に没頭するのに忙しく、父が生まれた場所について思いを馳せる時間はいつのまにか消えていた。

マルキジオからもらった若い父の写真を取り出して見た。

子供の頃、父の鞄の中でまどろんでいた時の、あの懐かしい匂いがよみがえってきた。

それは父の故郷のシチリアの匂いなのだと勝手に思っていた。

あの懐かしい匂いが、飛行機でわずか一時間のところにある。

行ってみようか。

ふとそんな気になった。

翌日、旅行代理店にふらりと入った。そしてシチリア行きの航空券の手配をした。

しかし、結局エリオは飛行機には乗らなかった。

行くな、とだけ言われたのなら、あるいは自分は父の戒めを破ってシチリア行きの飛行機に乗ったかもしれない。

五十歳を超えるまで、という父の言葉が、エリオにブレーキをかけた。

五十歳を超えた未来と、今現在と、いったい何が変わるというのだろう。

エリオはその答えを待とうと思った。

家に帰り、ノートを開いた。

その夜、心のどこか奥から聞こえてくる声があった。

その声はずっと遠くから聞こえてくる声だった。

一音も聞き漏らすまいと、声が発する言葉をノートに記した。

ローマにいる間、エリオはそうしていくつもの詩をノートに書き付けた。

ノートが詩でいっぱいになった頃、季節が一巡りしていた。

4

羽田空港の空気は一年前とどこか変わっていた。

一年前、イタリアに渡ったあの日も今日と同じような肌寒い三月だった。

人の動きと様子が違って見えるのは、世の中自体がそう変わったのか、自分がイタリアという国で一年間を過ごしたことでそう見えるのか、エリオにはわからなかった。

とにかく何かが変わっていた。

空港ロビーではテレビのニュースが流れていた。

アメリカのジョンソン大統領が「ベトナムにおける北爆を停止することはない」と言明した、と伝えていた。

あい変わらず、世界は混乱に満ちていた。

東京駅に向かうバスの中で流れていた音楽はマイク眞木(まき)という歌手の『バラが咲いた』という歌だった。優しいギターのイントロでバラが咲いて淋しかった僕の庭が明るくなったと歌うそれは、いままでの日本の歌謡曲とどこか違っていた。

神戸駅に着くと、バンドのメンバーたちが出迎えに来てくれていた。

「あのヤクザは、別の組のヤクザを殺して服役中や。殺されたのがエリオでなくてよかったよ」

桐谷が言った。

船戸の姿が見えなかった。

「船戸さんは？」

「船戸さんは……テイクダーツを離れた」

「どういうこと？」

「この一年で、いろいろあってな。今から考えると、去年のビートルズの来日が、分かれ道やったな」

「ビートルズ？」

「船戸さん、ベンチャーズが来日した時にダーツのアンプを使わせて大成功したことがあったやろ？　ダーツ本社が船戸さんの手法を真似て、去年のビートルズの武道館公演で、ブルームーンズっていう東京で売り出し中のバンドにダーツの楽器とアンプを使わせて前座を務めさせたんや。そう。おれらがやったプロモーションバンドや。もし、エリオがイタリアに行かんかったら、ビートルズの前座は、おれらやったかもな」

ビートルズが昨年の六月に日本に来たことはイタリアにいたエリオも知っていた。

一九六六年のビートルズの世界ツアーはドイツから始まり、そのドイツツアーはイタリアでも大変なニュースになった。ドイツでの三日間のコンサートを終えて、次に彼らが向かったのが日本だったのだ。

エリオはあらためて、あの日自分がやったことの軽率さを悔いた。桐谷の言う通りだ。あの日、ヤクザを殴らなければ、ビートルズの前座はテイクダーツだったかもしれない。

「すみません。おれのせいで」

「いや。そんなことはええんや」

桐谷は元町の喫茶店で煙草をふかしながらエリオに説明する。

「実はエリオがイタリアに行った後ぐらいから、ダーツのギターの売れ行きに翳りが見えてきた。なんとか立て直そうとブルームーンズをプロモーションバンドとしてビートルズの前座に起用したんやが、目論見は大きく外れた。観客はキャーキャー騒ぐばっかりで、楽器なんかどうでもよかったんや」

桐谷は煙草の煙を高く天井に向けてふかした。

「ビートルズが何もかも変えたんや。彼らの来日で、みんな、歌を歌うバンドのカッコ良さに目覚めた。バンドの人気はエレキバンドから、ボーカルバンドに一気に流れた。おれの予測は当たってた。ところが、そこで、ファンたちの意識が変わった。ただただ楽器を弾いてるバンドが、かっこ悪う見えてきたんやな。長髪やの、そろいのユニフォームやの、ルックスやの、見た目重視のカワイ子ちゃん志向になったんや。若い男たちは髪の毛を伸ばし始めて、エレキを買わんようになった。おまけにフォークソングブームも起こって、今はエレキよりフォークギターがよう売れる。『バラが咲いた』、あの歌が世の中の空気を確実に変えた」

　エリオが空港で感じた変化というのは、これだったのかもしれない。日本を離れていた、たった一年で、時代は確実に変わっていた。人々の意識の変化が、風景の変化となって表れたのだ。

「ダーツは大量のエレキの在庫を抱えて、去年の末には不渡り手形を出す寸前まで追い詰められた。船戸さんは建て直しのために毎日奔走してはったけど、本社がそんなことになって、今は独立して頑張ってはる。ところが、テイクダーツの面倒を見る経済的余裕はなくなった。船戸さんは涙を流しながら、おれのところに『申し訳ない』と謝りに来たよ。船戸さんを恨んだらあかん。この一年で、世の中が変わったんや」

　船戸の優しい笑顔が浮かんだ。道半ばでテイクダーツを離れることになった船戸は、さぞ悔しかっただろう。

　ふと、京子のことを思い出した。

　ローマに行ってから、何度か国際電話をしたが、彼女の両親は一度も繫(つな)いでくれなかった。きっと今頃は、マッシュルームカットの男か、フォークギターを抱いた男と付き合っているのだろう。

「今、ベンチャーズはどうしてるんですか」

「『二人の銀座』やとか『君といつまでも』やとか、日本の歌謡曲を演奏してるよ」

信じられなかった。ベンチャーズが日本の歌謡曲を演奏するなんて。そういえば、彼らが宝塚の父の店に来た時、父や自分が歌った歌謡曲を、えらく気に入っていた……。

ベンチャーズを日本の歌謡曲に近づけたきっかけは、父があの夜に歌った『勘太郎月夜唄』だったかもしれない。

「それで、船戸さんが離れて、みんなは、今、どうしてるんですか」

「なんとかバンドのメンバーで力合わせて頑張ってる。それから、大阪のリードプロダクションの和田(わだ)さんていう人が、おれらをグループサウンズでデビューさせようと動いてくれてるんや」

「グループサウンズ？」

「知らんのか？　まあイタリアにおったんやから、無理もないか。残念ながら、もう演奏を売りにするベンチャーズの時代やない。カッコいいそろいのユニフォーム着て、ボーカルをつけて歌う。歌も自分らのオリジナル。それがグループサウンズや。ザ・スパイダース、ヴィレッジ・シンガーズ、ザ・ワイルド・ワンズ。大阪にファニーズってバンドがおったやろ。それが先月、ザ・タイガースと名前を変えてデビューしたばかりや。グループサウンズ期待の星やそうや」

ファニーズの名前はエリオも知っていた。全員京都出身のバンドで、『ナンバ一番』という大阪のジャズ喫茶によく出ていた。沢田研二(さわだけんじ)というハンサムがいて人気があった。しかしエリオがイタリアに渡る前、ファニーズはテイクダーツより格下のバンドだった。それが、今やグループサウンズの期待の星だというのだ。

「テイクダーツの演奏力は、文句なく日本のバンドのトップクラス。スパイダースやタイガースにひけはとらん。作曲はおれがなんとかする。自信はある。あとはボーカルや。和田さんは、早くボーカルを探せと急かすんやが、おれはエリオがローマから帰ってくるまで待ってくれと頼んでる。エリオ、おまえと一緒にやりたいというおれの気持ちは、一年前と何も変わってない。高中と小島の思いも同じや。エリオ。やってくれるよな」

「おれのこと、ほんまに待っててくれてたんですね」

声が詰まった。

「もちろん、やらせてほしいです」

桐谷も高中も小島も、エリオの手を握った。

「ただ、桐谷さん、わがまま言わせてもらっていいですか」

「なんや」

「ドラムは続けさせてほしい。ボーカルは、ドラムを叩きながらやりたいんです」

「それ、おもろいやないか」

桐谷が乗った。

「それからもうひとつ。ダーツの手を離れるんやったら、バンド名を、元に戻してほしい。もう一度、高中さんが考えた僕らのルーツの『キャニオンズ』の名前で出直したいんです。

「『キャニオンズ』、復活か?」

高中は声を弾ませ、立ち上がって拳を握った。

「ええ。沈んだ船を、また一から造り直しましょう」

5

キャニオンズのＧＳ（グループサウンズ）デビュー計画は、着々と進んだ。

その一方で桐谷は、関西じゅうのジャズ喫茶やダンスホールを回って次々に仕事を取った。

一ヶ月契約だとどうしてもバンドがダレるという桐谷の判断で、十日契約で次々に小屋を替えた。神戸の『キリン会館』『暁』『黒い真珠』はもちろん、大阪の『ナンバ一番』、京都の『田園』などだ。広島に遠征に行ったこともある。ダウンタウンズという四人組のバンドが人気で、オリジナル曲も十曲ほど持ち、ヤマハのコンテストに入賞したりしていた。吉田拓郎（よしだたくろう）というサイドギターとボーカルを担当している若い男が人気だった。

そうして実力のあるバンドと競い合い、技術を高め、オリジナル曲を増やし、夏頃にはデビューを果たすというのが桐谷の青写真だった。

アマチュアも入れれば関西だけでおよそ二百五十ほどのＧＳバンドが存在したが、プロとしての実力を持ち、レコードデビューを狙（ねら）えるバンドとなると、おそらく五指に満たないだろう。その筆頭がキャニオンズだった。

作詞作曲を担当する桐谷のオリジナル曲は評判がよかった。

ドラムがボーカルを担当するバンドはその時まだ他にどこにもなく、オリジナリティもあった。

しかし、このバンドには、今売れているスパイダースやタイガースなどに比べると、何かが足りない、とエリオは感じていた。

それは何だろうか。

たしかにドラムのボーカルはユニークで目を引く。しかし、それだけで通用するほど甘くはない。演奏の実力も関西では並ぶものはなかったが、東京でデビューを狙っているバンドに比べると、桐谷のギターは別格としても、特別図抜けているほどではない。

こんなことがあった。東京のテレビ局が、まだデビュー前の関東のグループサウンズと関西のグループサウンズを東西対決させようという企画を立てた。

関西代表で呼ばれたのがキャニオンズ。関東代表は埼玉出身のザ・テンプターズという五人組のバンドだった。スタジオで彼らの演奏を聴いて驚いた。自分たちよりはるかにレベルが高い。そして何よりまだ十六歳だというボーカルの萩原健一(はぎわらけんいち)に華があった。

彼らはほどなくレコードデビューを果たすだろう。それは間違いない。では、いったい自分たちはどうか。彼らにあって、自分たちにないものは何だろう。

それは、萩原健一の持つ華だ。

全国デビューして活躍するグループには、みんなボーカルにこの華があった。

タイガースの沢田研二。スパイダースの堺正章（さかいまさあき）、かまやつひろし、ワイルド・ワンズの鳥塚繁樹（とりづかしげき）。

いったい自分に、彼らと同じ華があるだろうか。

テンプターズに叩きのめされ、大阪に帰る新幹線の中で、エリオはその悩みを桐谷に打ち明けた。

「桐谷さん、もし、おれより、華のあるボーカルが見つかったら、遠慮なく、おれと入れ替えてください」

メンバーのボーカルだけをどこかから引き抜き、メンバーチェンジをしてレコードデビューを果たすバンドはよくあった。

桐谷の答えは早かった。

「エリオ、あほなこと言うな。おれたちは、同じ船に乗った仲間同士や。もう船は港を出てるんや。絶対にメンバーは入れ替えん。もし、このメンバーから誰かが欠けることがあったら、その時はバンドの解散の時や。たとえ和田さんが何と言うてきても、バンドマスターはおれや。それだけは、絶対に譲らん」

エリオは桐谷の言葉が嬉しかった。

しかし、何かが欲しかった。

テイクダーツにはない、新しく生まれ変わったキャニオンズだけが持つ、何かが。

6

キャニオンズが東京から帰ったちょうど一週間後だった。

エリオはその日の午後、三宮の喫茶店にいた。センター街から一本南に入った通りにあり、ダンスホール『暁』のオーナーが経営する店だ。二階が喫茶室で、一階がレコード店だった。他ではあまり置いていない洋楽のレコードが充実していて、神戸以外からも音楽好きが集まる店として有名だった。

エリオがコーヒーをすすっていると、階下から歌声が聞こえた。

『ソリチュード』という歌だった。

デューク・エリントンが作ったスローバラードの名曲だ。愛が冷めて捨てられた女が男のことを思い続ける切ない歌だ。エリオは黒人の女性歌手ニーナ・シモンが歌うこの歌が好きだった。しかし階下から聞こえる声は男性のものだ。ピアノの伴奏はなく、男がアカペラで歌っている。エリオが初めて聴く声だ。

そのブルージーな歌声に、エリオは心を奪われた。

その店は普段はレコードをかけず、客が試聴したいとリクエストした時だけレコードをかけていた。

これは誰のレコードだろう。そして、誰がこのレコードをかけたのだろう。

やがて『ソリチュード』の歌声が終わり、曲は『煙が目にしみる』に変わった。ナット・キング・コールが歌って一躍有名になったジャズのスタンダードだ。プラターズもリバイバル・ヒットさせている。しかし歌声はどちらのものでもない。

その時、エリオは気づいた。

この歌声は、レコードじゃない。誰かが階下で歌っているのだ。

いったい、誰が歌っているのだろう。

気になって階下に降りた。

階下には、レジ前の店員以外、客はひとりだけだった。

背の高い男だった。

歌はやはりレコードではなく、その男がアルバムを物色しながら歌っているのだった。

視線に気づいたのか、男は歌うのをやめて、エリオを一瞥(いちべつ)した。

「どうぞ。続けてください」

男は怪訝(けげん)な顔をしたが、目をジャケットに戻してまた歌いだした。

『煙が目にしみる』を男が最後まで歌い終えると、店内に沈黙が漂った。

「『ソリチュード』、『煙が目にしみる』、どちらもいい歌ですね」

エリオが声をかけた。

「ええ」

と男は短く答えた。

エリオはあらためて男の顔を見て、たじろいだ。

正面を向いた男の顔は美しかった。男のエリオが見ても見惚れるほどだった。

彫りが深いのだが、目元はどこか憂いを帯びて繊細な表情を浮かべていた。

年齢は自分より少し上だろう。

「エリオといいます。もしよろしければ、お名前を」

男は、しばらく逡巡したのち、答えた。

「ジェシーです。ジェシー小城原」

やはり、とエリオは思った。

彼には西洋人の血が流れている。

百八十センチ以上はある身長に、日本人離れした顔。そして何より、あのブルージーな歌声は日本人には出せない。

「僕の親父はイタリア人で、母が日本人」

「おれの親父はアメリカ人。母が日本人です」

微笑んだ表情にあどけなさが浮かんだ。

「年齢は？」

「十八」

驚いた。エリオよりふたつも下だった。

「今日、学校は？」

男は首を横に振った。

「よかったら、上で一緒にコーヒー飲もう。君に話したいことがある。まずは、君の話をゆっくり聞かせてほしい」

彼はためらっているようだった。

「僕もニーナ・シモンが好きなんや。そして、『煙が目にしみる』も」

そのひと言が効いた。

「オーケー」

ふたりは階段を上がった。


エリオはまず自分のことを話した。

父は戦争でイタリアから日本にやってきたこと。捕虜となった後、日本人の母と出会い、現在は宝塚で、ふたりでイタリア料理のレストランをやっていること。

「親父は、今も元気で働いてる。君のところは?」

ジェシーは何も言わず、首を横に振った。

「……亡くなったの?」

「知りません」

「知らない?」

「おれは……、父親の顔も、知りません」

ジェシーは窓の外を見た。

そして自分が生きてきた十八年を、静かに語り出した。

7

おれは、父親の顔も知りません。

父の名前だけは母から聞いて知っています。ルーカス。ニューヨークに近いペンシルヴァニア生まれだそうです。わかっているのはそれだけ。

軍人で、福岡の小倉ベースキャンプにいました。

母は、父のオンリーでした。そう、愛人です。

透き通るように色が白く、背が高く、息子の自分から見ても、とにかく美しい人でした。

しかし、母がおれを生む前に、父はもう、母との生活を捨てたそうです。

一九五〇年に朝鮮戦争が始まり、父は朝鮮に渡りました。

父のその後を、母もおれも知りません。

住んでいたのは小さな長屋です。おれが物心ついてからも、母はほとんど家にいませんでした。たまに帰ってきたら寂しくて母に抱きつくのですが、いつも酒の匂いと白粉(おしろい)の匂いと煙草の匂いがしていました。煙草はラッキーストライクが好きでいつも吸ってました。

ただ、母は、いつもやさしかった。夜遅くに帰っても、必ず何か、駄菓子かオモチャを、おれにくれました。せめてもの罪滅ぼしのつもりだったんでしょう。

おれは、ほとんどの時間を母の父と一緒に暮らしていました。祖父は、よくわかりませんが、行商のような仕事をしていました。祖父に手を引かれながら、どこか知らない街を一緒に歩いた記憶がかすかにあります。小さかったのでほとんど事情が飲み込めませんでしたが、祖父は薄暗い路地の片隅で何かを渡すのかもらうのかして、そそくさと、おれの手を引いて街を後にしました。よく覚えているのは、どこか崖の上に祖父とふたりで座って、高い煙突が立つ街を見下ろしながらおにぎりを食べたこと。なぜかその風景が今も頭の中に残っています。

小学校に上がってすぐ、母は突然、おれを連れて大分に引っ越しました。大分のヤクザの組長が、母に惚れて、囲ったのです。

住まいは大きな神社がある花街の近くで、やはり長屋でした。

男の背中に滝を登る鯉の刺青があったことだけをよく覚えています。

その男を父と思ったことは一度もありません。

夜、その男が家に来ると、おれはひとりで家を出ました。

夜の街で時間を潰しました。

商店街の奥まった外れに映画館があって、毎日、小屋の裏口から無賃で潜り込んでは映画を観ました。

昭和三十四年か五年ごろですかね。『鉄腕投手稲尾物語』って映画があって、稲尾は大分の別府出身ですから、映画館が立ち見も出て超満員だったのを覚えています。女子高校生役の星由里子が好きでした。笑うと、口の両側に小さな八重歯が見える。

母と同じでした。

貧しい漁師の息子がプロ野球選手になって成功する物語を見て、自分も中学に入ったら野球部に入って、高校で甲子園に出てプロ野球選手になって母を楽にしてやりたい。そうすれば、あの男とも縁が切れて、母とふたりだけで、もう何の苦労もせずに暮らせる。そんなことを真剣に考えてました。

夜の街には、流しをしているおじさんがいて、可愛がってくれました。戦争で南の島から命からがら故郷の福岡に帰ってきたら、家族全員、空襲にやられて死んでしまっていたと言っていました。亡くなった息子さんが、その時のおれと同じぐらいの年だったそうです。

客がいない時、神社の境内に座って、藤山一郎の『酒は涙か溜息か』を、よくひとりでギターを弾いて歌っていましたね。

「おれにギターば教えてくれんですか」

おれはある日、流しのおじさんに頼みました。

「弾きたい曲があるとです」

「弾きたい曲って、なんね？」

「『煙が目にしみる』」

「ほお、よか曲やね。ばってん、なんでそげん曲、弾きたいとね？」

「母が、好いとう曲です。機嫌が良か時に、よう口ずさんどります。もうすぐ母の誕生日ですけん、誕生日までにギターば覚えて、おれがこの曲を歌うてやりたかです」

「親孝行やなあ。よっしゃ。教えちゃろう」

　そうしておれはギターを覚えました。

　母親の誕生日。おれはおじさんからギターを借りて、母が帰ってくるのを家で待ちました。

　しかし、母は、いつまで待っても、帰ってきませんでした。

　仕方なく、夜中、ひとりの部屋の窓辺に座って、覚えたギターで『煙が目にしみる』を爪弾いていました。

　その時、ふっと、後ろから抱きしめる腕がありました。

　酒と、白粉と、ラッキーストライクの匂い。

　母の腕でした。

　母の細い腕に抱きしめられながら、おれは『煙が目にしみる』を歌いました。

　中学では希望通り野球部に入りました。しかし甲子園を目指すどころか野球はすぐに続けられなくなりました。傷害事件を起こして少年院に入ったんです。

　相手は街のチンピラで、むこうがちょっかいを出してきました。理由は、そいつがおれの母のことを知っていて、汚い言葉で嘲ったんです。

もう、身長はそのへんの大人以上ありましたから、ケンカは強かったんです。

相手は右腕を折って前歯が三本折れました。

少年院は一年ほどで出てきました。

ほとんど学校へも行かず、いつも家でぶらぶらしていました。

母が帰ってこない夜もありましたが、その頃には、もうなれっこになっていました。

するとある日、おそろしいことが起こりました。

組の者が何人かどやどやと長屋に押し入って来て、おれは、無理やりそいつらが乗ってきた車に押し込まれました。何がなんだかわかりません。理由を尋ねると、

「おまえのおふくろが、昨日、組の若い者と駆け落ちしたったい。親分が、おまえば連れてこいち、言いよる」

おれはその日から、組長の屋敷の中の松の木に縛り付けられました。

母親が駆け落ちしている行き先を、おまえは聞いているだろう。それを吐け、と。

おれは何も知りませんでした。母が駆け落ちしたこと自体、寝耳に水、でした。

口の割りようがありません。ただただ、知りません、ごめんなさい、と首を横に振ることしかできませんでした。思い切り殴られ、気を失うと水をかけられました。夜は放置され、木に縛り付けられたまま、朝を迎えました。

そんな朝を二度迎えた三日目の夜明け前、気を失っていたのか眠っていたのかわからな

いおれを揺り起こす人がありました。

組長には正妻がおり、その息子でした。

まったく血はつながっていませんが、義理の兄にあたります。

みんなは、清次兄ぃと呼んでました。

その清次兄ぃが、おれを見るに見かねたのでしょう。そのままなら、死んでもおかしくなかったですから。縄をほどいてくれたんです。

そして、おれに言うんです。

「おまえのおふくろは、大阪におるけん、いますぐ大阪行け。これはおれからの餞別やけん、とっといたらよか。ばってん、気ぃつけて行くんぞ。それから、これから何があっても、この街には二度と戻ってくるんやなかぞ。よかな」

おれは礼を言うのも忘れ、清次兄ぃがくれた財布だけを持って、駅に向かって走りました。

始発の電車に乗って小倉まで出て、山陽本線の鈍行に乗り換えて大阪に向かいました。

大阪駅に降り立った時は、もうとっくに日は暮れていて、街がくすんだ色の中で暗く浮かんでいたのをぼんやりと覚えてます。

昭和三十九年。もうすぐ十五歳になる春でした。

大阪の街で、母を探すつもりでした。

そして、確かめるつもりでした。

母は、やむにやまれず男に連れ去られ、いつかおれを迎えに来るつもりだったのか。それとも、おれを捨てたのか。

大阪で最初に働いたのは、船場にある古い理容所でした。住み込みの丁稚奉公(でっちぼうこう)です。見習い募集の貼り紙を見て飛び込みました。

床に落ちた髪の毛を掃いたり、タオルを洗ったり、鏡を磨いたり、そういうことしかできなくて、理容の技術を教えてもらえるわけでもなく、一ヶ月の給料が、三百円でした。うどん一杯食っても、五十円です。半年ほどで飛び出して東大阪で旋盤工になりました。朝早くから一日中働いて、夕日が沈む頃には鉄の粉が脇の下あたりまでびっしりと付いて身体がきらきらと光りました。

そうして仕事が終わった夜、母を探しにでかけました。

クラブやバーやキャバレーのある大阪のキタやミナミの街をあてもなくさまよいました。ギターが置いてある店があれば、店の人に頼んで、タダでギターを弾きながら歌わせてもらいました。

自分が歌う『煙が目にしみる』を聞いて、母が、その店のドアを開けてやってくるんじゃないか。あの夜のように。そんな、夢みたいなことを考えていました。

休みになると、ほうぼう出かけました。三宮や京都の歓楽街にも行きました。

もしかしたら色街にいるのかもしれないと思い、飛田(とびた)、松島、今里、神戸の福原あたりまで足を延ばして行ったこともあります。

もちろんお金がないので、歩くだけです。

十五歳でしたが、十分な大人に見えたのでよく客引きに声をかけられました。

「右と左と両方に小さな八重歯のある女の人、いませんか」

そう訊くとたいていは首を横に振りましたが、たまに「おるよ」と言う客引きがいました。会わせてくれ、と頼むと、金を払え、と言う。顔を見たら金を払う、と言うと、追い払われました。母に会いたい一心で、わずかながらの給料から貯めた金を払ったこともありました。客引きの言うことは全部嘘でした。

気が滅入ると、いつも通天閣のてっぺんに登りました。

そこから大阪の街を眺めました。

いま、おれが眺めているこの街のどこかに、母が生きている。

そう思うと、ほんの少しだけ心が安らぎました。

一度、顔を覚えられて親しくなった今里の客引きのばあさんに、あんたが探してる両方に小さな八重歯のある女やけど、別の客が生駒で見た、九州の大分から出てきたと言うてたで、と言うんです。そのばあさんは、信用できた。

教えてもらった生駒の宝山寺新地というところまで行きました。

近鉄の生駒駅からケーブルカーに乗って上がるのです。参詣用のケーブルカーです。途中の「宝山寺」で降りるとそこは山の中にぽつんとある駅でした。こんなところに色街があるのかと思いました。駅を出ると参道が延び、やがて寺に続く長い石段がありました。その脇に古びたアーチがあり、そこをくぐると色街でした。

料亭や旅館が建ち並んでいますが、不思議なことに客引きはいない。店の扉は開け放たれているけれど、店の人の姿は見えません。思い切ってその中の一軒に入り、すみません、と声をかけました。中から女将（おかみ）さんらしき人が出てきて部屋に上げてくれました。どこかに置屋があって、女の人はそこから呼ばれて店にやってくるようでした。

「両側に小さな八重歯のある女の人、いますか」

そう告げると、女将はすぐに要領を得て「へえ、少しお待ちを」と襖（ふすま）を閉めて部屋を出ていきました。

ちゃぶ台に瓶ビールが置かれた部屋で、おれは待ちました。

ここで母と会えるのか。

会うのが嬉しいというより、怖い気持ちの方が強かったです。襖の向こうから入ってくる女が、母であってほしいと思う気持ちと、そうでなければいいと思う気持ちが半々でした。

おれは襖に背を向けて座っていました。

実際には十五分かそこらだったでしょうが、おれには一時間にも二時間にも感じられました。

やがて襖の開く音がしました。

「こんばんは」

声ですぐにわかりました。

母ではない。

立ち上がって、女の顔も見ずに帰りました。

帰りのケーブルカーから、夜の街が見えました。通天閣のてっぺんから見るよりも、ずっと広く見えました。陽(ひ)はもうとっぷりと暮れ、無数の灯(あかり)が遠くまで闇のじゅうたんの上に敷き詰められていました。

母は今、どの灯の下にいるんかな。

そう思うと涙が出てきました。

そうして、三年、母を捜しました。

法善寺横丁の近くに『デューク』という、いい音楽をかける小さな喫茶店があって、母を捜すのに疲れると、よくそこで苦いコーヒーを飲みました。コーヒー一杯で一日じゅう粘っていてもマスターは嫌な顔ひとつせず、店にあるいろんなレコードをかけて聴かせてくれました。

たいていは、古いブルースやジャズのレコードでした。

そこで聴いた中に、ニーナ・シモンがデューク・エリントンの曲ばかりを歌ったアルバムがありました。ええ、さっきおれがここで見ていたアルバムです。

この中の『ソリチュード』という曲を、何度も何度も聴きました。

歌詞が身に沁みたんです。

孤独のなかで、あなたの面影が離れない
孤独のなかで、無限の闇につつまれる
孤独のなかで、神に祈る　私の愛を返して

男に捨てられた女の歌ですが、これは自分の歌だと思いました。今日は三宮まで、母を捜しにきました。レコード屋が目に入ったので、ふらっと入ったら、このレコードを見つけました。うれしくなって口ずさみました。それから、自然に母が好きだった『煙が目にしみる』が口をついて出ました。そうして歌っていると、あなたに声をかけられたんです。

†

この男は、どこか、ジュリアーノに似ている。
兄もまた、見失ってしまった愛情を求めて、彷徨していた。
エリオはそう考えた。

「それで、お母さんは、まだ見つからないんやな」

ジェシーはうなずいた。青色の瞳が沈んでいた。

「おまえのお母さんを見つける、いい方法が、ひとつある」

エリオの言葉に彼の瞳が光を帯びた。

「………」

「おれたちのバンドに入れ」

「えっ？」

「ギターは弾けるんやろ」

「いや……」

ジェシーは左の手をエリオに見せた。

人差し指の先が欠損していた。

「旋盤の仕事中に、飛ばしてしまいました。もう今は弾けません」

「そうか。それは残念なことしたな。けど、何の問題もない。おれが欲しいのは、おまえの声や」

「声？」

「ああ、ボーカルや」

ジェシーはまだ飲み込めない様子できょとんとしている。

「おれは、今、キャニオンズというバンドでドラムとボーカルを担当している。もうすぐレコードデビューする話がある。けど、売れるためには、何かが足らん。その足らん何かが、今日、おまえの声を聴いてわかった。その声や。その声がキャニオンズのバンドに欲しい。どうしても欲しい。どうや。やってみいへんか」

「……バンド？……ボーカル？……」

「ジェシー、おまえなら、できる。ルックスも声も百点満点や。今、活躍している、どのグループサウンズのボーカルよりも、かっこええで。あっと言う間にファンがつく。マスコミは絶対に飛びつく。それに、もうひとつ、マスコミが飛びつく材料がある。それは」

　エリオはたたみかける。

「おれらの血や。おれにはイタリア人の血、おまえにはアメリカ人の血が混じってる。ジェシー。混血、合いの子、はんぱ者。おまえもいろいろ言われてきたやろ。おれも言われてきた。それをこれからは逆に利用するんや。混血のボーカルで売るんや」

「でも、もうボーカルは、あなたがいるじゃないですか」

「ツイン・ボーカルや。混血のツイン・ボーカルや。それがまた話題になる。デビューしたら、今のタイガースみたいに、テレビにも出る。そうしたら、そのテレビを、おまえのお母さんも、きっと見るはずや」

　エリオはジェシーの瞳をじっと見つめた。

「もし……お母さんが、おまえに会いたいと思ってたら、必ず、おまえに会いに来る」

「母さんが……会いに来る……」

その時、突然、階下からレコードの鳴る音がした。

ニーナ・シモンの『アイ・ライク・ザ・サンライズ』という歌だ。

まるで讃美歌みたいな美しい歌だった。

「ニーナ・シモンの『夜明けのうた』や。もうすぐ、おれらの夜明けが、始まるで」

8

ジェシーは車座になったみんなの前でニーナ・シモンを歌い、ナット・キング・コールを歌った。

アップテンポの曲を歌ってくれ、と注文する和田に、チャック・ベリーの『ロックンロール・ミュージック』を歌った。

それが決め手になった。

ジェシーは旋盤の仕事を辞め、三宮のエリオの住処に転がり込んだ。そこはハイスクール時代の親友、李の父親が持つアパートメントで、神戸にいる外国人の息子たちが出入りしていた。どこか「解放区」のような自由さがあった。エリオたちは『三宮ハイツ』と呼んでいた。

戦後、日本を占領していた連合軍の一国、アメリカが代々木に作った住宅施設の『ワシントンハイツ』をもじったものだ。あちらは三年前の『東京オリンピック』にあわせて取り壊され、代々木競技場となった。

ジェシーとはこのアパートにいる半年間、ありとあらゆる話をした。そのほとんどは音楽の話だ。

時々はエリオはジェシーにドラムを教えた。左の人差し指の先を旋盤で飛ばして欠損しているのだが、スティックを持つのに支障はなく、むしろスティックを巻き込んで持つので独特の叩き方になった。ジェシーはエリオが舌を巻くほどリズム感が素晴らしかった。

「時々、ふるさとの夢を見る」

ジェシーがある夜にエリオに言った。

「子供の頃の夢。母親のいない長屋の狭い部屋にひとりでいると、太鼓の音が聞こえる。夏祭りの太鼓の音。小倉の祇園太鼓ね。太鼓の音は、祭りが始まるずっと前の日から、町じゅうに鳴り響く。昼も、夜もね。夜、その太鼓の音に惹かれて、街に出る。道路の脇に、大きな太鼓が置いてある。おれはその太鼓を叩きたくてしょうがない。けど、言い出せなくて、ただ、じっと見ている。すると、太鼓を叩いていた大人が、おれに撥を渡すんだ。おれは喜び勇んで、太鼓を叩く。しかし、叩いても叩いても、おれの叩く太鼓は、まるで音が鳴らない。絶望的な気分になる。周りの大人たちや子供たちが、おれを見てあざ笑っている。そんな夢」

「ふるさとに、帰りたいと思う？」

「まさか」ジェシーが笑う。「嫌な思い出しかない」

「父親のふるさとには、行ってみたいと思う？」

「顔も知らないのに？」

「ああ。ペンシルヴァニアって言うてたっけ」

「子供の頃、街のアメリカ兵をつかまえて訊いたことがある。ペンシルヴァニアって、どんなとこ？　彼は答えた。森と湖と、アナグマしか住んでないところ」

「親父さんはアナグマか」

「そうかも」ジェシーは笑った。

「おれはローマにいる時、一度、親父のふるさとに帰ろうと思ったことがある。シチリアのジェーラという街や。航空券まで買ったけど、結局、行かなかった」

「なんで？」

「時が、まだ満ちてない、と思った」

「時が、満ちてない？」

「想(おも)いが、満ちてない、というべきかな。時が満ちたとき、想いが満ちたとき、行ってみようと思う」

「なんのために？」

「親父が子供の頃、どんな風景を見ていたのか、おれが今の親父と同じ年齢になった頃、その風景が、どんなふうに見えるのかを見たい」

　エリオは机の引き出しからノートを取り出した。

「和田さんは、九月におれたちをデビューさせようと動いているらしい。レコード会社もあたりをつけてる。デビュー曲を早く仕上げろと桐谷さんにはせっついている」

エリオはノートを開いた。

「親父のふるさとに帰ろうとしてやめた夜に、こんな詞を書いたんや」

ジェシーはその詞に目を通した。

ため息はあの谷の風に預けろ
そして　いつか歩いて行こう
錆びたレールのずっと向こう
時が満ちるその日には
きっと言える
君がずっと好きだった

悲しい歌はもう歌わない
だから　いつか渡って行こう
波立つ水平線のずっと向こう
思いが満ちるその日には
きっと言える

君とずっと一緒にいたい

厚いコートを放（ほう）り投げ
きっと　いつか越えて行こう
オリーブの実のなるあの丘を
時が満ちるその日には
きっと言える
明日　君を迎えに行く

思いはるか
あの遠い日の約束
だから　旅立つその日まで
風よ　僕らに　海の歌を

忘れはしない
あの遠い日の約束
だから　旅立つその日まで
風よ　僕らに　海の歌を

「この詞、好きだな」

「ジェシー、この歌を歌ってくれ。いや、一緒に歌おう」

「……おれ、母親に会えるかな」

「会えるよ。この歌で、きっと会える。それがおまえと母親の、時が満ちるときなんや」


デビュー曲は『凪よ　僕らに　海の歌を』に決まった。

最初、和田は反対した。もっと恋愛色の強い歌詞でないとダメだという指摘だった。

それを押し切ったのは、桐谷だった。

「和田さん、これは立派な恋愛の歌ですよ。それに、おれ、この歌詞なら、ええ曲作れそうな気がするんです」

結局、桐谷のこの一言でゴーサインが出た。

実際、桐谷が持ってきた曲は、素晴らしいものだった。

「エリオ！　喜べ！　ものすごいええ曲ができたで！」

誰もが、この曲は売れると確信した。

高中も小島も喜んだ。

レコード録音は、九月二十七日と決まった。

キャニオンズが、ついにデビューを果たす。

エリオはまるで夢を見ているような、どこか信じられない気持ちだったが、和田がわざわざ手配して新調したレコードジャケット用の揃いのスーツに、桐谷と高中と小島、そしてジェシーと一緒に袖を通した時、ようやく実感が湧いた。

このレコードジャケットの写真を、ローマのジュリアーノに送ろう。

兄は褒めてくれるだろうか。

レコードジャケットの撮影中、エリオはずっとそのことを考えていた。

9

なぜ、よりによってこんな日に。

エリオは舌打ちした。

いよいよ明日、東京のフィリップスレコードのスタジオで、デビュー曲の録音をする。メンバーたちは録音を終えた明日から拠点を東京に移す。すでに雑誌の取材も何本か予定が入り、テレビ出演も決まっていた。

今夜は桐谷の知り合いの神戸の居酒屋でメンバーみんなが集まり、前祝いをすることになっていた。

そんな時に突然、宝塚の父、ジルベルトから電話がかかってきた。

「今夜は家に戻ってこい」

父は用件を言わなかった。

仕方なく、メンバーには今夜は参加するのが遅くなると連絡し、実家に戻った。用件を手短かに済まして、すぐに桐谷たちと合流するつもりだった。

家に帰るや、いったい何事かと父に訊いたエリオは、その答えに拍子抜けした。

「昨日、無花果の夢を見た。きっと何かが起こるから、気をつけなさい」

またその言い伝えか。エリオは心の中でもう一度、舌打ちした。

「はいはい。わかってます。十分気をつけます」

そう言って手を広げ、背中を向けた。

つい口に出た言葉と態度だが、ちょっと険があったかな、とエリオは少し後悔した。しかし父のその後の言葉はなかった。気になって振り向いた。

父も背中を向けていた。

ローマで聞いたジュリアーノの言葉を思い出した。

父の身体が、いつもより小さく見えた。

それは、無花果の夢を見て気落ちしているせいだけではないような気がした。

「東京へ行くための荷造りは済んだのか」

父が訊いた。

「今夜、アパートに戻ってやります。部屋は事務所が借りてくれているし、荷物は、そんなに多くないから、すぐにできます」

「ちょっと待ってろ」

父はゆっくりと二階に上がり、少しすると大きなものを抱えて降りてきた。子供の頃、中に入って微睡(まどろ)んでいた、あの黒革の鞄だった。

「これを持っていけ」

父は息子の前に大きな鞄を置いた。

「おまえの大事な旅立ちだ。ずっと大事にしてくれ」

どうしたのだろう。

ローマに行く時には、そんなことは言わなかった。

一年で帰ってきたが、そのまま帰ってこない可能性だってあった。父もそれはわかっていたはずだった。あの日と今日と、何が違うのだろう。

「お父さん、大げさじゃないですか。東京と宝塚なんか、イタリアと日本に比べたら、隣の家に行くようなものです。いつでも帰ってこられます。伊丹空港から宝塚の家まで、三十分で帰ってこられる。こんなに大きな旅行鞄は」

「いいから持って行きなさい。これは、アリオッタ家の守り神だ」

「わかりました。ありがとうございます。大事に使います。では、仲間が待っているので」

エリオは鞄を手に取った。

「ちょっと待ってくれないか」

父が呼び止めた。

「家の前で稯れる金木犀の花で作ったジャムがある。また季節が巡ったんだ。エリオ、せめて今日は、ゆいママと一緒に、ゆっくり家で食事して行ってくれないか」

これまでの父なら、有無を言わさず今夜は家にいろと言うはずだった。そうであれば、エリオは迷うことなく父の言葉を聞かずに家を出ただろう。父の口調はいつもよりずっと弱気だった。それがエリオの心をわずかながら揺らした。

エリオは迷った。仲間と一緒に祝杯をあげたいという気持ちの方が強かった。

しかし、結局、鞄を床に置いた。

それが、運命の分かれ目だった。

†

ジェシーは九月にしてはじっとりと身体にまとわりつくような夜風に吹かれて歩いていた。

阪急西灘駅近くの居酒屋を出ると、高架沿いの道に灯はほとんどなかった。

街はもう眠りについている。

随分と飲んだが、意識は覚めていた。

右側に桐谷と高中が並んで歩いていた。

ふたりは、何か熱心に話し込んでいる。小島は一時間ほど前に店を出て、先に帰った。
エリオは結局、やってこなかった。
遠くでパトカーのサイレンの鳴る音が聞こえていた。
サイレンの音はだんだん大きくなる。
ふとその方向に目をやった。何も見えない。
ジェシーは吸っていたラッキーストライクを道端に捨てた。
深夜一時を過ぎ、通りを走る車はほとんどなかった。
大きな道路の上を阪急電車の高架がまたいでいた。
闇の中に浮かぶ灰白色のアーチ橋を、ジェシーは美しいと思った。
横断歩道の信号が青に変わった。
ジェシーは歩き出す。
突然、アーチ橋の向こうから唸るような轟音が近づいてきた。
その瞬間、何者かに身体をドンと強く押された。
体勢を崩しながら、何かが革ジャンの右腕をかすめたのをはっきり感じた。
地面に叩きつけられながら視野の隅に映ったのは、宙に飛ばされた人間の身体だった。
赤いスポーツカーが急ブレーキをかけた直後、スピンして側道に激突して止まった。
横を歩いていたふたりの姿が見えなかった。
宙に飛ばされたのが桐谷と高中だったと気づいた時、目の前が真っ暗になった。

サイレンの音が最大限に大きくなり、やがて何も聞こえなくなった。

九月二十七日未明。三宮で婦女暴行事件を起こした男の車が逃走。信号無視を繰り返し、時速百二十キロ以上の速度で山手幹線を暴走した末、ふたりの男を撥ねて死亡させた。

桐谷と高中だった。

事故のことをエリオが知ったのは深夜の二時過ぎだった。

駆けつけた病院の待合室でジェシーは背中を丸めて座っていた。

「桐谷さんは？　高中さんは？」

ジェシーは、ただ首を横に振った。

「誰かが、誰かが、おれの背中を押した。それで……それで、おれは助かった。桐谷さんと、高中さんは……。おれの代わりに……」

泣きじゃくるジェシーの肩をエリオは抱いた。

そして一緒に泣いた。

ハイスクールのダンスパーティーで、初めてふたりに出会った、あの日の光景が蘇った。

桐谷の声が聞こえてきた。高中の顔が浮かんだ。

《エリオ、もう一回や》

《エリオ、あほなこと言うな。もう船は港を出てるんや。絶対にメンバーは入れ替えん》

《エリオ！　ものすごいええ曲ができたで！》

《おれ、武田尾が気に入った。新しいバンドが生まれた、この武田尾の渓谷にちなんで、『キャニオンズ』はどうや》

嗚咽だけが虚しく響く病院の待合室で、エリオはいつか父が言った言葉を思い出していた。

人生で、予想できることが、ひとつだけある。それは、予想もしないことが起こるということ……。

III

踊　る
Ballare

第八章　風よ 僕らに海の歌を

1

タラップから滑走路に降り立つと、柑橘系の香りが漂った。乗客の誰かがつけているコロンの香りか、シチリアの風の香りか、区別がつかなかった。

二〇〇九年に改装されたばかりというカターニャ空港は美しく、開放的なガラス張りのロビーにはシチリアの明るい光が降り注いでいる。

テレビではアメリカ大統領選の世論調査でクリントン氏がトランプ氏をリードしていると伝えている。

荷物をピックアップして振り返ればそこがゲートだった。

出口には「MASAYUKI様」とマジックで書いた紙を持った男が待っていた。

「はじめまして。ようこそシチリアへ。エリオの息子の大樹です」

マサユキは手を差し出す大樹と名乗る男の手を強く握った。

「マサユキです。お父様のエリオさんには、日本でいろいろとお話を伺いました」

「ええ。聞いています。祖母や、リンドス号の関係者の方々にもたくさんお会いになったそうですね。車の中でゆっくりお話を聞かせてください。早速、ジェーラの街に向かいましょう。祖父のふるさとです。ここから車で一時間と少しです」

　大樹の運転するフィアットはカターニャの市街地をあっという間に通り抜け、黄土色の岩肌をさらした乾いた大地が広がる丘陵地帯を走った。

「オリーブ畑。オレンジ畑。レモン畑。ぶどう畑。あとは荒野。そして青い空。ずっとこんな風景が、百キロほど続きます」

　大樹のｉＰｏｄから音楽が流れていた。ボブ・マーリーだ。

　その風景に、ボブ・マーリーの歌声はなぜか似合った。

「あの山は？」

「エトナ火山です。ヨーロッパで一番大きな活火山ですよ。頂に白い雪をたたえて、まるで富士山みたいでしょう」

　たしかになだらかに広がる均整のとれた裾野のシルエットは富士山そっくりだった。

　遠くに見える山頂の白と空の濃い青。道路脇のオレンジの葉の緑と果実の黄色。原色の風景がそこにあった。

「美しいですね」

「ええ。遠目から見ればね。しかし、近くに行くと、裾野には昔に噴火した溶岩に呑まれて潰れた民家がそのまま残っていますよ。十七世紀に噴火した時の溶岩です。シチリアの人たちは、あの山の下に巨人が閉じ込められている、と言っています」

「そういえば、イタリアの中部で起きた地震は、ちょうど一ヶ月前でしたね」

「イタリアは火山と地震の国。それも日本と同じです。あの地震で一番被害の大きかったのは、ローマから百キロほど離れたアマトリーチェという山間にある盆地の街で、パスタのアマトリチャーナの発祥の地です。祖父の自慢の料理のひとつでしたね」

マサユキは、宝塚の店までエリオに話を聞きに行った時、店に飾ってあったジルベルト・アリオッタの肖像写真を思い出した。

「お祖父さんのジルベルト・アリオッタさんが亡くなった時、大樹さんは……」

「ええ。まだ生まれていません。祖父は一九七四年、六十一歳で亡くなっています。私は一九八一年の生まれです。ですから生きていた頃の祖父は、知らないんです。でも不思議ですね。祖父のことは、祖母や父からたくさん話を聞いているので、自分にとっては、すごく身近な存在なんです。こんなこと言うと変に思われるかもしれませんが、いつも、私のそばにいるような気がするんです」

マサユキもまた、ジルベルト・アリオッタのことは、さまざまな人物が語る話を通してしか知らない。

ずっと追いかけてきた男の故郷が、もう、すぐそこにある。

フィアットは南西へひた走る。

開け放たれた窓からシチリアの風が吹く。

腰まで届こうかというマサユキのロングヘアが風に揺れる。

まっすぐに延びる舗装道路の脇には不思議な植物が生えていた。

ごつごつとした肉厚の、丸くて平たい葉。そこに赤や橙や黄色の実をつけていた。サボテンだった。シチリアにサボテンが生えているのか。マサユキは意外な気がした。よく見るとサボテンは道路脇のいたるところに生えているのだった。

カターニャの市街地を抜けると途中に街らしいものはほとんどなかったが、突然、洒落た庭付きの住居群が固まる広大な敷地が見えてきた。

「あれは？」

「アメリカ軍のベースハウジングですよ。兵士の家族たちが住んでいます。シチリアは今や、ヨーロッパにおけるアメリカ軍の重要な軍事拠点です。新しいレーダー施設の建設も予定されています。第二次世界大戦で、アメリカ軍がシチリアのジェーラの町に上陸してから、もう七十三年ですね」

「そして、リンドス号が神戸沖に沈み、ジルベルトさんが日本の土を初めて踏んでから、七十三年」

「そういうことになりますね」

マサユキはあらためてフィアットを運転する大樹の横顔を見た。

強い意志を感じさせる眼と、やや鉤鼻の高い鼻。その横顔は、祖父のジルベルトとも、父のエリオとも似ていた。彼の身体の中には四分の一、シチリア人の血が流れている。

「結局、大樹さんのお父さんのエリオさんは、ミュージシャンになる夢を諦めて、宝塚にあるお祖父さんのイタリアレストランを継いだんですね」

「ええ。マサユキさんも父から聞いたと思いますが、あの交通事故がきっかけです。よく思い切れたものだと思います。やはり、ずっと一緒にやってきたふたりの仲間を突然亡くしたことが、父の中で大きかったんでしょう。メンバーの誰かが抜けた時が、バンドの解散の時、とバンマスの桐谷さんはいつも言っていたそうですから。父はその言葉を守ったのでしょうね」

「それでも、お父さんは、すぐにはジルベルトさんの店を継がなかった」

「それから五年、大阪の北浜にあるイタリアの食料品とワインを扱う貿易会社に会社員として勤めていました。あくまで祖父は、自分の息子に、好きな道を歩ませたかったようです」

「それが突然、家に帰ることになった」

「一九七二年のことです。父のところに突然電話があった。帰ってきてほしい、と。父が祖父からそんな電話をもらったのは、あの交通事故のあった日以来のことです。その時、祖父は父に、初めて言ったそうです。おまえにその気があるなら、私の店を継いでくれないか、と」

「エリオさんはおいくつでしたか」

「二十五歳でした。祖父は、その頃には、自分に残された時間がもうそんなにないことが直感でわかっていたみたいです」

「ジルベルトさんの指導は、相当厳しかったようですね」

「私もその話はよく聞いています。祖父は父に料理を教える時は、イタリア語を使ったそうです。まずは見本を見せ、『Fai così（やってみろ）』、できなければ、完璧（かんぺき）にできるまで『Ancora（もう一回）』の繰り返し。料理ばかりでなく、料理人の心構えも徹底的に叩（たた）き込まれ、時には口だけでなく手が飛んできたと言ってました。たとえば、調理する時、熱い鍋（なべ）などを持つ時に火傷（やけど）を防ぐために、トーションというタオルを必ず腰につけているんですが、ある時、父がこのトーションをうっかり忘れて厨房（ちゅうぼう）に入ったことがあったそうです。その時、祖父は、息子の手を取って煮えたぎる鍋の表面に強く押し付けたといいます。手の皮がずるっと剝（む）け、懲りた父は、次の日、腰にトーションを十枚もつけて調理したそうです。そうやって料理の全（すべ）てを身をもって教えられたと言ってました。祖父は息子に自分の培ったものを託そうと、必死で教えたんだと思います」

「そうしてエリオさんが継いだ宝塚のレストランは、今とても繁盛していますね。お父さんにも料理の才能があったんですね」

「父も料理はもともと得意だったんですが、ドラムをやっていたことが、料理にも役立ったと言ってました。父曰く、調理で一番大切なのは、リズムなんだと。フライパンを振るリズム、パスタの湯を切る時のザルを振るリズム。それはドラムのスネアやシンバルを叩くリズムやタイミングと同じだと言うんです。たとえば包丁で何かを切るリズム。まずトントントントンと四ビートでリズムを取る。そうしてリズムに乗りながら、最後の仕上げは、トン、トンと必ず二回で決める。ドラムを叩いていた時も、最後は必ずスネアやシンバルを二回叩いて締める。リズムは調理人それぞれで違うんですが、自分の感覚に合ったリズムをいかに見つけるか。そこが分かれ目なんだと」

マサユキはうなずいた。

「それから、料理も音楽も、ある程度先からは、理屈ではない。自分の目と身体で覚えていくしかない。そこも同じだ、と父はよく言ってました」

「『美味しい料理は、歌い出す』が、ジルベルトさんの口癖だったそうですね」

「はい。そして父の口癖はこうでした。『美味しい料理は、踊り出す』」

「ジルベルトさんの魂は、エリオさんにしっかりと受け継がれていますね」

「父はある日、感慨深げに私に言いましたよ」

大樹は遠くの地平線を見つめながら言った。

「新しい船で漕ぎ出そうと懸命に探し続けてたどり着いたのは、結局、自分がいつもいた場所だった」

ボブ・マーリーが歌い続けていた。

荒地の中に、唐突に体育館のような大きな建物とにわか仕立ての簡素な住居が建ち並んでいるのが見えた。

「あれは?」

指差すマサユキに、大樹が答えた。

「アフリカからの難民の受け入れ施設です」

「難民の?」

「ええ。シチリアとアフリカは、地中海を挟んで目と鼻の先です。リビア、ソマリア、ガンビア、ナイジェリア、スーダン、それから、シリア……。リビアやチュニジアの北アフリカの港から、一度に何百人もの難民が、小さな船に押し込まれ、風と波に運命を託してイタリアやギリシャ目指してやってきます。彼らにとって、最も近いヨーロッパがシチリアです。そして、最も近いヨーロッパの街のひとつがジェーラです。たどり着く前に転覆する船も珍しくありません。多くの難民が命を落とします。その度にイタリア海軍の沿岸警備隊が救助に向かいます。そうして運よくシチリアにたどり着いた難民が、この施設に入れられています」

マサユキは大樹の父から聞いたジルベルトの話を思い出した。

神戸沖に沈みゆく船を脱出して、救命ボートで神戸の港を目指した。その時ジルベルトはボートの上で自らと仲間たちを励ますために、イタリアの故郷の歌を歌ったという。新天地を目指し、今にも転覆しそうな粗末な難民船の上で、彼らもまた故郷の歌を歌ったろうか。アフリカの歌を。シリアの歌を。

肌の浅黒いふたりの若者が並んで自転車を漕ぎながら道路を走っているのが見えた。その表情は明るかった。しかし、世界は今、彼らを拒絶する方向に動いている。

「旅立ち」を強いられた彼らが、まだ見ぬ土地で幸せを手にすることを祈らずにはいられなかった。

「皮肉なものですね。かつてはこのシチリアから、多くの人々が新たな夢と故郷を求めて海を渡った。そして今はこのシチリアに、同じ海を渡って新たな故郷を求める人々がやってくる」

「二十世紀を挟んだ五十年間に、四五〇万人ものイタリア人が移民としてアメリカに渡りました。その多くはシチリア人でした。そして今、シリアから四五〇万人が難民としてヨーロッパを目指しています。イタリアが人道的な見地から海を渡る彼らを救おうとしてきたのは、そんな歴史的背景もあると思います」

「海は、外へ出て行く者に開かれていると同時に、外から入ってくる者にも開かれているんですね」

「その通りです。昔からそうだったんですよ。食べ物の例で言いましょう。たとえば、お菓子。アーモンドや蜂蜜(はちみつ)、胡麻(ごま)、砂糖、オレンジやレモン、ピスタチオ、ジャスミン、シナモン、サフラン、どれもシチリアのお菓子の重要な材料ですが、全部ギリシャや北アフリカ、中東のアラブ世界から海を渡ってきた人々がシチリアに持ち込んだものばかりです。ジェラート、そう、アイスクリームもそうです。シチリアのお菓子は色彩が実に鮮やかですが、これも異郷者たちの影響です」

「料理もそうですか」

「もちろんです。乾燥パスタはシチリアが起源といわれていますが、そもそもはアラブ人が千年以上も昔にこの島に持ち込んだものだといわれています。ピッツアの起源もアラブです。そもそも、イタリア料理の根幹をなすトマトからして、新大陸から海を渡ってやってきたものです」

「料理は歌う。料理は踊る。そして、料理は海を越える」

「海を越えて、日本までやってきたシチリア人がいました。彼は、日本で恋をした。そうして、その国ではまだほとんど誰も知らなかったイタリアの料理を広めました。そして息子が生まれた。私の父です。そして、その息子の私が、今、シチリアで生きている」

マサユキが答える。

「そして、私の父は、あなたのお父さんによって、運命を変えられた。人生とは、不思議なものです」

二人を乗せたフィアットはいくつもの丘を越えた。

やがて大樹が前方を指差した。

「ほら、ジェーラの街が見えてきましたよ。私の祖父の故郷です」

2

それは意外な光景だった。

シチリアの青い空に、まったく似つかわしくない巨大な煙突が二本、天を突き刺すように屹立(きつりつ)している。煙突の下部には鉄とコンクリートで構築された工場群と丸いタンクが陽を浴びて銀色に光っている。

果樹畑とオリーブとアーモンドの木ばかりが広がる牧歌的な風景の中で、そこだけが異質な空気を放っていた。

「ジェーラの石油コンビナートです」

「石油コンビナート？」

「遠い国からやってきた旅人を出迎えるには、いささか唐突な風景ですね。あのコンビナートのすぐ向こうには、目の覚めるような、美しいシチリアの青い海が広がっているんですよ」

海沿いの巨大石油コンビナート。三重の四日市(よっかいち)のそれと似ているとマサユキは思った。

「シチリアにこんな石油コンビナートがあるなんて、正直、驚きました。お祖父さんの故郷のジェーラは、もっとのどかな街かと勝手に想像していました」

「私も、最初、この風景を見た時は驚きました。ジェーラの街に突然石油コンビナートができたのは戦後になってからです。近くに油田が発見されたんです。この地方は農業以外には産業のない貧しい地域でしたから、経済と雇用促進にはある程度貢献したでしょうね。しかし、その効果は限定的でした。一九五〇年代後半には再び、ジェーラの人々は仕事のある北イタリアの工業都市目指して、大量に移民しましたから。今、私たちが乗っているこのフィアットも、トリノに移民して工場で働くシチリアの人々が作ったんですよ」

「コンビナートができて、街は変わりましたか」

「いいえ。おそらく何も。ジェーラの現代的な風景は、ここだけです。それは、街に入ってみればわかります」

大樹の言う通りだった。

石油コンビナートの見える風景を横目に、車は坂を上ってジェーラの街の中に入る。まるで数世紀も前から時間が止まっているかのような風景がそこにあった。

磨り減った石畳の車道。鐘楼とイタリア独特の丸屋根、階段広場を持つ教会。石造りの小さな劇場。水汲み場や美しい街灯を持つ広場。

街路にはオレンジの樹が植えられ、橙色の実をたわわに実らせていた。

「ここが街の目抜き通りです」

目抜き通りにしては、人がほとんど歩いていない。

商店はほとんど扉を閉めていて、人影は小さなジェラートの店前に中年の婦人がふたり。

教会前の広場の木陰に集まって何やら話している老人たちが数人。強烈な日差しを浴びた教会の影が広場に濃い影を落としている。その風景もどこか現実離れして、うだるような暑さの中の幻のように見えた。イタリアのシュールレアリズムの画家、デ・キリコの絵をマサユキは思い出した。

「九月とはいえ、こちらではまだ真夏です。街の人々は、涼しくなる夕方にならないと外に出てきません」

　目抜き通りと交差する通りに目をやると、それらは例外なく傾斜が急な坂道で、北側の通りの向こうには果樹園と荒野が垣間見え、南側には海がほんの一瞬、視野をかすめた。

「ジェーラは人口およそ七万。シチリアでは、六番目に人口の多い街です。しかし、タオルミーナやシラクーザやパレルモなどの他の街のように、観光ガイドブックに載ることはありません。それがどんなに詳しい観光ガイドブックでもね。海辺の砂浜が美しいですから、夏になれば、島の人が車で海水浴に訪れる程度で、イタリア人でさえ、わざわざ半島からこの街を訪れる人はいません。しかし、私はこの街が好きなんです。昔ながらの、なんということのない普段着のシチリアの街が、そこにあるような気がするからです」

「観光名所のようなところはないんですか」

「ええ。この街にそんなものはありません。海と、丘と、果樹園と、人々が生活する古い街並みがあるだけ。ああ、そうだ。ひとつ、お見せしたいものがあります。ちょっと寄り道しましょうか」

　車は目抜き通りを少し逸れ、東側に眺望のひらけた崖の縁に停まった。少し歩くと、えぐれた地表に素焼きのレンガで築かれた遺構のようなものがあった。

「ギリシャ時代の廃墟（はいきょ）です」

「ギリシャ時代？」

「ええ。およそ二千七百年前です。その頃、シチリアにギリシャ人が大量に入植して、大いに繁栄しました。地中海に面した海沿いのこの街も例外ではありませんでした。ジェーラの街を作ったのは、ギリシャのクレタ島とロードス島からやってきた人々です」

　クレタ島もロードス島も、マサユキはどこかでその名を聞いたことがある。

「ロードス島のロードスという名の語源は、薔薇（ローズ）が咲き乱れている島だから、とか、太陽神（ヘリオス）が妖精『ロダ』に恋した島だからとか、いろいろ言われています。いずれにしても、ずいぶんとロマンチックなギリシャ人が、地中海を渡ってこの街を作ったんですね」

　枯れ草が地を這（は）う丘には、振り仰ぐほどの巨大な石柱が一本、大地に深く根を生やし天に向かって突き立っていた。

「ギリシャ時代の神殿の柱です」

　太古のエトナ山による噴火によって生まれたであろう凝灰岩で造られた円柱は、たった一本しか残っていないが故に、失われた屋根や壁や装飾を青空の中に想像させ、ひらけた野の中で粛然として美しかった。

　たった一本で空を支えているかのようだった。

　その柱の向こうには、石油コンビナートの二本の煙突が見える。

「ギリシャ時代の神殿の柱と、石油コンビナートの煙突が、二千七百年の時をまたいで、並んで立っている。そんな風景が見られるのは、世界でここだけでしょう」

三本の「柱」は、まるであらかじめそのように意匠されたかのように、風景の中に溶け込んでいた。

文明の曙光と黄昏が、同時にそこに佇んでいる。

マサユキにはそう見えた。

もうひとつ見せたい風景がある、とやってきたのは、ジェーラの街を車で抜け、人家や建物が途切れた海辺の丘の上だった。

ところどころに灌木が生えた風景の中に、真っ白な砂道が延びている。

行き止まりで車を降りた。

「ここから、ジェーラの街が一望できます」

目を見張る光景だった。

地中海が視野いっぱいに広がっている。

碧い海はコバルトブルーからエメラルドグリーンまで幾層ものグラデーションを描いて、降り注ぐ太陽の光を煌めかせていた。

水平線のすぐ向こうにはアフリカ大陸が横たわっているはずだった。

穏やかな波が洗う海岸線は白く弧を描いて東に伸びている。

海岸線から一気に勾配をあげて切り立った崖がせり上がり、そこに砦のようなジェーラの街があった。街は木々の緑に覆われていた。そして北側は再び崖となって、その向こうには、平野となだらかな丘陵がどこまでも続く。

ジェーラは海と大地に挟まれた、空に向かって屹立する街だった。

美しい。

長い航海を経た海上から見れば、その姿はいっそう魅力的に映っただろう。

遠い昔、地中海を旅したクレタやロードスの島の民が、この土地に惚れ込んで住み着いた気持ちがマサユキはわかるような気がした。

「近年、シチリア西部の漁師町の沖合で、偶然、二千年以上前の古代ギリシャのブロンズ像を漁師の網が引き揚げて、大きなニュースになりました。そのブロンズ像は『踊るサテュロス』というのです」

「『踊るサテュロス』?」

「ええ。独特のダンスを踊る自然の精霊です。両腕の取れたその像も、生き生きと踊る姿を見せていました。像が引き揚げられた漁師町は、祖父の友人の、あのマッツォーラさんの故郷なんです」

「二千年以上もの間、彼は海の底で踊り続けていたんですね」

「マッツォーラさんが生きていれば、喜んだでしょうね」

ふたりは微笑んだ。

大樹がすぐ近くの岬の先を指差した。

「あそこに古びた石造りの塔があるでしょう。もともとはアフリカからやってくるアラブ人の海賊たちを見つけるために、八世紀ごろに建てられた見張り塔です。五百年前に補強され、平和な世の中になってからは灯台として使われていました。登ってみましょう」

五百年もの間、海からの風にさらされ続けた塔の外階段はすっかり縁の角が取れて丸みを帯びていた。

階段を登るとそこは二階で、床の中央に巨大な穴が開いている。

海鳴りの音だろうか。あるいは風が巻く音だろうか。

轟々（ごうごう）という音が共鳴して穴から吹き上がってくる。

壁は無数の落書きで埋め尽くされていた。人の名前のようだ。AMOREの文字が目立つ。

手で触れるだけでボロボロと崩れ落ちそうだった。

さらに上へと続く階段を登ると屋上に出た。

丘の上で見るよりもさらに展（ひら）けた光景が眼前に広がった。

南風がマサユキの頬（ほお）をなぜた。

風には砂が混じっていた。

アフリカ大陸の砂が、海を越えて飛んできたのだった。

風の方向に目を凝らした。

そこにあったのは数千年も変わらぬはずの海だった。

「祖父やマッツォーラさんが七十年前、ここからおよそ一万キロ離れた日本で作った料理も、その一部は、ずっと昔、風と波に乗って、あの海の向こうからやってきたんですね」

「なんだか遥かな思いに駆られます」

「今から二十年ほど前、やはり、ここに立って、ずっとこの海を見つめていた男がいました。エリオ・アリオッタ。五十歳になった私の父です」

「エリオさんは、やはり、五十歳になるまで、ジェーラを訪れなかったんですね」

「ええ。父は祖父との約束を守りました。帰国してから、私に言いました。五十歳になって、この場所に立った時、初めて祖父が言った言葉の意味がわかった、と。一度、十九歳の時に、ジェーラに行こうとした。しかし、あの若かった頃にこの地に立っても、今、自分が抱いたような、胸を突き上げてくるような感情は湧かなかっただろう。人生の折り返し点を越えた時に、初めてわかることがある。初めて見える風景がある。あの海がそれを教えてくれた、と」

3

車は再び目抜き通りに戻り、ジェーラの街の迷路のように曲がりくねった小径を降りてゆく。

「外から来た敵が容易に街に入り込めないように、わざと道を入り組ませて作っているんです。三叉路が多いでしょう？　どの道も、一方向でなく、必ずふたつの方向に抜けられるようになっている。敵が来た時に逃げやすいように」

　大樹が説明する。一見気まぐれに造られたように見える路地も、そこには人が生き延びるための知恵があるのだった。狭い路地がさほど窮屈に感じられないのは、建物の白や黄色の外壁が太陽の光を乱反射して明るく感じさせるからだろう。

　バルコニーを突き出した古い民家が両側に迫る石畳の路地をすり抜けると、突然視界が開ける。

　栈橋が見えた。その向こうは碧い海である。

　車を停めて栈橋を渡る。

「第二次世界大戦でアメリカ軍が初めてシチリアに上陸したのが、この栈橋付近です。アメリカ軍は海上から大砲で爆弾を撃ち込んできましたから、ジェーラの工夫を凝らした迷路は、何の役にも立たなかったんですが」

　それは一九四三年の七月だ。第二次世界大戦の大きな転機になった連合軍のシチリア上陸作戦は、この場所から始まったのだ。

　大樹の祖父、ジルベルトはすでに島を離れ、イタリアの艦船に乗って日本近海にいた。

「故郷から遠く離れた南方の海上でアメリカ軍のシチリア上陸の知らせを聞いた祖父の心痛は、いかばかりだったでしょうか。故郷の海が血の色に染まるのを想像して、いてもたってもいられなかったんじゃないでしょうか」

　栈橋の下に広がる海はどこまでも碧い。

「ジルベルトさんにとっても、ここは思い出深い場所だったのでしょうね」

「おそらくね。ほら、あの桟橋の先で、子供たちが海に飛び込んで遊んでいるでしょう。祖父も同じように、子供の頃、ここから海に飛び込んで遊んでいたに違いありません」

　ふたりは桟橋の先に辿り着いた。

「マサユキさん、ちょっと振り返って、そこからジェーラの街を眺めてください」

　大樹に言われ、マサユキは振り返った。

「この風景、どこかに似ていると思いませんか」

　マサユキは思い当たらなかった。

「宝塚の街ですよ」

「宝塚？」

「はい。祖父がレストランを作った宝来橋の近くから、武庫川の右岸を眺めた時の風景と、とてもよく似ています」

　マサユキはあらためて、その風景を見た。海と浜の向こうに、急斜面にへばりつくようにして、家々が上へ上へと連なっている。

　大樹はポケットから古びた白黒写真を取り出した。

「戦後の宝塚の写真です」

　橋の向こうに、いくつもの家々が山の斜面に重なっている。今、目の前にある風景とそっくりだ。

写真の中の宝塚の風景は、若き日のジルベルト・アリオッタが見た風景に違いなかった。

「父は、シチリアから帰国してから私に言いました。あの栈橋に立って、ジェーラの街を眺めた時、なぜ祖父が、わざわざ宝塚のあの場所に自分のレストランを作ったのか、その理由が初めてわかった、と。祖父は、宝塚の街に、故郷のジェーラの面影を重ねていたんです」

「そして、あなたは」

「はい。私はこの栈橋のたもとに、レストランを作りました。祖父が宝塚に作った店と同じ名前、『リストランテ・アルモンデ』です」

4

ジェーラの栈橋のたもとの通りはクリストフォロ・コロンボ通りといった。

英語読みでは、クリストファー・コロンブス。イタリアのジェノヴァで生まれ、未知の海に船を漕ぎ出し、新大陸を発見したイタリア人の名前が冠せられている。

Via Cristoforo Colombo
通りのプレートは、栈橋からの道とフェニックスの街路樹が並ぶ海岸道路の角地に建つ、キャメル色の石造りの建物の壁に打ち込まれていた。

その横に伸びた緑のテントに、大樹の店の名前が白抜きの文字で書かれていた。

『RISTORANTE ALMONDE』


「ようこそ。『リストランテ・アルモンデ』へ。どうぞ、お座りになって旅の疲れを癒してください。何か冷たいお飲み物はいかがですか」

「この土地のワインを」

「かしこまりました。あるもんで、お出ししましょう」

大樹が店の奥に入った。

マサユキは海をのぞむテラス席に座った。

入り口の道路脇には赤紫色の花をつけたブーゲンビリアが伸びていた。真っ赤な花をつけているのはハイビスカスだ。素焼きの鉢には赤と緑のアンセリウムが植えられ、白い砂浜と美しいコントラストを見せていた。

店は清潔で、正午近くのシチリアの陽光が真っ白なテーブルクロスを光らせていた。

バーカウンターは高く、若草色のスツールが白いタイルとマッチしている。

テラス席にはマサユキ以外に日焼けした老人がひとり。ビールを飲みながら海を眺めている。黒い犬が陽だまりで寝そべっている。

シチリアの九月はまだ夏の残滓をとどめている。

桟橋のたもとの砂浜には数人の若者たちが海水浴を楽しんでいた。

砂浜には白いビーチパラソルが畳まれたままいくつも砂浜に突き立っている。古いイタリア映画でこのような風景を見たことがある。

人影はまばらだ。

シチリアの海沿いを車で走ればどこにでもある砂浜のひとつにすぎないのだろう。それでも大樹にとっては、世界でたったひとつ、ここにしかない特別な場所に違いなかった。

大樹がワインのボトルとグラスを提げてやってきた。

「コルパッソ・テッレ・シチリアーネ。ジェーラと、ヴィットーリアという街の間にある畑で穫れた土着のぶどう品種で作ったワインです。ちょうど今頃が収穫の時期ですね。もちろんすべて手摘みです。コルパッソのコルというのは、『丘』、パッソとは、『一歩』という意味です。つまり、コルパッソとは『丘の上への一歩』という意味です」

「いい名前ですね」

「ええ。まさにこの店でお出しするのにふさわしい名前です。店の前の道を一歩上がれば、そこがジェーラの丘ですから」

「そして、大樹さんは、この店で、人生という丘への一歩を踏み出した」

「ありがとうございます。乾杯しましょう。あ、その前に、紹介させてください。私の妻、早苗(さなえ)です」

ショートヘアの美しい女性がにこやかな笑顔を浮かべて立っていた。

り で、 芳醇(ほうじゅん)な味わいの余韻が残った。

「初めまして。マサユキです」

「大樹の妻の早苗です」

三人は座って乾杯した。

ワインはドライアプリコットやカシス、ナッツ、ペッパーなどが混じり合った複雑な香りで、芳醇(ほうじゅん)な味わいの余韻が残った。

大樹が早苗に言った。

「マサユキさんは、プロ・ミュージシャンなんだよ。ほら、おれの親父(おやじ)が若い頃、キャニオンズってバンド組んでいた時の仲間の……」

大樹の言葉が終わらぬうちに早苗が答えた。

「ジェシー小城原さんの息子さんですよね」

「父をご存知ですか」

「もちろん知っています。私も学生時代、大樹さんがギターを弾いていたバンドでキーボードを弾いていました。ジェシーさんといえば、今はもう伝説のロックバンドのドラマーとして、音楽をやっている人間で知らない人はいません。私は、ジェシーさんのドラムがとても好きでした。すごくピュアだし、スピリットがあるし。なんというか、ジェシーさんの叩くドラムの音には、色彩を感じました」

「私も、親父の叩くドラムが子供の頃から好きでした」

「ジェシーさんの奥さんもシンガーで、ふたりのお子さんもミュージシャンで……」

「ええ。兄貴は親父と同じでドラムを。ぼくはベースとボーカルをやってます。それぞれ別のバンドですが」

大樹が口を挟む。

「父はよく言ってましたよ。ジェシーに最初にドラムを教えたのは、おれだ、って」

「うちの父からも聞いたことがあります。最初にドラムを教えてくれたのは、今、宝塚でレストランをやってるエリオという人だって。キャニオンズでデビューする直前まで、ずっと一緒に住んでいたって」

「そう。そしてデビューする直前に、あの事故があったんですね。そして、うちの親父は、音楽をやめた」

「キャニオンズが事故で解散となった後、父のジェシーは東京に出て別のバンドに入ったんです。そして、ドラマーとしてプロデビューしたんです。何かのライブで、たまたま助っ人で叩いた父のドラムを聴いて、才能を見抜いた人がいたんです」

早苗が言った。

「ジェシーさんのバンドのCD、ほとんど持ってました。音楽はもちろんのこと、ジェシーさんはとてもかっこよかったですから。俳優もやってましたよね」

「三宮で最初に声をかけた父の目は、正しかったんですね」

「それがなければ、父の音楽人生はなかったかもしれない。そして、私の音楽人生も。人生は、ほんのちょっとしたことで変わるんですね」

「私も、父が祖父のレストランを継がずに別の道に進んでいれば、今、ここにはいないでしょうね」

「人生とは不思議なものです。このジェーラの街と同じように、無数の三叉路があります。右へ行くのか、左へ行くのか、それで人生は大きく変わるんですね」

「でも、どちらを選んでも、それは自分が選んだ道です。だから勇気を出して進めと、父はよく言っていましたね」

「なぜ、大樹さんは宝塚でなく、ここに店を？」

「さあ、なぜでしょうね」

大樹はワインを一口飲んでから答えた。

「もしかしたら、あの写真のせいでしょうか」

大樹は店の壁の中央に飾ってある大きな写真に目をやった。

ジルベルト・アリオッタの肖像写真だった。

宝塚の店の壁に飾ってあったのと同じ写真だ。

上等の背広を着こなし、上体をやや斜めに傾け、短い髪をきちんと整え、鼻の下に手入れされた口髭(くちひげ)を蓄えている。光を湛(たた)えたその目はどこか遠くを見つめている。

「私は、祖父のことをあの写真でしか知りません。でも、この写真の祖父の目が子供の頃から好きでした。父が初めて祖父のふるさとのジェーラを訪れた時、私は十六歳の高校生でした。父が帰国してから、桟橋から見るジェーラの街が、宝塚の街とよく似ていたと聞いて、自分もいつかその風景を見たいと思いました。大学に入ってから、アルバイトでお金を貯めて、ジェーラにやってきました。そして桟橋からあの風景を見ました。写真の中の祖父の瞳が見つめていたのは、あの桟橋から見上げたジェーラの街だったんだと思いました。その時ですね。いつか、ここで、祖父が名付けた名前と、同じ名前のレストランを開いてみたいと思ったのは」

大樹は写真の中の祖父を見つめる。

「大学を卒業してからは、父が継いだ宝塚の店で七年修業しました。ええ。父は厳しかったですね。若い頃の父が祖父に教えられたのと同じやり方でした。そして二十九歳の時、シチリアにやってきました。もうここに来て、六年になります」

「六年。もうすっかり、街に溶け込んでいますね」

「そうだと嬉しいです」

「結局、ジルベルトさんは、日本に来てからは、一度もジェーラには帰らなかったんですね」

「はい。祖父は一度も帰りませんでした。でも私は、今、ここに、祖父がいるような気がします」

大樹は祖父の写真の下に視線を移した。

そこにあったのは、大きな黒革の鞄だった。

「シチリアに旅立つ時に、父が私に譲ってくれたんです。『この鞄を持って行け。そして、海の見えるところに置いておけ』」

　昼下がりの陽射しを受け、ひなたぼっこをするようにやわらかな艶を放って佇んでいる。

　海からの風が店の中に吹きこんだ。

　無数の傷がついた黒革の鞄の表面を、風がそっと撫でて通り過ぎた。

　ことん、と、鞄が微かな音を立てたような気がした。


「お店のモットーとして心掛けていることが、ひとつだけあります」

　大樹が笑顔で言った。

「それは今からちょうど七十年前に、祖父が考えたものと、まったく変わりありません。『あるもんで作る』。その日このシチリアで手に入る食材だけを工夫して毎日のメニューを考えます。でもそれは、シチリアのリストランテでは、どこでもやっている当たり前のことだったんです」

「シチリアの『あるもんで』作る」

「ええ。しかし、そうしてシチリアの食材を使っても、私が作る料理は、他のシチリアのリストランテの味とは違います。たとえばミートボール・スパゲッティです。シチリアでは、なにか祝いごとがある日のパスタの具材として、ミートボールを使うことがよくあります。馴染みのあるメニューです。こちらのミートボールには、アーモンドが入ってるんです。しかし、私が作るミートボールの中には、パセリが入っています。シチリアのそれとは違うものです。もちろんアメリカのそれとも違います。そこには、祖父と父とがこれまで築き上げてきた、日本産イタリア料理の味の遺伝子が引き継がれているんです。それでも、このミートボール・スパゲッティも、シチリアの人々の好みに合わせていくうちに、また変化していくでしょう。料理とは、そういうものだと思います」

音楽にも似たところがある、とマサユキは思った。

「日本で培った私のイタリア料理が、祖父の故郷、シチリアに里帰りして、これからどのように変化していくのか、私自身、楽しみです」

「日本人がやっているということで、この店にやってくる地元の人たちは、他の店にはない料理を食べたがりませんか」

「ええ。いろいろと工夫しています。たとえば、マグロはシチリアではありきたりな食材です。イタリア本土よりはるかに新鮮なマグロが手に入りますから、生で食べることも多い。うちの店ではそれをカルパッチョ風にして出すんです。日本では肉やマグロ、サーモンなどの刺身を薄切りにして食べる料理を全部カルパッチョと呼んで、今や当たり前のメニューですが、イタリアでカルパッチョといえば、牛のフィレの生肉を薄切りにしてオリーブオイルで味付けしたものしかありません」

「じゃあ魚のカルパッチョって、イタリアじゃありえないんだ」

「カルパッチョというのは、中世イタリアの有名な画家の名前です。強烈な赤の色使いが印象的な画家なので、赤身のフィレの生肉のこの料理をカルパッチョと呼ぶようになったんです」

「そうなんですか」

「魚のカルパッチョは日本で生まれたオリジナルの料理なんです。ですから、マグロと一緒にシチリアの野菜、たとえばルーコラや、柔らかい葉野菜のテネルミ、ペペローネ、ベビーリーフなんかをふんだんに使ったサラダをあしらってカルパッチョ風にして出すと、シチリアの人にとっては新鮮に映るんです。少し炙って胡麻をまぶして食べても美味しい。胡麻はアフリカからシチリアに伝わって、ヨーロッパに広まった食材です。ニンニクやオリーブオイルで薄く下味はつけますが、ソースもドレッシングも使いません。食べる直前にレモンを垂らすだけです。そうして『あるもんで』工夫して、島の人たちに喜んでもらえるのが楽しいんです」

「大樹さんの料理を是非いただきたいですね」

「ちょうどお昼時ですね。祖父から受け継いだ自慢の料理はいかがですか」

「ではそれを」

「かしこまりました」

出てきた料理は「イワシのパスタ」だった。

「『イワシのパスタ、アリオッタ風』。イワシのパスタは昔からシチリアにありましたが、これは祖父が姫路の捕虜収容所時代に、仲間のマッツォーラさんと一緒に鰯雲を眺めながら考えた料理です。パスタの種類はソースが絡みやすい穴の空いたブカティーニ。一緒に合わせる野菜はウイキョウ。ウイキョウの葉は固いので下茹(したゆ)でするんですが、茹でると不思議なことに、海藻のような風味が香り立つんです」

マサユキはイワシのパスタを口に運んだ。

あの岬の上の見張り塔に吹いていた風の匂いがした。それはシチリアの海の香りに違いなかった。

「マサユキさん、空を見上げてみてください」

テラスから空を見上げた。

どこまでも碧いシチリアの海の上に浮かんでいたのは、真っ白な海の香りのする鰯雲だった。

「さあ、ではデザートをお出ししましょう。この日のための特別なデザートを」

「特別なデザート？」

「今日は、九月二十六日ですね。アリオッタ家では、九月二十六日は、特別な日です。

祖父のジルベルトが捕虜収容所に入ったのが一九四三年の九月二十六日。

進駐軍が初めて宝塚に入った日が一九四五年の九月二十六日。

そして宝塚では決まって毎年九月二十六日に、金木犀(きんもくせい)の香りが一斉に漂うんですよ。祖父はその香りがとても好きでした。宝塚にイタリアレストランを開店してから毎年、この日になると、店の前に咲く金木犀の花をジャムにしたものを家族やお客さんに振る舞ったそうです。そこで、今日も、金木犀のジャムをお出ししたいところなんですが、残念ながら、シチリアに金木犀の木はありません。そこで、別のジャムをお出しします」

そう言って大樹が取り出したのは、小さな瓶だった。中にはどぎつい赤紫色の透明なものが入っている。大樹が瓶の蓋を開け、スプーンですくってマサユキに差し出す。

「どうぞ」

口に入れる。不思議な食感だ。味もこれまで経験したことのない未知のものだった。

スイカとアロエときゅうりを混ぜたような味。

見た目のどぎつさとは裏腹に、それは喉元を過ぎればもう記憶から消えてしまいそうな、儚い味だった。香りは全く違うが、どこか金木犀の切なさに通じるところがあった。

「これは?」

「無花果です」

「無花果?」

「ええ。マサユキさんも父からお聞きになったでしょう。アリオッタ家に代々伝わる古い言い伝え。『無花果の夢を見たら気をつけろ』」

「聞きました。不思議な言い伝えですよね。何か意味があるんでしょうか」

「私も子供の頃、不思議に思って父に理由を尋ねました。しかし父は答えられませんでした。シチリアに来てからもいろんな人に訊いてみましたが、この言い伝えを知っている人には出会えませんでした。結局、言い伝えの謂れはわからなかったんですが、ひとつ、別のことがわかりました」

「なんでしょうか」

「シチリアには、われわれ日本人が知っているあの無花果とは別に、もうひとつ無花果があるんです。地元の人が『フィーキ・ディンディア』と呼んでいる『インド無花果』です」

「インド無花果？」

「ええ。コロンブスが新大陸を発見した際にヨーロッパに持ち込まれたもので、当時新大陸はインドと思われていましたから、インド無花果と呼ばれているのです。正確にはこれは無花果ではなく、サボテンなんです。ちょうど今の季節、夏の終わりになると、うちわのように平たくて丸い肉厚の葉のような部分に、一斉にたんこぶのような赤い実がなりますね」

　ああ、あれか、とマサユキは思い出した。

　空港からジェーラに来る途中、道路沿いにたくさん生えていた、あのサボテンだ。

「皮をむくと本当に無花果そっくりです。シチリアではこちらの無花果の方がはるかに一般的で、特に島の南東部、このジェーラ付近に多く生えます。シチリアの夏の終わりの青空に、サボテンの緑、そして果実の赤がとても映えます。地元の人は、この季節になるとみんな注意深く棘（とげ）を取って、生で食べます。祖父が言っていた『無花果』というのは、おそらくジェーラの人々が馴染んでいたこのインド無花果ではないでしょうか。いえ。ほんとうのところはどうかわかりません。でも私には、新大陸からはるか海を渡ってこの地に根付いたこの幻想的な植物こそが、祖父の言い伝えにふさわしいような気がするんです。そこで、私は、金木犀の代わりに、ちょうど日本の金木犀と同じ時期にこの土地に『あるもんで』作りました。インド無花果のジャムです」

マサユキはもう一度、スプーンを瓶の口に入れてジャムをすくい、口の中に入れた。

九月の終わり、シチリアの『リストランテ・アルモンデ』では、この儚いジャムの香りが秋の訪れを告げるのだろう。

「自分の孫が、故郷で無花果のジャムを作っていることを知ったら、ジルベルトさんはどう思うでしょうね」

マサユキの問いに大樹が答えた。

「さあ、それはわかりません。苦笑いするでしょうか。ウインクするでしょうか。ただ、私は思うんです。『無花果の夢を見たら気をつけろ』。祖父はこの夢を見るたびに、大変なことが起こると警戒しました。そして実際、大きな出来事が起きました。乗っていた船の沈没、死んだはずの息子が生きていたという知らせ。父や祖母からその話は聞いています。でもそれは、よく考えてみれば、悪いことばかりではありませんでした。船が沈んだからこそ祖父は日本で別の人生に出会えた。生きていた息子と再会を果たし、和解できた。

凶報は、吉報でもある。人生とは、そんなものじゃないでしょうか」

マサユキは無花果のジャムの入った瓶を手にとって、太陽に透かしてみた。

シチリアの太陽の光がザクロ色のジャムの中で煌めいた。

その時、マサユキの手が滑った。

瓶はマサユキの指をするりと抜け、床に落ちた。

ガチャン！　と大きな音がして瓶は割れ、白い床に真っ赤な果実の汁が血のように飛び散った。

寝そべっていた犬が音に驚いてビクッと飛び起きた。

「ごめんなさい！」

マサユキは反射的に謝った。

その瞬間だった。

「アッレグリーア！」

ビールを飲んでいた老人がマサユキに声をかけた。

マサユキにはその意味がわからない。大樹の顔を見る。

「なんて言ったんですか？」

大樹が答えた。

「陽気にしてくれてありがとう。誰かが皿やグラスを落とした時に、イタリア人が必ず言う感謝の言葉です。イタリア人は、そうして生きてきたんです」

マサユキと目の合った老人がウインクした。

5

マサユキはひとりで桟橋に出た。

岬の先に沈もうとする夕陽が小さく見えた。

夕陽は空を薄薔薇色(うすばらいろ)に染め上げていた。穏やかな海がその残影を映している。

すべてがぼんやりとした暮れなずむ風景の中で、海岸通りに並ぶ椰子(やし)の木のシルエットだけが切り絵のようにくっきりと黒く浮かび上がっていた。

遊ぶ者のいなくなった砂浜に、ビーチバレーのネットが潮風に揺れている。

マサユキは桟橋から砂浜に降り、流木に腰掛けて海を眺めた。

「シチリアの夕陽は美しいですね」

誰かが日本語で話しかけた。聞き覚えのある声だ。

エリオ・アリオッタだった。

「エリオさん。おいででしたか」

「私は午後の便でシチリアに着きました」

エリオはマサユキの横に腰掛けた。

そして、右手を砂浜に伸ばし、砂をすくった。

「シチリアに来たのは、二度目です。五十歳になって初めて来た時、飛行機のタラップを降りた私は、思わずその場で右の掌を、地面につけました。かつて父が生きた土地を、踏みしめるだけでなく、自分の、この手で、触ってみたかったんです」

　エリオの指の間から、細かな砂がさらさらとこぼれる。

　父と子の築いた時間が、故郷の砂浜に静かに降り落ちた。

「あなたが、私の宝塚の店に初めておいでになったのは、ちょうど一年前でしたね」

「はい。それが、私の旅の始まりでした」

「あの時は、びっくりしましたよ。ジェシーの息子さんが、私に話を聞きたいと言ってきたんですから」

「すべては、父が遺した、このノートから始まった旅でした」

　マサユキはショルダーバッグから、一冊のノートを取り出した。

「父の創作ノートです。父は自分のバンドで歌の作詞もしていましたから、作詞のヒントとなる言葉の断片なんかを書き綴っていたんですね。父は四年前に亡くなったんですが、昨年、父の本を整理していた時に、本棚の奥から出てきたんです。そこに、エリオさんの名前とともに、あの歌が書きつけてあった」

「『凪よ　僕らに　海の歌を』」

「はい」

　エリオは微笑んだ。

「私が若い頃に作った詞です」

「私はこの歌詞に聞き覚えがありました。私が幼い頃、父が時々、口ずさんでいたからです。父が、私にこう言ったのも、覚えています。『パパは、この歌でデビューするはずだったんだよ』」

エリオが空を仰いで呟いた。

「不幸な事故でした」

「ええ。その事故のことも子供の頃、父から聞いていました。深夜、あの道路で、誰かがおれの身体を押したんだ。だからおれは助かったんだ、と、父は何度も語っていました。偶然見つけたこのノートが、そんな幼い頃の記憶を呼び覚ましてくれたんです」

「もう、五十年も前に作った私の詞が、ジェシーのノートに……」

「はい。そしてこの詞の脇には、父の字で、こんな添え書きがあったんです。

エリオ・アリオッタが
父の故郷を思って作ったうた。
一九六六　夏

私は、私が生まれる二十年も前に、父と関わりのあったこのエリオ・アリオッタという人物のことを調べてみようと思いました。名前だけなら、あるいはそんな気持ちは起こらなかったかもしれません。ただ、そこにあった『父の故郷を思って作ったうた』というのが、私の心のどこか奥深くを突き動かしたんです。私の父は日本で生まれましたが、祖父はアメリカ人でした。戦争で日本にやってきたんです。いつもどこかに、父のルーツを知りたいという思いがありました。結局、それはあまりにも情報が少なすぎて叶わなかったのですが……。私はこの『父の故郷』という言葉に、そんな私の思いを重ねていたのかもしれません」

「そうして、マサユキさんは、私のところへやってきた」

「私は、あなたの作ったこの歌を、父が歌わなかったこの歌を歌ってみたい。ただ歌うだけでなく、作品にして発表したい。そう思いました。ただそのためには、この詞の背景を、もっとちゃんと知らなくてはならない。でなければ、この歌のほんとうの意味を理解したことにはならない。そう思ったんです」

「私とジェシーとの関係ばかりでなく、私の父、ジルベルト・アリオッタのことにも興味を抱いてくださいましたね」

「はい。話を伺っているうちに、どんどん興味が湧いてきて、ジルベルトさんと、ジルベルトさんが乗っていたリンドス号のことも、もっと詳しく調べてみようと思いました。そしてエリオさんのお母様でジルベルトさんの奥様のゆいさんにもお話を伺いました。さらに関係者の方々をあたりました。なにせ、もう七十年余りも前の話です。ほとんどの方は亡くなっていましたが、福岡にお住まいのリンドス号の乗組員仲間の元日本兵の方や、宝塚のお店の創業当時のお客様に、当時のお話を伺うことができました。イタリアでは、ジルベルトさんたちを捕虜収容所から救ったという元イタリア名誉領事の娘さんをナポリ近郊の邸宅まで訪ねました。みなさんご高齢で、話を聞ける最後のタイミングだったと思います」

「大変な旅でしたね。それを誰よりも喜んでいるのは、天国の父だと思います」

「旅は、まだ終わっていません。私は、皆さんからお話を伺って、もう一度、あなたがお父様の故郷を思って書いたという、あの詞を読んでみました。最初に父の鼻歌で聞いた時より、あのノートの中に見つけて読んだ時より、ずっと心に沁みました。そして、私は思ったんです。この歌を、あなたのお父様の故郷、シチリアのジェーラという街で歌ってみたい、と」

「そうして、あなたは今日、ここにやってきた」

「私には、もうひとつ、願いがありました。リンドス号の元乗組員で、もしイタリアで生きている方がいらっしゃるなら、ぜひ会いたい。そこで、ここに来る前に、ローマのイタリア海軍の資料室を訪ねました。リンドス号の乗組員名簿が残っていないかを知りたかったんです。もし残っていれば、そして、まだ存命で連絡がつく方がいたなら、今日、ここに招待したい。そう思ったのです。最初に出てきた職員は、私の英語の質問に、ろくに調べもせずに、わかりません、と、木で鼻をくくったような対応でした。ところが、私が諦めきれず一生懸命説明するうちに、その会話を横で聞いていた職員が、思わぬ情報を提供してくれました。ヴェッキオ軍医総監なら、資料を持っているかもしれない、と」

「えぇ。軍医総監が第二次世界大戦中のイタリア艦船で勤務していた軍医の職務状況に関心を持って、いろいろ調べていたことを、その資料室の職員が覚えていたんです。私はすぐにその軍医総監に連絡を取ってくれるよう、頼みました。日本からリンドス号についてお話を聞きたい、という男が訪ねてきている、と、多分その職員は紹介してくれたのでしょう。面会の許可が本人から出て、イタリア海軍の軍医総監の部屋に通されました」

「軍医総監？」

「えぇ。軍医総監が第二次世界大戦中のイタリア艦船で勤務していた軍医の職務状況に関心を持って、いろいろ調べていたことを、その資料室の職員が覚えていたんです。私はすぐにその軍医総監に連絡を取ってくれるよう、頼みました。日本からリンドス号について話を聞きたい、という男が訪ねてきている、と、多分その職員は紹介してくれたのでしょう。面会の許可が本人から出て、イタリア海軍の軍医総監の部屋に通されました」

「彼は名簿を持っていたのですか？」

「ええ。そのコピーを持っていました。軍医総監が調べたところ、リンドス号に乗っていた軍医はピエトロという男で、戦後、ローマに帰っていた彼に実際に会って話を聞いたこともあるそうです。海軍医学校を首席で卒業した後、リンドス号に乗り、やはり神戸で捕虜となり、姫路の収容所にいました。収容所を出た後は、神戸北野にあったイタリア総領事館の一階で診療所を開業し、腕のいいイタリア人医師がいると評判だったそうです。一九四七年にイタリアに帰国したのですが、彼には日本に婚約者がいました。診療所の患者だった美也子という日本人の女性でした。美也子は翌年、羽田空港から単身飛び立って、ローマにいる彼の元にやってきたといいます」

「ピエトロさんもまた、私の父と同じく、日本で出会った日本人の女性と結婚されたのですね」

「はい。ローマで三人の子供と共に幸せに暮らしたそうです」

「ピエトロさんの人生は、幸せでしたね」

「ええ。そして軍医総監からは、もうひとつ、印象的な話を伺いました。ピエトロさんと同じく、日本からイタリアに帰国してローマに住んでいた元乗組員を軍医総監が訪ねたそうです。彼の家には、年老いた日本人と一緒に笑いながら写っている写真が額に入れて飾られていたそうです。この日本人は誰か、と尋ねると、日本にいた頃、収容されていた捕虜収容所の看守長だと。戦後二十年ほどして、彼は、日本にいる看守長に手紙を書いたそうです。そうしたら、その手紙に記された住所を頼りに、看守長が、はるばるローマの家まで訪ねてきてくれたというのです。二〇〇一年のことだそうです。二人は、五十七年ぶりに、再会を果たしたのです」

「カンナバーロ……」

「そう、カンナバーロという方でした」

「それで、ピエトロと美也子さん、そして、カンナバーロご夫妻は、今……」

「残念ながら、もう、この世にはいません」

「……リンドス号の他の乗組員は？」

マサユキは首を横に振った。

「ひとりも、生き残ってはいませんでした」

エリオは深い溜め息(たいき)をついた。

「リンドス号が、神戸港にたどり着いてから、七十三年です。リンドス号の乗組員を大樹さんのお店にご招待することは叶いませんでした。それでも、私は、今夜、あの歌を、ここで歌います。エリオさんのために、大樹さんのために。そして、きっと天国で聴いてくれているだろう、ジルベルトさんと、すべてのリンドス号の乗組員のために」

「そして、亡くなった、桐谷さんと、高中さんのためにも。マサユキさん。いよいよ、旅の終わりですね。さあ、そろそろ行きましょう。みんなが、あなたの歌を聴くために、待っています」

「私も、あなたの歌を、楽しみにしていますよ」

マサユキが振り返ると、わずかに暮れのこる夕闇の中に、男が立っていた。

短く刈ったグレーの髪。イタリア人らしい彫りの深い顔に刻まれた、人生の年輪を感じさせる皺は彼が老人であることを示していた。しかし背筋はまっすぐに伸び、輝きのある柔和な眼差しと真っ白な歯は青年のように若々しかった。青と白の大柄チェックの綿シャツに紺色のパンツ。素足に白のデッキシューズ。その姿はシチリアの海辺の風景の中に、自然に溶け込んでいる。

「ようこそマサユキさん」

男は流暢な日本語であいさつし、右手を差し出した。

「ジュリアーノです」

6

ステージはリストランテ・アルモンデの屋上テラスに組まれていた。

午後八時。陽はとっくに海の彼方に沈んでいるが、西の空はまだ明るさを残している。

テーブルにはすでに何人かの客たちが座っている。人数はさほど多くはない。二十人ぐらいだろうか。

大樹と早苗が、集まった客たちと親しげに話している。リストランテ・アルモンデの常連客たちのようだ。

どのテーブルにもふたりの自慢の料理が並んでいる。

客たちは陽気で心から食事を楽しんでいるのがよくわかる。

料理は歌う。

料理は踊る。

ジルベルトとエリオの言葉の風景が、今、まさにマサユキの目の前にあった。

ステージに向かって右のテーブルに、ジュリアーノがいる。

大樹は屋上テラスに上がったマサユキとエリオに近づいて言った。

「では、始めましょうか」

大樹がステージの上に上がった。

「シニョーレ、エ、シニョーリ」

客たちにイタリア語で話しかけた。

大樹の話を、早苗がマサユキに通訳してくれた。

「皆さん、今夜はようこそリストランテ・アルモンデへ。皆さんにぜひご紹介したい人がいます。はるばる日本からやってきてくださいました、マサユキです」


拍手の中でマサユキが礼をした。


大樹が続ける。

「私の父は、日本の宝塚という街で、今もリストランテをしています。宝塚には、大きな歌劇場があります。街全体が踊っているような、華やかな街です。そして同時に、ジェーラとよく似た静かな街でもあります。海と川の違いはありますが、今、みなさんがここからご覧になっているような、水辺に迫った山の斜面に家々が重なる街なのです。

宝塚のリストランテは、私の祖父が今からちょうど七十年前に始めました。祖父の名は、ジルベルト・アリオッタ。

祖父はイタリア軍の水兵でした。そしてイタリアの艦船に乗って、当時同盟国の日本に行ったのです。やがて祖父は終戦を迎え、その地で恋に落ちました。そして彼女と共に日本で生きる決意をして、リストランテを始めたのです。祖父の生まれ故郷は、今、私たちが住んでいるこの地、ジェーラです。祖父は六十一歳で亡くなるまで、一度もジェーラには帰りませんでした。祖父なりの決意があったのだろうと思います。

祖父は、今、コウベという街の、丘の上の墓地に眠っています。その丘の上からは、海が見渡せます。ここ、シチリアにつながっている海です。

祖父の息子、私の父、エリオ・アリオッタは、ミュージシャンを目指していました。

ある日、父は、まだ見ぬ祖父の故郷、ジェーラを想いながら、詞を作りました。

一九六六年。今からちょうど五十年前のことです。

その歌で、父はレコードデビューするはずでした。ボーカルを担当するのは、父ともうひとり、ジェシーという、日本とアメリカの混血の青年でした。

今、ここにいる、マサユキの父です。

しかし、このデビューの計画は、不幸な交通事故によって実現しませんでした。

その後、父は、祖父ジルベルト・アリオッタのリストランテを継ぎました。そしてジェシーはプロのミュージシャンになりました。同じように、マサユキも父の背中を追いかけてプロのミュージシャンになりました。

ある日、マサユキは、亡くなった父が遺したノートを見つけました。そこに、かつて私の父が作った詞が綴られていたのです。

父が歌わなかったこの歌を自分が歌いたい。

それは『故郷』の歌だったからです。マサユキは、祖父の人生と関わった多くの人の人生に触れ、そして今日、ようやく、こうして私たちの『故郷』にたどり着きました。マサユキからも、ぜひ皆さんに一言を」

マサユキがマイクの前に立った。

覚えてきたイタリア語で、マサユキはあいさつした。

「日本から来ましたマサユキです。大樹さんのお父様の作った詞に出会った時、どうしてもこの歌を歌いたいと思いました。しかし、歌うためには、長い旅が必要でした。それは、私の父、そしてジルベルト・アリオッタとエリオ・アリオッタの人生をたどる、長い旅でした。そして、今夜、ようやく私は、天国の父、ジェシーに、ジルベルトとエリオのふたりのアリオッタに、そして彼らの人生と関わった全ての人に、この街でこの歌を歌うことを許してもらえたような気がします」

マサユキはギターを持った。

「私の歌を手伝ってくださる方をご紹介します。ギターは、『リストランテ・アルモンデ』をこの地で継いだ、ジルベルト・アリオッタの孫、大樹さん。そして……」

マサユキはエリオを見た。

「ドラムは、ジルベルトの息子、そして大樹の父、エリオ・アリオッタ」
エリオは一礼し、ドラムセットに座った。
ステージの上で、一瞬メンバー全員の目が合う。
ゆっくりと深呼吸をひとつした。
スティックをクロスさせ、カウントを四つ取る。そしてスネアドラムを思い切り叩く。
音が弾(はじ)けた。
マサユキの歌声がシチリアの潮風に乗った。
エリオの歌声が重なる。
ツイン・ボーカルだ。
それはイタリア語で歌った、故郷を思う歌だった。

ため息はあの谷の風に預けろ
そして いつか歩いて行こう
錆(さ)びたレールのずっと向こう
時が満ちるその日には
きっと言える
君がずっと好きだった

悲しい歌はもう歌わない
だから　いつか渡って行こう
波立つ水平線のずっと向こう
思いが満ちるその日には
きっと言える
君とずっと一緒にいたい

厚いコートを放(ほう)り投げ
きっと　いつか越えて行こう
オリーブの実のなるあの丘を
時が満ちるその日には
きっと言える
明日　君を迎えに行く

思いはるか
あの遠い日の約束
だから　旅立つその日まで
風よ　僕らに　海の歌を

忘れはしない
あの遠い日の約束
だから 旅立つその日まで
風よ 僕らに 海の歌を

7

静かな拍手が起こり、やがて全員が立ち上がっての大きな拍手となった。
エリオがドラムから離れ、マサユキに握手を求めた。
マサユキはエリオの手を握り、空いた左手を大樹に差し伸べた。
三人は繋(つな)いだ手を高く挙げた。拍手の音はいっそう高くなった。
その時だった。
陽が落ちてすっかり闇に包まれた海の方角から、ポンポンと乾いた音がした。
闇が一瞬、華やいだ。
花火が上がったのだ。
誰もが海の上を見た。

甲板を照明で照らされた船が、海の上に浮かび上がっていた。

花火はそこから上がったようだった。

船腹には電飾を連ねた文字で、こう書かれていた。

LINDOS

「リンドス号！」

その時、マサユキの携帯電話が光った。

着信メールを開く。

マサユキさん
そして
ジルベルトの人生に関わった　全ての皆さん
貴方（あなた）がたの旅を　リンドス号から祝福します。

愛を込めて。

櫻子

「櫻子さん！」

マサユキが声をあげた。

「櫻子さん？」

「ジルベルトさんたちを捕虜収容所から救った、神戸のイタリア名誉領事の娘さんですよ。父親とふたりでイタリアに帰って、今はナポリ近郊の街で真珠とサンゴの事業を営んでいます。イタリア有数の実業家です。ここに来る前に、当時の話を伺いました」

「地中海じゃ今でもサンゴが採れる。あの船は、彼女が所有しているサンゴの採集船かな」

大樹の問いにエリオが答える。

「いや、あの船のシルエット……、いつか写真で親父が見せてくれた、リンドス号にそっくりです」

それは櫻子さんが仕掛けた一夜のマジックだった。

花火の音が鳴り止んだ。

やがて、海の上から、大音量の音楽が聞こえてきた。

『ラ・クンパルシータ』だ。

甲板で、大勢の男たちがダンスを踊っているのが見えた。

真っ白な軍帽に、白いシャツ、白い半ズボン。白いハイソックス。

彼らの服装は、かつてのイタリア海軍の海兵隊のユニフォームだ。

白いユニフォームに混じって、カーキ色の上下半袖(はんそで)、半ズボンの男たちもいる。あれは日本兵ではないか。

彼らは歌いながらデッキの手すりに近づいた。

そしてこちらに向かって手を振り出した。

帽子を手にとって、ひときわ大きく手を振る者がいる。

海岸から船までは距離があって、顔までは判別できない。

しかし、今、リストランテの屋上テラスからその姿を見ている三人には、はっきりとわかった。

船から見れば丘の上に連なっているジェーラの街に向かって、ひときわ大きく手を振っている、あの背の高い男は、若き日のジルベルト・アリオッタだ。

『ラ・クンパルシータ』の高らかな歌声は、ジルベルトが歌っているのだ。

そして、横にいるのは、マッツォーラだ。

大砲の射手のジュゼッペ・カンナバーロがいる。

軍医のピエトロがいる。

電信員のジャンニがいる。

誰もが手を振りながら歌っている。

カーキ色の日本の海軍服を着た男が、背の高い男のところにやってきて、男と肩を組んで歌い出した。

きっとタカハシだ。

ジルベルトとタカハシが、肩を組み合って歌っているのだ。

タカハシの肩には、サチコが乗っているに違いない。

エリオも海に向かって『ラ・クンパルシータ』を大声で歌った。

ジュリアーノがそれに続いた。

大樹も並んで歌った。

マサユキも歌った。

誰もが自然に体を動かした。

手に手を取った。

「コンティヌイアーモ・ア・バッラーレ！（踊り続けよう！）」

誰かが叫んだ。

船の上の誰もが、屋上テラスの客の誰もが、『ラ・クンパルシータ』を歌い、踊っていた。

歌声は大合唱となり、シチリアの海と空の間で響き合った。

歌が終わろうとしたその瞬間、海の上の船の甲板にいた全員が、海に向かって真白い帽子を投げた。

まるでカモメのように宙に舞った帽子と交差するように、再び花火が上がった。

光の輪が夜の空に弾け、闇に溶けた。

光の雫がはらはらと海に落ちた。

気がつくと船は小さくなり、もはや空と海の区別がつかなくなった水平線の彼方に、すっと消えた。

エピローグ

少年と少女は手をつなぎながら白い道を駆けていた。

ふたりが目指すのは海辺の丘に建つ、石造りの塔だった。

駆けてきたふたりは塔の前で立ち止まる。

シチリアの青空の中で、塔がふたりを見下ろしていた。

流れる雲と、壁を這(は)うトカゲと、ふたつの胸の鼓動だけがこの世界で動いていた。

ふたりは風化した外階段を登る。

途中で少女の靴が脱げた。

少年は駆け下りた。落ちた靴を拾い上げ、少女の足をとって履かせた。

塔の中はひんやりとしていた。

壁には無数の落書きがあった。

少年と少女が生まれる数百年も昔にこの島に生まれ、出会い、愛を誓った男と女たちの名前だった。

名前は幾層にも重なり、古いものはもう輪郭がぼやけて文字が判別できず、ただ凝灰岩の壁に傷となって残っていた。壁と同化して曖昧になった傷もまた、いつの時か確かに愛し合った男と女がここに生きていた証なのだった。

少年はポケットからナイフを取り出した。

青い海を縁取る四角い窓のかたわらに、ナイフを当てた。

まず少女の名前を壁に刻みつけ、その横に自分の名前を刻みつけた。

そしてふたりの名前の上にAMOREと刻みつけた。

文字はどの名前よりも鮮やかに浮かび上がった。

ふたりは互いの顔を見て微笑んだ。そしてキスをした。

ナイフが床に落ちて、からんと乾いた音をたてた。

流れる雲も、壁を這うトカゲも、そして時もとまった。

もはや今動いているものは、ふたつの鼓動だけだった。

それは、「永遠」と呼んでもよかった。

時が流れた。

少年と少女の姿は、もうどこにもない。

ふたりの名前を撫ぜるように、風が吹き抜けた。

それは、風が歌う海のうたに違いなかった。


（了）

解説

野村雅夫

第二次世界大戦中、イタリアでは男の子にロベルトという名を付けるのが流行したらしい。ローマの「ロ」、ベルリンの「ベル」、そして東京の「ト」。三国同盟を結んでいたイタリア、ドイツ、日本の首都を掛け合わせた名前というわけだ。ファシズムをベースにした友好関係だったので、もちろん好ましいものではなかったにせよ、当時のイタリア人が市民レベルで遠い日本を近しく感じたことがうかがえるエピソードだろう。ご存知のように、イタリアは「一抜け」するような格好で一九四三年九月に降伏。レジスタンスとファシストの残党が各地で散発的に戦闘を繰り返す内戦状態に突入していった。その混乱ぶりと悲劇は、イタリア国内では小説や映画で繰り返し描かれてきた。

残った日本とドイツの関係や、渦中でうごめいた市民たちのドラマについては、たとえば手塚治虫の『アドルフに告ぐ』や二〇一五年の映画『杉原千畝 スギハラチウネ』などでも題材となっているわけだが、日伊にまたがる作品となると、管見によれば例が挙げられない。思い浮かぶのは、文化人類学者フォスコ・マライーニのエピソードくらいだ。彼は京都帝国大学イタリア語学科の教師として祖国の降伏を迎え、本作のジルベルトのように、妻と三人の娘(娘のひとりは、日本でも知られる作家のダーチャ・マライーニ)と共に収容所へと送り込まれ、そこでの待遇の悪さに対する抗議のために自ら左手の小指を切断するという体験をしている。それでも変わらず日本に魅せられていたようで、一九五三年に再来日。各地を巡って記録映画を撮影すると共に、数年後には日本論の名著と評される『*Ore giapponesi*』を出版した（日本では二〇〇九年に『随筆日本　イタリア人の見た昭和の日本』というタイトルで遅まきながら邦訳が世に出た）。ただ、このマライーニの一件も小説や映画になっているわけではないので、広く知られたものではない。その意味で増山さんの着眼点には恐れ入る。現代史の闇に埋もれていたできごとを掘り起こすのみならず、それを料理と音楽を媒介に現在の両国とその文化にまで結びつけてみせたことに、本作はその大きな価値があると言えるだろう。

僕がこの小説を初めて読んだのは、二〇一七年のゴールデンウィークのことだから、単行本が出る一月ほど前だ。「野村さんに急ぎ会ってもらいたい人がいる」と知人の放送作家に言われた時には、恥ずかしながらまだ増山さんの小説にひとつも触れたことがなく、『勇者たちへの伝言　いつの日か来た道』を慌てて読みながら、待ち合わせ場所の焼肉店に出向いた。熱っぽく本作の概要を語って聞かせてくれる増山さんと僕は、即座に意気投合した。もしかすると、母がイタリア人である僕に、彼はエリオの姿を重ねたところもあるのかもしれない。かつてフォスコ・マライーニの『*Ore giapponesi*』を読んで興味を膨らませたから日本に留学したのだと母に聞かされていた僕は、自分のルーツにも縁のある話題を繰り出す増山さんの言葉に興奮を隠せなかった。かくして僕はその場で校正刷りを預かり、劇中に登場するイタリア語の監修を仰せつかった。しかし、発売日から逆算すると、時間は限られている。間に合うのか。杞憂だった。読み始めると、ページをめくる手が止まらなくなったのだ。

増山作品には、共通するいくつかのモチーフがある。登場人物は何らかの事情があって故郷から遠く離れた土地で暮らすことになり、その異邦の地で運命に翻弄され、辛酸を嘗めながらも身を立てようとした結果、そこには新しい文化や価値が芽吹くのだ。本作であれば、ジルベルトが宝塚で当時誰も口にしたことのなかったイタリア料理を作ろうと苦労を重ね、ついに自前の店を開くに至る。本場の食材は望むべくもないので、地元関西に「あるもんで」工夫して調理する他ない。店の名前をリストランテ・アルモンデとしたのは、放送作家でもある増山さんの真骨頂たる遊び心だが、考えてみれば、寄せ集めのもので何かを作り上げるというブリコラージュと呼ばれるこの行いによってこそ、古今東西人間は新しいものを生み出し、発展させてきたわけだ。今やバブル期のブームを経て完全に定着し、さらには独自の進化を遂げている日本におけるイタリア料理の端緒がここにあったのかと読んでいて好奇心がくすぐられた。

さらに、こちらも増山作品の大きな魅力となっているのが、作者の豊かな知見に基づいた演劇、映画、音楽、そしてスポーツなど、各時代を彩ったエンターテイメントに登場人物たちが接することだ。本作でも枚挙にいとまがない。伝説の女優、園井恵子が演じた一連の宝塚歌劇。レニ・リーフェンシュタールによるベルリン・オリンピックの記録映画

『オリンピア』、ディズニーの『ピノキオ』、フェリーニの『甘い生活』。『サンタ・ルチア』に代表されるイタリア民謡といった具合。思えば、増山さんと初めて会った夜もそうだったけれど、その後いつお会いしても、こうした数ある洋の東西を問わない芸術や大衆娯楽が世代の違う僕たちの共通言語となっている。ちなみに、本作にはスポーツは表立って出てこないものの、イタリア人たちの名前にはサッカー選手を彷彿(ほうふつ)とさせるものが多いと感じるのは僕だけだろうか。

目次（本書ではイタリア式にIndiceと表記してある）にこそ記載のないものの、この壮大な大河小説が三部に分かれていることは途中に挟まれるローマ数字のページでわかる。Mangiare（マンジャーレ、食べる）、Cantare（カンターレ、歌う）、Ballare（バッラーレ、踊る）。ラジオＤＪである僕が目を丸くしたのは、ザ・ベンチャーズが引き金となり、まるで彼らの曲のようにテケテケとスピーディーに展開する第二部「カンターレ」だ。音楽にその青春を捧げる若きエリオとその仲間たちが数奇な運命を奏でる様子は、増山さんの豊富な知識と丹念な取材に基づいていて、六〇年代の関西のミュージック・シーン外伝としても楽しめることに驚いたのだ。まさに、予想もつかない展開。これも増山作品の忘れてはならない特徴だ。彼の小説においては、異なる時空に配置されていたはずのエピソード同士があれよあれよという間に有機的に結びつき、絡み合い、過去と現在、そして著名人も名もなき人をも織り込んだタペストリーに織り上げられていく。読後の余韻が決まって長いのは、読者の記憶にその紋様がくっきりと残るからだろう。

ジルベルトの口癖を覚えてしまった方もいるかもしれない。「人生で、予想できることが、ひとつだけある。それは、予想もしないことが起こるということだ」。この言葉通りに先の読めない物語だ。史実やモデルとなった実在の方々からの聞き取りといった実際のできごとと、増山さんによるフィクションの部分は、どれくらいの割合になっているのだろう。出版記念のトークショーでご一緒した時に、僕はそんな質問をご本人にぶつけてみた。答えは意外なものだった。「この小説ではね、そんなことが本当にあったのかと思えるような部分が実際にあったできごとで、そうでないところがむしろ僕の創作なんです」。「事実は小説よりも奇なり」というが、本作の場合は、奇なる事実をひとつひとつあぶり出し、それらを複眼的な想像力と繊細な筆致という糸で縫い合わせてある。虚実のあわいで物語がビートを刻み、ジルベルトやエリオたちはそこで踊っているのだ。そんな愛しい小説に微力ながら関わることができたことと、こうして文庫になって読みつがれていくことを、イタリアの血が流れる日本人として、僕はとても嬉しく思う。

（のむら・まさお／ラジオＤＪ・翻訳家）

この物語はフィクションです。執筆にあたり、多くの方々に貴重なお話と資料を提供していただきました。イタリア語に関しては高田佳子氏と野村雅夫氏に監修をお願いし、高田氏にはイタリア取材時の通訳等でご尽力いただきました。

ご協力くださった全ての方々に、心より感謝いたします。

●主な参考文献

「イタリアの地方料理」（柴田書店）
「イタリア料理教本」　吉川敏明（柴田書店）
「現場からの調理イタリア語」　蔵本浩美・塩川由美著　塩川徹監修（調理栄養教育公社）
「ホントは知らないイタリア料理の常識・非常識」　吉川敏明（柴田書店）
「料理王国」　二〇〇六年　七月号
「ローマ亡き後の地中海世界　上」　塩野七生（新潮社）
「自省録」　マルクス・アウレーリウス著　神谷美恵子訳（岩波文庫）
「宝塚市史」　宝塚市史編集専門委員編
「宝塚歌劇脚本集」（宝塚歌劇団）昭和十七年五月号
「宝塚最後の予科練」　木下博民（第三書館）
「宝塚海軍航空隊」　栗山良八郎（文春文庫）
「園井恵子・資料集」　岩手県松尾村編

「望郷」　柳谷郁子（鳥影社）

「朝日新聞」二〇〇〇年十二月「イ艦　カリテアの物語」

「カリテアのふんせん」　田中忠次郎

「ＧＳ　１９６５～１９７０」（近代映画社）

「日本ロック紀ＧＳ編コンプリート」　黒沢進（シンコーミュージック・エンタテイメント）

「Yaeko il ciliegio selvatico」　Dorotea Liguori（Sperling & Kupfer）

「STORY Kazy Firstman & Mosrite」http://star.ap.teacup.com/firstman/

本書は二〇一七年六月に小社より単行本として刊行されました。

ハルキ文庫

風よ 僕らに海の歌を

著者 増山 実

2019年2月18日第一刷発行

発行者 角川春樹

発行所 株式会社角川春樹事務所
〒102-0074 東京都千代田区九段南2-1-30 イタリア文化会館

電話 03(3263)5247(編集)
03(3263)5881(営業)

印刷・製本 中央精版印刷株式会社

フォーマット・デザイン 芦澤泰偉
表紙イラストレーション 門坂 流

ISBN978-4-7584-4234-3 C0193 ©2019 Minoru Masuyama Printed in Japan
http://www.kadokawaharuki.co.jp/ [営業]
fanmail@kadokawaharuki.co.jp [編集]　ご意見・ご感想をお寄せください。

山本一力の本

人情屋横町

「アジのムニエル」「麦きり」「パンプキン・パイ」「親父が母に教えた料理（ブリのかす汁）」「踏切り近くの焼き芋屋」「マノアのあんぱん」「蒸し寿司」「チキンラーメン」「餡こ餅」「雑煮と冷やしそうめん」……母の味、父への想い、故郷の思い出、愛する家族との団欒、旅先で出逢った四季の味——など、愛情のこもった料理を食べる幸せと作る喜びを人気直木賞作家が綴る、心温まる随筆集。